MÊME LIBRAIRIE

LE CONSEILLER DES FAMILLES

Religion. — Littérature. — Travaux à l'aiguille, etc.

SOUS LA DIRECTION DE Mme LA C^{sse} DE TRAVANET

Approuvé et autorisé dans les Maisons d'Éducation

Paraissant le 1er et le 15 de chaque mois

12 FR. PAR AN ; — POUR L'ÉTRANGER, PORT EN SUS

« Je ne doute pas que le *Conseiller* ne réponde aux vues que vous vous êtes donné pour mission de remplir, et je ferai tout ce qui dépendra de moi pour aider à sa propagation. Agréez-en l'assurance, à laquelle je joins, pour vous, monsieur le comte, et *pour votre Œuvre*, mes meilleures bénédictions.

« GASPARD MERMILLOD, *évêque.* »

« Les bonnes publications sont dignes d'un haut intérêt et méritent d'être encouragées dans un temps où tant d'écrits corrompent l'opinion et tuent les âmes. LE CONSEILLER DES FAMILLES se distingue parmi ces publications qu'inspire et règle la vérité religieuse et qui n'offrent à leurs lecteurs que des pages morales, honnêtes et fortifiantes.

« Votre recueil est digne de franchir le seuil de ce foyer sacré de la famille où reposent les saintes croyances et les espérances de la patrie.

« FÉLIX, *évêque de Nantes.* »

« Je me suis abonné à votre excellente revue pour la transmettre à une jeune personne qui la lit avec plaisir. Je suis très-content du CONSEILLER DES FAMILLES. Cette revue peut faire beaucoup de bien.

« R..., *Curé de C... (Haute-Marne).*

« J'ai lu avec beaucoup d'intérêt le numéro *specimen* du CONSEILLER DES FAMILLES, et je viens vous prier de vouloir bien m'y abonner, ainsi que deux de nos élèves qui sont rentrées dans leurs familles.

« Sœur AMÉLIE HUMBERT. »

Pensionnat de la Doctrine chrétienne d'E...

MÊME LIBRAIRIE

LE PROPAGATEUR

DE LA

DÉVOTION A SAINT JOSEPH ET A LA SAINTE FAMILLE

BULLETIN MENSUEL

Du Culte perpétuel des Confréries et des Associations en son honneur
et des faveurs obtenues par sa puissante médiation

2 FR. 50 PAR AN (FRANCO)

Dix abonnements pris ensemble à la même adresse, 20 fr. (franco)
Les douze années parues se vendent ensemble 24 fr.
Prises séparément, 2 fr. 50 ; — étranger, le port en plus

L'abonnement d'un an part du mois de Janvier au mois de décembre inclusivement.

Dans son audience du 3 mars 1868, notre Saint-Père le Pape Pie IX a daigné bénir l'œuvre du Propagateur de la dévotion à saint Joseph et à sa sainte Famille.

La collection des années du *Propagateur* fut remise au souverain Pontife, qui la parcourut avec beaucoup d'intérêt ; puis Sa Sainteté dit :

« *Je vois avec un grand contentement que la dévotion à saint* « *Joseph s'accroît de plus en plus en France. Je bénis bien vo-* « *lontiers l'œuvre du* PROPAGATEUR DE LA DÉVOTION A SAINT JOSEPH, « *mais il ne faut pas différer ma bénédiction.* »

Puis l'auguste Pontife prit la plume et écrivit au bas de la lettre qui accompagnait les volumes :

« *Dominus te benedicat et dirigat cor tuum et intelligentiam tuam.* ₡ Pius P. P. IX. »

NOTA.—L'abonnement se paye d'avance au gérant, RUE SAINT-SULPICE, 38, A PARIS. On peut s'abonner également chez tous les libraires ; mais les personnes qui tiennent à n'éprouver aucun retard dans la réception de leur journal, et à recevoir exactement les primes et images que nous envoyons à nos abonnés, doivent s'adresser DIRECTEMENT à la *librairie du Propagateur, rue Saint-Sulpice, 38, PARIS.*

LES
COLOMBES
DE
LA FORLIÈRE

LES
COLOMBES

DE
LA FORLIÈRE

PAR

GABRIELLE D'ÉTHAMPES

LIBRAIRIE CATHOLIQUE
PÉRISSE FRÈRES
Nouvelle Maison à PARIS, rue Saint-Sulpice, 38
BOURGUET, CALAS ET Cie, SUCCESSEURS

PROPRIÉTÉ

PROPRIÉTÉ.

C

2441-77 CORBEIL. — Typ. et stér. de CRÉTÉ.

A

LA MÉMOIRE CHÉRIE ET VÉNÉRÉE DE MES TANTES

ANNE

ET

LOUISE-GABRIELLE

EN RELIGION SŒUR SAINT-SATURNIN

DU MÊME AUTEUR

La Robe de la Vierge.

La Roue qui tourne.

Les Lavandières.

La Pupille du Docteur, 3e édition.

L'Héritage du Croisé.

Yva et Yvette.

Marie la Muette.

Les Enfants nantais.

Isabelle aux blanches mains.

Bretons et Vendéens autrefois et aujourd'hui, 2e édition.

La Main de velours.

Bruyères bretonnes.

La petite Reine des Korrigans.

Even le Monadich.

LES
COLOMBES DE LA FORLIÈRE

CHRONIQUE VENDÉENNE

I

PROJETS DE DÉPART.

« Ainsi, mon père, vous êtes résolu à ne pas partir avec nous, à ne pas quitter la France ? Alors, je vous en conjure, permettez-nous de rester. Sans vous, sans notre frère, sans notre tante, comment voulez-vous que nous puissions nous résigner au départ ?

— Mes pauvres enfants, il le faut absolument. Vous êtes jeunes, remplies d'avenir, d'espérances ; vous ne pouvez demeurer ici ; moi, je suis vieux, je n'attends plus que le repos de la tombe ; me transplanter, à mon âge, loin du sol natal, ce serait folie. Non ! non ! je dois rester, je ne dois pas abandonner la terre qui renferme les restes de votre bonne mère, la terre où mes parents ont vécu et où je veux mourir. Quant à votre tante

1

et à Olivier, tous mes arguments ont échoué devant leur obstination.

— Et pourquoi donc ne serions-nous pas obstinées, nous aussi, mon père ? Ne vous aimons-nous pas autant qu'ils vous aiment ? ne nous êtes-vous pas aussi nécessaire qu'à eux ? Pourquoi donc nous contraindre, quand vous les laissez libres de faire leur volonté ?

— Ingrates enfants ! allez-vous me reprocher de trop vous aimer ? Si je désire votre éloignement, n'est-ce pas afin d'assurer votre tranquillité et celle des deux vaillants cœurs auxquels vous appartiendrez dans quelques heures ? Pensez-vous que sans cela je consentirais à me séparer de celles qui, jusqu'à ce jour, ont fait ma consolation, ma joie, mon orgueil, et dont l'affection et les soins m'étaient si doux ?... Vous appréciez comme ils le méritent Gaëtan et Bénédict; ils sauront, je n'en doute pas, adoucir pour vous les rigueurs de l'exil. Cet exil ne sera pas aussi long que vous le supposez peut-être, la tourmente s'apaisera et vous reviendrez..... Vous reviendrez sous le toit paternel, où votre vieux père va vous attendre et où vous le retrouverez, s'il plaît à Dieu. Courage et espoir donc, mes pauvres enfants.

— Mon père, dites plutôt courage et résignation.

— Résignation pour moi, mes chères filles, et
espoir pour vous. »

Telles étaient, un soir du mois de mars 1793,
les paroles qui s'échangeaient entre un homme
d'une cinquantaine d'années, à la figure belle
et expressive, à la taille droite et imposante, à la
chevelure à peine grisonnante, n'eût été son œil
de poudre, et deux belles jeunes filles de dix-huit
à vingt ans, qui se tenaient tantôt debout et tantôt
agenouillées devant le vaste fauteuil où était assis
celui qu'elles nommaient leur père. Elles portaient sur leurs traits délicats et charmants
toutes les marques de la plus poignante douleur ;
et nous savons, par la conversation que nous
avons surprise, combien l'expression de leur
physionomie était en rapport avec l'état de leur
cœur. En effet, Alix et Berthe de Bois-Morand,
qui n'avaient jamais quitté leur père, pouvaient-
elles envisager sans tristesse la pensée de leur
départ prochain, de ce départ qui n'aurait pas
de retour peut-être et qui allait s'effectuer au
moment où la France, palpitante d'angoisse,
commençait à se courber sous un joug sanglant ?

Privées de leur mère dès le plus bas âge, leur tendresse s'était partagée entre leur père et la tante qui les avait élevées. Cette tendresse s'était augmentée d'une vive et profonde reconnaissance, quand, devenues plus grandes, elles avaient pu comprendre le dévouement de M. de Bois-Morand leur faisant à toute heure le sacrifice de quelques-unes de ses plus chères habitudes, ou de ses relations les plus amicales, — lui-même s'occupait de leur instruction, de leur éducation, — et apprécier la valeur des soins de mademoiselle Anne qui, pour elles, avait renoncé à tout établissement. Aussi, plus les jeunes filles songeaient à tout ce qu'elles avaient reçu de ces deux êtres si bons et si dévoués, et plus elles se trouvaient malheureuses devant l'obligation qui leur était imposée de les abandonner.

Fiancées depuis longtemps déjà à deux jeunes gens, deux frères, MM. de Martigny, seuls rejetons d'une antique et opulente famille, voisine de celle dans laquelle nous venons de nous introduire, mesdemoiselles de Bois-Morand avaient vu retarder leur mariage devant les événements survenus en France, sans savoir quand il pourrait avoir lieu. Mais une idée a subitement traversé le cerveau de leur père : l'union qui lui tient tant au cœur, à cause des garanties de bonheur qu'elle présente pour ses filles, s'accomplira en dépit des tristesses et des sombres appréhensions du moment. Le curé de la paroisse, prévenu, voudra bien se transporter au château pour y donner, au milieu de la nuit, la bénédiction nuptiale aux deux couples, qui, aussitôt après, quitteront la France et passeront en Angleterre. Ce projet fut communiqué aux jeunes filles qui, ne doutant pas que le reste de leur famille n'émigrât avec elles, y donnèrent leur plein consentement : tout fut donc préparé pour leur union et pour leur départ. En même temps, le marquis essayait de décider sa sœur et son fils à suivre les jeunes gens, mais sans pouvoir y réussir.

« Mon frère, partez-vous ? Quittez-vous la France ? avait demandé mademoiselle Anne.

— Moi, Anne, émigrer à mon âge ! Vous n'y pensez pas ! Non, non, on me chassera de la maison de mes pères ; mais, volontairement, je ne la quitterai pas !

— Eh bien, Gérard, je ne la quitterai pas plus que vous, repartit mademoiselle de Bois-Morand de cet accent simple et ferme qui n'admettait aucune réplique, le marquis le savait.

— Et moi, mon père, je ne partirai pas non plus ! s'écria Olivier, bouillant jeune homme d'une vingtaine d'années dont l'ardeur ne pouvait être tempérée que par l'excellence du cœur. Je suis un homme, ma place est à vos côtés. Comme vous, je ne quitterai cette maison que quand on m'y contraindra par la force ; encore en disputerai-je les murailles pierre à pierre. Non ! je ne partirai pas ! je resterai près de vous pour vous consoler, pour vous protéger, pour vous défendre, et si l'on nous condamne à mourir, eh bien ! nous mourrons ensemble, dignes de nos ancêtres, dignes de notre nom. C'est chose entendue, n'est-ce pas ? »

M. de Bois-Morand n'avait pas eu la force de répondre oui, mais un éclair d'orgueil avait traversé son regard ; il avait serré son fils contre sa poitrine ; le jeune homme avait compris que c'était un consentement tacite, et il avait remercié son père, comme s'il lui eût accordé la plus précieuse de toutes les faveurs. Nul doute que Berthe et Alix n'eussent parlé comme leur frère ; mais on leur fait un mystère de la sépa-

ration qui va s'accomplir, et quand il faut enfin
la leur apprendre, on ne les laisse point libres
de partir ou de demeurer.

Habituées de longue main à l'obéissance, elles
courbent la tête, se contentant de s'écrier en
joignant leurs mains tremblantes :

« Mon père, mon bon père, laissez-nous, oh !
laissez-nous près de vous ! »

Elles ne sont pas les seules à souffrir ; ce que
le père éprouve, cela se devine au regard dont
il les enveloppe, aux caresses dont il couvre leurs
fronts et leurs joues pâles, à l'altération de son
visage, au tremblement de sa voix. Quelle force
d'âme il lui faut pour répondre *non* à leurs ardentes supplications, quand son cœur, à l'unis-
son des leurs, crie : Oui ! Il lui semble qu'il ne
les a jamais vues plus séduisantes qu'en cet
instant où leurs beaux yeux, noyés de larmes,
se tournent vers lui pleins d'un tendre reproche, où leurs mains s'attachent à ses vêtements avec l'énergie du désespoir. Oui, elles
sont charmantes, et il serait difficile de pouvoir faire un choix entre elles, car elles sont
parfaitement identiques, si identiques que l'œil
de leur père lui-même pourrait s'y tromper sans

la nuance différente d'un ruban nouant leurs
boucles blond-cendré. Elles ont les mêmes traits
réguliers et purs, la même coupe gracieuse de
visage, le même front d'une éclatante blancheur
sur lequel se dessine l'arc fin et délié des sourcils qui, par un bizarre contraste avec la chevelure blonde, sont d'un noir de jais. Elles ont les
mêmes yeux d'un bleu doux, frangés de longs
cils noirs comme les sourcils; le même profil
harmonieux et correct; la même taille élancée et
élégante, dont le roide corsage de nos grand'mères ne parvient pas à détruire la souplesse; la
même démarche aisée et pleine de grâce; les
mêmes gestes enfin et jusqu'au même son de voix.
Ici pourtant, il y a parfois une légère différence,
Alix a des inflexions plus joyeuses, plus vives,
plus décidées; Berthe, plus douces, plus calmes,
souvent un peu mélancoliques. Cette nuance, à
peine saisissable pour une oreille étrangère, se
retrouve d'une façon plus accusée dans le jeu
de leur physionomie, ce qui peut donner à penser qu'au moral les deux sœurs ne sont pas tout
à fait aussi semblables qu'au physique. Elles
sont jumelles et viennent d'entrer dans leur dix-
huitième printemps. Le pays qui les a vues naître

les aime d'une immense affection, et leur a
décerné, d'une voix unanime, ce surnom qui
leur convient à merveille : *Les colombes de la
Forlière*. Elles ont la douceur et la grâce du
charmant oiseau qu'elles personnifient.

Tandis qu'il les contemple avec une tendresse
mêlée d'attendrissement, le marquis se sent disposé à se laisser fléchir ; mais il se roidit contre
sa douleur, contre sa faiblesse ; il appelle à son
aide tout son calme, presse une dernière fois sur
sa poitrine leurs deux têtes blondes et les re-
pousse doucement en disant d'une voix émue :

« Allez, mes enfants, vous occuper de votre
toilette..... Je le conçois, vous n'en avez pas le
cœur..... Il le faut pourtant, à cause de ceux à
qui vous allez être unies et à cause de la grandeur du sacrement que vous allez recevoir. Mon
Alix, toi qui es naturellement courageuse, sou-
tiens ta sœur, ranime-la ; en un mot, montre-toi
forte pour vous deux. A bientôt, mes filles, mes
filles chéries !

— Ah ! père !.... »

Elles entourèrent son cou de leurs bras, se
penchèrent frémissantes vers lui et exhalèrent
un long, un douloureux sanglot.

1.

— Mes enfants, que vous me faites du mal !
s'écria M. de Bois-Morand en essayant de s'arracher à leur étreinte. Obéissez-moi, je vous en prie.

— Oui, répondit Alix en relevant la tête et en
s'essuyant les yeux, oui, nous serons raisonnables. Allons, viens, Berthe, viens, et calme-toi. »

Alix prit la main de sa sœur et l'entraîna vers
le fond de la chambre, sans qu'elle essayât d'op-
poser aucune résistance. Parvenues près de la
porte par laquelle elles allaient sortir, les deux
sœurs se retournèrent d'un commun mouvement.
Debout au milieu de l'appartement, M. de Bois-
Morand, le front chargé de tristesse, l'œil humide, les regardait s'éloigner; elles lui envoyè-
rent un baiser dans lequel elles avaient mis
toute leur âme ; il leur fit, sans parler, car il le
sentait, aucun son ne fût venu à ses lèvres, un
petit signe d'adieu ; et elles disparurent.

— Mon Dieu ! pensa le pauvre père quand il
ne les vit plus, elles ne se doutent pas de ce qu'il
me faut de courage pour accomplir le sacrifice
nécessaire à leur sécurité, à leur bonheur... Mon
Dieu, quelles que soient les tortures de mon
cœur paternel, ne me laissez pas faiblir, donnez-
moi la force d'aller jusqu'au bout !

II

LES COLOMBES DE LA FORLIÈRE.

En quittant leur père, les deux sœurs se rendirent dans l'appartement qu'elles occupaient au premier étage du château. Il se composait d'une petite antichambre où elles avaient coutume de recevoir les pauvres gens du pays qui avaient recours à leur charité ou seulement à leur obligeance, et d'une vaste pièce plus commode qu'élégante où elles passaient tous leurs instants de liberté. Deux lits jumeaux y garnissaient une alcôve profonde, que fermaient des rideaux verts garnis de crépines d'or ; l'ameublement de même couleur n'était pas luxueux, mais il était disposé avec goût. Si, dans ce tranquille asile, l'œil n'était pas ébloui, comme il l'est de nos jours, par le brillant clinquant qui règne tout autour des jeunes filles à la mode, il était du moins charmé par le bon ordre que l'on y rencontrait. De prime abord, on pouvait constater que les habitantes

possédaient, en outre de cette précieuse qualité
de l'ordre, les louables habitudes du travail et de
la piété. Les indices du travail se montraient sous
toutes les formes, depuis le simple écheveau de
laine grossière placé sur un dévidoir, jusqu'à la
tapisserie aux riches nuances tendue sur le mé-
tier à broder, et soigneusement voilée par crainte
de la poussière ; depuis le rouleau de rugueuse
étoffe destinée aux vêtements des indigents, jusqu'à la pièce de fine batiste devant aller parer
les autels ou servir aux objets nécessaires à la
célébration du saint sacrifice ; depuis la modeste
boîte à ouvrage jusqu'au chevalet supportant
tantôt une étude de fleurs, tantôt une étude de
paysage, jusqu'à la harpe dans son étui, et enfin
jusqu'aux volumes nombreux et choisis rangés
sur plusieurs tablettes au-dessus d'un petit secrétaire en bois de rose qui avait appartenu à la
marquise. Quant aux indices de la piété, ils con-
sistaient dans le livre d'heures demeuré ouvert
sur le prie-Dieu de chêne, dans les bénitiers à la
conque de nacre soutenue par des anges gardiens,
dont les blanches ailes se détachaient gracieusement sur le vert foncé des tentures ; dans un
Christ, d'une admirable expression, placé au-

dessus d'une sainte Vierge à l'Enfant-Jésus aux pieds de laquelle s'épanouissaient toujours en été des fleurs fraîches cueillies, en hiver des fleurs artificielles ; et enfin dans un grand nombre de portraits de famille appendus à la muraille, parmi lesquels on reconnaissait ceux du marquis, de la marquise et de Mlle Anne.

En pénétrant chez elles, les jeunes filles eurent peine à retenir un soupir à la vue des blanches toilettes qu'une jeune paysanne à leur service disposait sur un sofa.

« Ces demoiselles viennent pour s'habiller ? » demanda-t-elle en se retournant vers les arrivantes. Puis, comme si elle eût compris ce qui se passait au fond de leur cœur, elle ajouta en soupirant elle aussi :

« Dame ! qui aurait pu penser que nous aurions eu plutôt envie de pleurer que de nous réjouir le jour du mariage de ces demoiselles !... Si nous n'avions pas vécu dans un temps pareil, quelle joie pour tout le pays de voir passer, dans leur belle parure de mariées, les colombes de la Forlière pour se rendre à l'église ! Et puis quelle belle fête !.. Pendant que les messieurs et les dames auraient dansé au château, comme nous

aurions sauté de bon cœur, nous autres, dans la
grande avenue !... Mais non, ni fête, ni danse,
ni rire, rien que de la tristesse !

— Ne te désole pas, Lisette, c'est le bon Dieu
qui veut qu'il en soit ainsi.

— Il est le maître, c'est sûr, répliqua la jeune
fille en secouant sa tête, ordinairement mutine,
mais en ce moment fort soucieuse ; il est le maître, mais c'est tout de même dur de voir que les
mauvais triomphent et que les bons... Mais ça
ne durera pas toujours comme cela... les bons
se révolteront, et dame, gare aux mauvais !

— As-tu recueilli quelques nouvelles, Lisette ? demanda Alix.

— Pas précisément, Mademoiselle ; seulement
les têtes se montent de plus en plus ; les gars
sont bien décidés à ne pas se laisser conduire à
la boucherie, et ils déclarent hautement qu'ils
ne tireront pas à la milice, et qu'ils préfèrent
mourir dans leurs foyers plutôt qu'à la frontière. Mon père dit qu'ils ont bien raison, et que
nos premiers ennemis ce sont ces vilaines gens
qui ont tué le roi, qui poursuivent et chassent
les prêtres, pillent les églises et ne cessent d'in-
sulter et de menacer tous ceux qui ne pensent pas

comme eux. Si les nobles consentent à se mettre à la tête des paysans, il y aura du nouveau par ici et tous ces faillis patriotes verront beau jeu.

— Je crains bien que, s'il y a lutte, les plus forts ce ne soient eux, au contraire, ma pauvre Lisette.

— Par exemple, Mademoiselle, le bon Dieu se mettrait donc avec les ennemis de sa religion ? s'écria la petite paysanne avec une sorte de courroux qui alluma un éclair dans ses yeux noirs.

— Non, mais il peut être dans les desseins de Dieu de faire triompher ses ennemis, pour éprouver la foi et la fidélité de ses amis, » répliqua de sa voix calme et douce Berthe de Bois-Morand.

Lisette courba la tête et resta un moment silencieuse. Bientôt elle reprit avec force et en agitant son petit poing brun et nerveux :

« Enfin on essayera de se défendre. Moi toute la première, je vous réponds que, si je ne partais pas pour l'Angleterre avec vous, je ne me gênerais pas pour taper un bon coup sur ces faillis *patauds*, s'ils se hasardaient à venir ici. Je n'aurais pas peur de leurs vilaines faces de Judas, allez ! Moi, je n'ai peur de rien d'abord.

— Est-elle vaillante au moins, cette petite Lisette ! dirent les deux sœurs, qui ne purent s'empêcher de sourire.

— Dame ! Mesdemoiselles, avant de venir au château, quand je gardais les moutons chez mon père, je les défendais bien contre les loups, toute petite que j'étais. Une fois, il y en eut un qui vint me prendre un agneau tout à côté de moi, et sous le museau de mon chien. Ah ! dame, il ne l'a pas emporté loin, je vous en réponds. Labri s'est élancé sur lui, et moi, j'ai couru avec mon bâton ; je lui en ai donné un grand coup sur sa vilaine tête, il a lâché l'agneau et s'est sauvé tout sanglant. Les patauds sont encore plus méchants que les loups, dans ce cas-là, ma foi, on tape doublement.

— Ah ! mon Dieu ! Lisette, quelle humeur batailleuse tu as ! Si l'on se bat ici, tu vas vraiment souffrir beaucoup en t'éloignant.

— Je souffrirai, oui, Mademoiselle, répliqua Lisette, dont le visage se rembrunit, mais parce que je laisserai mon père........ Je souffrirai comme vous en quittant M. le marquis et M. le comte. Il est vrai que... »

Lisette rougit et se tut subitement.

— Il est vrai que tu laisses aussi Michel ; c'est
là ce que tu veux dire, n'est-ce pas ? s'écria Alix,
saisissant par un mouvement spontané la main
de la petite paysanne. Ma chère Lisette, il en est
temps encore ; si tu ne te sens pas la force de
partir avec nous, dis-le bien franchement, nous
ne t'en voudrons pas, va : nous comprenons trop
bien ce que la séparation, et une telle séparation,
a de rigoureux ! »

Lisette leva sur les deux sœurs son clair regard, où, à travers ses larmes, perçait une indicible tendresse :

« Partir me fait bien de la peine, dit-elle, mais
mon père et Michel seront contents de me savoir
loin d'ici, s'il y a la guerre, et, d'un autre côté, comment pourrais-je m'habituer à ne plus vous voir ?
Je ne suis pas encore trop adroite pour vous
servir, mais enfin, là-bas, qui le ferait à ma place ?

— Personne avec autant de dévouement et de
cœur, assurément, répondirent avec attendrissement les jumelles ; mais nous ne voulons pas
être égoïstes, et si tu éprouves la plus petite ré-
pugnance à t'expatrier, reste, reste, nous ne t'en
voudrons pas. »

Lisette allait protester de nouveau de son attachement à ses maîtresses et assurer qu'elle
était prête à les suivre, dussent-elles aller au
bout du monde ; l'apparition d'un nouveau personnage détourna le cours de l'entretien. C'était
une femme d'âge mûr, mais parfaitement con-
servée et encore très-belle ; son air était extraor-
dinairement noble ; d'une taille élevée, elle portait avec une majestueuse aisance les modes du
règne de Louis XVI, et ses manières étaient
celles d'une véritable grande dame. Si tout d'a-
bord ceux qui se trouvaient en présence de
Mlle Anne de Bois-Morand, car c'était elle, se sentaient intimidés, ils étaient promptement rassurés ; elle n'était fière qu'avec les orgueilleux, les
pédants et les sots, et se montrait, au contraire,
singulièrement affable et bienveillante pour tous
ceux qui n'appartenaient pas à l'une de ces trois
catégories ; soit qu'elle eût avec eux des rapports
d'amitié, de convenance ou de charité. Dans ce
dernier cas, elle était doublement bienveillante.
Aussi avec quel empressement les affligés, à
quelque classe qu'ils appartinssent, accouraient
vers elle ! Il n'était pas toujours en son pouvoir
de faire cesser leurs tourments, mais du moins

elle mettait tout en œuvre pour les apaiser ; et c'était du baume déjà sur une blessure que cette parole douce et sympathique qui savait si bien trouver le chemin du cœur, que ce regard tendre et compatissant qu'aucune infortune ne trouvait sec. D'après ce qui précède, on ne s'étonnera pas si nous disons que Mlle de Bois-Morand était universellement haïe des méchants, qui ne lui pardonnaient pas d'être forcés de la respecter, et universellement aimée des bons, qui la regardaient comme une âme bénie dont la présence au milieu d'eux leur portait bonheur.

Quant aux jumelles, je n'essayerai pas de dire quelle affection tendre, profonde, dévouée, elles avaient pour leur tante, qui leur avait servi de mère, qui était leur marraine et ne cessait de les entourer de la plus vive et de la plus ardente sollicitude.

Selon un usage fort répandu à cette époque, où l'on n'avait pas toujours à la bouche le mot *égalité*, mais où, par le fait, on le mettait mieux en pratique devant Dieu ; selon un usage auquel les plus riches et les plus puissants ne dédaignaient pas de s'astreindre, par humilité chrétienne, ce fut un pauvre villageois, un simple tenancier qui fut choisi par M. et Mme de Bois-Morand pour tenir, avec Mlle Anne, leurs deux petites filles sur les fonts baptismaux. Devenues grandes, Alix et Berthe, bien loin de mépriser leur parenté spirituelle avec Vincent Moreau, aimaient à le visiter, à lui offrir de petits présents, à s'entretenir avec lui, le désignant toujours par cette appellation tendre et familière : « Papa Vincent, » et lui portant presque autant d'attachement et de respect filial qu'à leur excellente marraine, Mlle Anne.

À l'entrée de cette dernière, elles s'élancèrent à sa rencontre, et Lisette sourit. Mlle de Bois-Morand se pencha pour baiser le front de ses nièces, et elle leur dit avec un étonnement mêlé d'un peu de reproche :

— Vous n'avez pas encore commencé votre toilette, mes chères enfants ?... Il est pourtant fort tard, savez-vous? M. de Beauplan et MM. de Martigny sont arrivés ; si vous vous faites trop attendre, votre père ne sera pas content.

Alix et Berthe baissèrent la tête comme deux écolières prises en faute.

— Nous nous sommes oubliées à babiller avec Lisette, dit Alix; en nous dépêchant, chère tante,

nous pouvons réparer le temps perdu. Pardonnez-nous donc, et toi, petite Lisette, habille-
nous.

— Je vais aider Lisette, cela ira plus vite, » dit
Mlle de Bois-Morand.

Les deux sœurs, réprimant un soupir, vinrent
se mettre aux mains de leur tante et de leur
jeune servante, qui commencèrent à les parer.
Bientôt elles furent prêtes, et si jolies, si ravis-
santes dans leurs vaporeuses toilettes et sous leurs
longs voiles, que Lisette s'écria en joignant les
mains avec admiration.

« Ah ! Jésus ! que ces demoiselles sont belles !
N'est-ce pas, Mademoiselle Anne, qu'elles sont
belles ? »

Mlle Anne sourit et se contenta, pour toute réponse, d'envelopper les deux sœurs d'un regard
tendre, ému, où perçait une pointe de vanité.
Sous l'empire de leurs préoccupations, elles ne la
remarquèrent pas. Habituellement simples, elles
n'avaient pas ces ravissements de toute jeune
fille de dix-sept à vingt ans qui revêt pour la
première fois une toilette seyante ; il semble que,
le jour de leur mariage, un peu de coquetterie
leur eût été permise ; les pauvres enfants étaient

incapables d'en éprouver : on leur avait dit de
se parer, elles avaient obéi ; mais tout autre
sentiment que celui d'une profonde tristesse était
étranger à leur cœur.

Leur toilette terminée, elles se jetèrent dans
les bras l'une de l'autre, et les pleurs amassés
sous leurs paupières se firent jour.

« Du moins nous deux, nous ne nous quitte-
rons jamais ! s'écrièrent-elles en mêlant leurs
larmes et leurs baisers.

— Non, mes pauvres petites, mes mignonnes,
dit Mlle Anne en les attirant à elle l'une et l'autre,
non, vous ne vous quitterez pas ; que cette pen-
sée vous encourage et vous console. Allons, du
calme, de la force, pour votre père, pour vos
fiancés, pour nous tous. »

Les deux sœurs embrassèrent longuement leur
tante, qui, tenant réunies leurs mains dans les
siennes, leur donna, à demi-voix, quelques tendres
avis. Ayant réussi à les calmer, elle les entraîna vers le salon, en adressant à Lisette un signe
d'adieu et de réconfort. Pendant toute cette scène,
la jeune servante avait pleuré silencieusement à
l'écart ; mais quand elle se vit seule, sa douleur
déborda, elle s'affaissa au pied de la statue de la

sainte Vierge en éclatant en sanglots. Ses pleurs,
quelques plaintes naïves, une fervente prière,
tout cela soulagea cette petite âme vaillante ;
aussi ne tarda-t-elle point à se relever, à s'es-
suyer les yeux, et à s'éloigner, après avoir mis
un peu d'ordre dans la chambre, en murmurant :

« Enfin, bonne sainte Marie, puisqu'il faut
que nous nous en allions dans ce vilain pays qui
est si loin, si loin, faites-nous la grâce de revenir ici un jour, et conservez, pour que nous puissions les revoir tous, ceux que nous laissons derrière nous ! »

III

Lorsque les jumelles pénétrèrent dans le salon, le marquis s'y trouvait, entouré de trois ou
quatre personnages auxquels il manifestait son
étonnement du retard de ses filles, ordinairement fort exactes.

« Dans une telle circonstance, il est bien permis de se faire un peu attendre, dit le vieux chevalier de Beauplan, qui sentait son Versailles
d'une lieue, en se retournant un demi-sourire
aux lèvres vers deux grands et beaux jeunes gens
portant avec une fière aisance l'uniforme de ca-
pitaines au régiment d'Artois ; du reste, mes
amis, les voici. »

Et d'un geste de sa main blanche et fine parfaitement soignée, à demi cachée par de riches
dentelles, il désigna l'une des portes d'entrée
où apparaissaient les deux sœurs, précédées de

leur tante. Elles étaient un peu pâles, mais
comme elles étaient charmantes ! comme cette
parure blanche seyait à leur doux visage et à
leur front candide !

Une vive admiration se peignit sur les traits
du vieux chevalier, tandis que la joie la plus profonde, mêlée d'un certain orgueil, éclatait sur
le front du marquis et de ses futurs gendres.
Ceux-ci s'inclinèrent respectueusement devant
les jeunes filles que M. de Bois-Morand avait
prises par la main pour les présenter à M. de
Beauplan. Celui-ci, oncle des fiancés, et vieil
ami de la maison, baisa avec une courtoisie et
une galanterie toutes françaises la petite main
des jumelles, en leur disant avec un gai sourire :

« Plus que jamais je ne sais laquelle est Alix
et laquelle est Berthe. Ordinairement je ne me
trompe pas, grâce au ruban rose et au ruban bleu ;
il n'y a aujourd'hui aucun signe qui m'aide à
me reconnaître...

— Le ruban rose, c'est moi, dit Alix, riant de
l'embarras vrai ou feint du chevalier ; et voici
votre ruban bleu.

En parlant ainsi elle désigna sa sœur.

Le regard des deux jeunes filles rencontra celui de leurs fiancés qui semblait dire : « Il n'est pas besoin pour nous de ruban rose, ni de ruban bleu : nous ne nous trompons pas, nous ! »

Ainsi que nous l'avons dit, la cérémonie du mariage de Mlles de Bois-Morand devait se faire à minuit, dans la petite chapelle du château ; les serviteurs de la maison et Vincent Moreau, parrain des jeunes filles et père de Lisette, avaient été seuls mis dans le secret et devaient seuls aussi prendre part à la fête, fête bien triste puisqu'elle allait précéder de si peu un départ dont les préparatifs n'avaient point été tenus moins secrets que le mariage. Un souper devait avoir lieu avant la cérémonie. Le curé de l'endroit, qui avait refusé de prêter serment à la constitution et par conséquent préludait à la vie du proscrit, avait consenti à présider ce repas de famille ; mais l'heure s'avançait et il ne paraissait point. Il n'était pas, du reste, le seul retardataire. Olivier, absent du château depuis plusieurs heures, n'était pas encore rentré, et Vincent Moreau, qui n'était jamais en retard lorsqu'il s'agissait de faire honneur à un bon repas, ne se montrait pas non plus. En temps ordinaire, on se fût à peine préoccupé de ce retard, mais à cette époque où tant de pénibles surprises nous étaient ménagées, le moindre incident troublait les esprits et donnait matière à l'inquiétude.

« Vraiment c'est à n'y rien comprendre ! s'écria M. de Bois-Morand. Que notre bon curé se fasse attendre, cela lui est permis, car, malgré la persécution qui s'attache au pas du prêtre, il continue courageusement à exercer son saint ministère ; mais qu'Olivier, mais que Vincent tardent ainsi, c'est inexplicable. Germain, ajouta le marquis en s'adressant à un domestique qui, pour la deuxième ou troisième fois, était venu annoncer que le souper était servi et se tenait debout contre la porte ouverte à deux battants conduisant du salon à la salle à manger, Germain, accordons encore un petit quart d'heure de grâce aux absents.

— Comme Monsieur le marquis voudra, répondit Germain, qui inclina sa taille roide et imposante et sortit.

Mais, le quart d'heure écoulé, les absents ne se montrèrent pas davantage ; le souper, qui devait avoir lieu à huit heures, n'était pas encore commencé à neuf, au grand désespoir de maître

Germain. Voyant le temps s'écouler, on allait
.se décider à répondre à l'une des invitations que
le fidèle domestique venait réitérer gravement
de quart d'heure en quart d'heure, lorsqu'un
bruit de pas retentit dans le vaste corridor précédant le salon.

— Ce sont eux ! dit le marquis.

La porte s'ouvrit. Olivier de Bois-Morand parut, les cheveux en désordre, les vêtements
déchirés, tachés de boue, souillés de sang. Un
paysan âgé d'une cinquantaine d'années, homme
aux formes herculéennes, à la figure rude, énergique et singulièrement intelligente, le suivait
dans une tenue non moins délabrée ; évidemment
tous deux avaient pris part à une lutte violente
dont ils portaient les traces.

« Pardonnez-nous de nous présenter dans une
tenue semblable, dit Olivier saluant à la ronde ;
mais, craignant que vous ne fussiez inquiets de
de notre retard, nous n'avons pas pris le temps
d'aller changer de costume.

— Bon Dieu ! mais que vous est-il arrivé ? demandèrent toutes les voix, tandis que toutes les
physionomies exprimaient la surprise et même la
frayeur.

— Rien à nous, car, vous le voyez, nous n'avons pas la moindre égratignure ; néanmoins, il s'est passé un événement bien triste, le prélude sans doute de beaucoup d'autres qui vont suivre. M. le curé a été attaqué par une bande de patriotes ; à cette heure, il est dans leurs mains et gardé à vue par ces forcenés, dans la métairie de la Mellinière.

— Ah ! mais c'est affreux cela ! Notre pauvre curé ! Et lui a-t-on fait du mal ?... est-il blessé ? Que va-t-on faire de lui, enfin ?

— J'ignore entièrement quels sont les projets de « la nation » sur lui ; je ne puis que vous dire ce dont j'ai été témoin, et rapidement, car il faut que nous essayions, par tous les moyens en notre pouvoir, de rendre M. Durand à la liberté ; et il n'y a pas de temps à perdre, dans l'état d'exaspération où m'ont paru ses ennemis.

— Ses ennemis ! pauvre M. Durand ! qui pourrait croire qu'il a des ennemis !

— Il en a comme nous en avons tous, aujourd'hui, nous qui aimons l'ordre, la paix, la religion ; aussi nous pouvons être bien certains d'une chose, c'est qu'à l'heure présente si c'est le tour de M. le curé ; demain, ce soir peut-être,

2.

ce sera le nôtre. Bref, voici ce qui est arrivé. Je
ne sais comment et par qui les patriotes de T...
ont appris que M. Durand devait aller, en cachette, porter le bon Dieu à Julien Rousseau
de la Mellinière et venir ensuite au château ; ils
se sont réunis à plusieurs mauvais sujets des environs, et, ayant à leur tête Honoré Rivet, le forgeron du bourg, que dans les clubs de Machecoul
on a surnommé le citoyen Manlius, ils se sont
embusqués dans le bois de la Garde pour y attendre le vénérable prêtre. Il ne tarda pas à paraître, monté sur sa tranquille jument Brunette
et profitant de la solitude pour réciter son bréviaire. Quoique notre digne ami ne portât pas
l'habit ecclésiastique, ils le connaissaient trop
bien tous pour hésiter une seconde ; à peine
eut-il pénétré dans la forêt, qu'ils se précipitèrent sur lui, vingt contre un ! Les uns saisirent
par la bride sa jument effrayée ; les autres jetèrent rudement à terre le cavalier, auquel ils portèrent plusieurs coups de gourdin et de plat de
sabre ; tous l'injurièrent en riant à gorge dé-
p'oyée.

— Hé, hé, brave homme, s'écrièrent-ils avec
un stupide ricanement, que t'en semble de cette

petite correction ? T'a-t-elle dégoûté de tes momeries de l'ancien régime, ou bien désires-tu recevoir ta part des faveurs réservées par le Comité aux oiseaux de ton plumage ? Ah ! ah ! les gentilles tourterelles du vieux colombier, que vont-elles penser, que vont-elles dire en ne te voyant pas paraître ? car tu peux être assuré que tu ne les verras pas de sitôt... Si l'on n'était là pour y mettre bon ordre, comme la nation serait trahie par toute cette bande d'aristocrates et de calotins, sans compter ces bêtes de paysans qui refusent les bienfaits de l'égalité et de la liberté... Ce digne père Julien, il n'a qu'à attendre lui aussi, ce ne sera pas aujourd'hui qu'il recevra son bon Dieu !

— Eh ! qu'en savez-vous ? dit l'abbé Durand, incapable de se taire plus longtemps ; Dieu vous a-t-il révélé ses desseins et fait connaître ses volontés ?

De bruyants éclats de rire accueillirent ces paroles du bon prêtre, et les plus grossières plaisanteries lui répondirent. Le vieillard, comprenant qu'il ne gagnerait rien avec de tels hommes, soupira amèrement et se tut.

— Puisque tu as tant de confiance dans ton

bon Dieu, reprirent-ils en arrêtant sur le prêtre leurs regards enflammés et leurs sourires ironiques, appelle-le donc à ton secours.

— Mon Dieu est le maître de me laisser dans vos mains ou de m'en retirer, répliqua M. Durand avec le calme le plus parfait ; quoi que vous fassiez, vous ne serez que les instruments de sa sainte volonté.

— Soyons donc ses instruments pour te châtier, s'écrièrent Manlius et ses acolytes en riant plus fort.

En même temps ils levèrent leurs armes, sabres ou bâtons, pour en frapper le saint homme. Il n'essaya pas une résistance inutile, il attendit patiemment les coups, croisant avec force ses mains sur sa poitrine et murmurant intérieurement cette prière : « Seigneur, qu'ils fassent de moi tout ce que vous voudrez ; mais que la divine Eucharistie, dont je suis le porteur, soit préservée de leurs outrages ! »

—Juste à ce moment, continua Olivier, Vincent, Michel et moi nous passions près du bois de la Garde, nous disposant à nous rendre au château. Entendant un bruit confus de voix, nous prêtâmes l'oreille et ne tardâmes pas à reconnaître que quelqu'un était en péril. Sans réfléchir au nombre d'adversaires que nous allions avoir à combattre, sans penser que nous n'avions pas d'autres armes que nos gourdins, nous nous élançâmes vers le lieu d'où partaient les voix : jugez de notre saisissement, de notre douleur, en reconnaissant Monsieur le curé de T*** dans le personnage après lequel s'acharnaient vingt misérables. Nous tombâmes sur eux à l'improviste et nous leur assénâmes plusieurs vigoureux coups ; mais notre nombre était trop inférieur au leur pour pouvoir l'emporter sur eux.

— Mes amis, par grâce retirez-vous, éloignez-vous ! ne cessait de nous crier M. Durand : vous ne me sauverez pas et vous vous perdrez.

C'en eût été fait de nous, en effet, sans l'intervention d'Honoré Rivet qui cria à sa bande :

— Soyons magnanimes pour le jeune lionceau, citoyens. Laissons-le aller, et soyez tranquilles, nous le retrouverons ! Il faut que chaque chose se fasse en son temps ; aujourd'hui ne nous occupons que du calotin. Jetez-le donc sur sa jument et en route !

Il dit ensuite quelques mots à voix basse à deux ou trois lurons de mauvaise mine qui ne lui ré-

pondirent que par un signe, et aussitôt nous vî-
mes soulever sur leurs solides épaules notre
malheureux ami et le jeter, selon l'expression de
Manlius, sur sa fidèle Brunette. La pauvre bête,
la tête baissée, l'œil triste, avait assisté aux mauvais traitements infligés à son maître et elle semblait comprendre que d'autres tourments lui
étaient réservés : aussi ne se mit-elle en route
qu'à contre-cœur et seulement quand la voix de
l'abbé Durand l'eut rappelée à l'obéissance. Manlius et les siens marchèrent à la suite du cheval.
Malgré l'insuffisance de nos forces et de nos armes,
nous voulûmes les poursuivre ; le forgeron
nous cria de sa voix implacablement cruelle :

— Finissons le jeu : nous n'avons pas affaire
à vous ! Si vous faites un seul pas, le compte du
calotin est réglé !

Et il brandit son sabre au-dessus de la tête de
notre digne pasteur.

— Ah ! misérable ! assassin ! proféra Vincent
Moreau avec un véritable hurlement de désespoir.

Un rire strident, moqueur, lui répondit et la
bande s'éloigna, faisant tressaillir de ses plaisanteries cyniques et de ses odieux quolibets tous
les échos de la forêt.

— Où sont-ils et que vont-ils faire de Monsieur le curé ? Telle fut la question que nous nous posâmes quand ils eurent disparu.

— Je le saurai, dit Michel.

Et avant que nous eussions pu lui répondre, il s'était élancé au plus épais du fourré, suivant, au milieu des broussailles, des chemins que connaissait seul le pied des chevreuils, dont il avait la souplesse et l'agilité. Un quart d'heure environ s'écoula ; puis un faible bruit de feuilles froissées et de branches cassées nous annonça son retour, et il ne tarda pas en effet à se retrouver près de nous.

— Ils sont à la Mellinière, nous dit-il. Ils y sont entrés afin de se rafraîchir, et aussi, ont-ils dit, pour faire plaisir à ce brave homme de Rousseau, qui n'aurait pu mourir tranquille s'il n'avait eu sa robe noire à ses côtés. Il est tout à fait bas, ce pauvre Julien Rousseau, et dame ! la visite qu'il reçoit en ce moment n'est pas faite pour le guérir.

— Pas trop, en effet, répondis-je. Allons ! du moment que nos compères sont en train de se rafraîchir, ils en ont pour un peu de temps ; il s'agit de notre côté de n'en pas perdre. Cours à la Forlière, Michel, réunis quelques bons gars, viens avec eux te poster dans la forêt le plus près possible de la Mellinière ; quant à nous, le temps d'aller au château dire le motif de notre retard, et nous sommes de retour, prêts à marcher avec vous à la délivrance de M. Durand. Que dis-tu de ce plan, ami Vincent ?

— Qu'il est bon, Monsieur Olivier, et qu'il ne faut pas effectivement perdre une minute : autrement ces fieffés coquins nous échapperaient.

— Soyez tranquille, répliqua Michel, ils ne nous échapperont pas.

Nous nous séparâmes, Michel pour se rendre au bourg, Vincent et moi pour revenir au château. Et maintenant mettez-vous à table ; quant à nous, nous prendrons un morceau de pain dans notre poche et nous le grignoterons chemin faisant.

— Quoi ! vous ne voulez pas souper ?

— Non, assurément, nous n'avons que trop perdu de temps déjà, quelque diligence que nous ayons faite. Songez qu'une minute de retard peut compromettre la vie de notre pauvre ami. Mes belles petites sœurs, ajouta Olivier en se retournant vers les jumelles, comme vous êtes

blanches et gentilles!... Mais je crains bien que
ces dignes citoyens n'aient eu raison d'affirmer
que vous attendriez vainement monsieur le curé
aujourd'hui.

— Son absence porte un rude coup à nos projets, dit M. de Bois-Morand avec un soupir, tandis que Gaëtan et Bénédict échangeaient des regards consternés ; mais la contrariété que nous
en éprouvons est peu de chose, comparée à notre inquiétude à son sujet.

— Ce pauvre abbé! il est dans de vilaines griffes! dit le chevalier, en lançant quelques chique-
naudes à son jabot de dentelle pour faire tomber les grains de tabac d'Espagne qui s'y étaient
attachés. Espérons que demain ou après-demain
il sera libre et pourra marier ces chers enfants.

— Oui, espérons... Cependant quelques jours
de retard peuvent nous amener de grandes com-
plications. Enfin, nous sommes entre les mains
de Dieu, n'est-il pas vrai, mes enfants, et il ne
vous arrivera que ce qu'il voudra?

MM. de Martigny approuvèrent, d'un signe de
tête tristement résigné, les jeunes filles d'un regard où se lisait plus de contentement que de
chagrin, en dépit de leur inquiétude sur le sort

3

réservé à M. Durand. Elles avaient tant désiré ne pas partir, tant désiré ne pas abandonner leur père ! et voilà que, pour ce jour-là du moins, le départ était impossible ; peut-être les jours suivants le deviendrait-il plus encore.. Intérieurement, elles faisaient des vœux ardents pour la délivrance du vénérable curé de T... mais comme elles en faisaient aussi pour leur propre délivrance de cette menace d'exil suspendue au-dessus de leurs têtes ! Il y eut quelques instants de silence, pendant lesquels chacun se livrait à ses réflexions. Olivier reprit le premier la parole :

— Mon brave Vincent, ne demeurons pas plus longtemps ici, dit-il. Tiens, j'aperçois Rémy dans la salle à manger : il va nous donner ce qu'il nous faudra et nous nous mettrons en campagne.

IV

EN AVANT.

Olivier fit quelques pas pour se rendre à la salle à manger dont la porte était restée ouverte. Vincent s'apprêta à le suivre ; au même moment Gaëtan et Bénédict se levèrent avec empressement.

— Si vous le permettez, Monsieur le marquis, et vous, mon oncle, dirent-ils simultanément, nous accompagnerons Olivier.

— Je fais plus que vous le permettre, répondit M. de Bois-Morand, je vais avec vous.

— Et moi aussi, parbleu ! s'écria M. de Beauplan avec une vivacité toute juvénile ; je ne suis guère en tenue de combat et, avec l'âge, j'ai perdu quelque peu de ma souplesse ; mais j'ai le poignet encore vigoureux et me chargerai volontiers de quelques couples de ces coquins. Mesdames, ajouta-t-il en s'inclinant avec une grâce parfaite devant Mlle Anne et ses nièces, qui stu-

péfaites ne savaient si elles veillaient ou dor-
maient, Mesdames, il ne vous reste plus, tandis
que nous combattrons, qu'à faire des vœux pour
notre succès.

— Ah! mon Dieu! c'est réel, vous nous quit-
tez! vous partez tous! s'écria Mlle de Bois-Morand,
pâle de surprise et d'émotion. Ces jeunes gens, je
le conçois; mais vous, Gérard? mais vous, Monsieur de Beauplan?...

— Eux comme nous et nous comme eux, nous
ne saurions rester tranquillement ici, tandis que
nous savons notre excellent ami en danger. Du
reste, poursuivit M. de Bois-Morand, en secouant
pensivement la tête, soyez-en certaine, une vie
de dangers sera désormais la nôtre; entre nous
et les patriotes commence une lutte déjà entamée
autre part. Nous serons vaincus, car nous n'avons
pour nous que la pureté de nos intentions et la
sainteté de notre cause; nous serons vaincus,
mais il ne nous appartient pas de reculer. En
avant donc! et, vainqueurs ou vaincus, que notre
cri soit : Vive le roi! vive la religion!

— Oui, vive le roi! vive la religion! répétèrent tous les assistants, même la timide Berthe.

M. de Bois-Morand donna ordre aux jeunes

gens d'aller chercher les meilleures armes qui
fussent au château. Pendant ce temps, Mlle Anne
et ses nièces multiplièrent leurs instances près
du chevalier et du marquis pour qu'ils prissent
quelque nourriture avant de partir ; le chevalier
accepta un biscuit et un doigt de vin ; quant au
marquis, il se munit, ainsi qu'avaient fait ses
compagnons, d'un morceau de pain sec ; mais il
refusa absolument de manger quoi que ce fût.

— Dans la disposition où je me trouve, cela
me ferait plus de mal que de bien, dit-il.

Et il ajouta avec gaieté en mettant un baiser
sur le front de ses filles :

— Que je ramène notre pauvre ami, et je suis
capable de tout dévorer, au retour de notre expédition.

Les jeunes gens rentrèrent apportant des épées
et des fusils ; chacun s'arma comme il l'entendit
et on se disposa au départ.

— Mon Dieu ! puissiez-vous revenir ! s'écria
Berthe qui se sentait à bout de forces.

—Oui, oui, nous reviendrons, ayez bon espoir
et priez pour nous.

— Oh ! tout le temps de votre absence, nous
ne ferons pas autre chose, répondit Alix, qui,

plus énergique que sa sœur, fixait ses yeux à la fois humides d'émotion et brillants d'enthousiasme sur les futurs combattants.

Ils dirent adieu aux trois dames et quittèrent le salon ; d'un commun mouvement, elles s'élancèrent sur leurs pas, Alix entraînant Berthe, afin de les conduire jusqu'à la porte du château.

Sur l'escalier, ils rencontrèrent Lisette, qui accourait l'air effaré, le visage bouleversé.

— Eh bien, Lisette, qu'as-tu ? que se passe-t-il ? demanda le marquis, qui marchait à la tête de la petite troupe.

— Oh ! il se passe des choses bien extraordinaires, Monsieur le marquis, le tocsin sonne à la paroisse ; la grande cour est remplie de gars armés de bâtons et de fourches ; une dizaine peut-être ont des fusils, vous allez les entendre crier... Enfin, on dit que M. le curé a été tué par le grand Rivet et sa bande, au carrefour noir de la forêt de la Garde.

— Pour cela, il n'en est rien, Lisette, répliqua vivement Olivier : M. le curé est prisonnier de Rivet ; mais j'espère bien qu'il est encore vivant.

En ce moment, une vive rumeur s'éleva de la

cour d'entrée et monta jusqu'à nos différents personnages, qui s'arrêtèrent surpris.

— Amis ou ennemis ? dit M. de Bois-Morand en prêtant l'oreille, tandis que ses compagnons se consultaient du regard et que les trois dames, peu rassurées, se serraient tremblantes les unes contre les autres,

— Amis, Monsieur le marquis, répondit Lisette. Ce sont les gars de la Forlière et des villages voisins : il n'y a guère de patauds parmi eux.

— Je ne le crois pas. Du reste, nous allons savoir ce qu'ils nous veulent.

On se rendit dans la cour, où se trouvaient rassemblés deux cents hommes environ, accourus de toutes parts en entendant les vibrations sinistres du tocsin, et armés de la façon qu'avait annoncée Lisette.

Ils acclamèrent longuement les différents membres de la famille de Bois-Morand, lorsqu'ils les virent, à la lueur d'un flambeau que portait un domestique, apparaître sur le perron. Toutes ces figures-là étaient si universellement aimées : le marquis, Mlle Anne, les jeunes gens et jusqu'au chevalier ! Il était un peu maniaque,

un peu original peut-être, mais si bon, si loyal !
L'enthousiasme fut au comble quand les jumelles se montrèrent, appuyées l'une sur l'autre
et si modestes, si charmantes dans leurs vêtements blancs.

— Les beaux anges, s'écria-t-on, et dire que
ces scélérats ont empêché leur mariage de se
faire ! Vivent les Colombes de la Forlière ! mort,
mort aux patauds !

— Mes amis, que signifie tout ce bruit ? Qui
vous amène à une heure pareille ? Que voulez-
vous ?

— Monsieur le marquis, nous voulons faire la
guerre à ceux qui tuent nos prêtres ! répondirent tous les paysans d'une commune voix. Que
M. Olivier et MM. de Martigny se mettent à
notre tête, et on verra un peu.

— Faire la guerre, dites-vous ? Et comment,
mes pauvres enfants, voulez-vous faire la guerre ?

—N'importe comment, notre maître, pourvu
que nous la fassions, répondit un des plus hardis
de la bande. Que ces messieurs ne craignent pas
de venir avec nous autres, nous ne tremblerons
pas, nous ne reculerons pas, allez ! Ah ! les nationaux tuent les rois, chassent les nobles, mas-

sacrent les prêtres, veulent nous imposer leurs lois !... Non! non ! nous ne leur obéirons pas, coûte que coûte ! aussi, ils ont beau fabriquer leurs menottes pour nous les mettre et nous emmener deux à deux à la frontière, ils ne parviendront pas à nous faire marcher malgré nous. Qu'ils essayent donc de nous poser leurs menottes, et on verra comme ils seront reçus ! Il faut chasser les ennemis de la France, disent-ils. Les ennemis de la France ne sont-ce pas ceux qui font couler chaque jour le sang de ses enfants ? De quel droit font-ils périr des millions de victimes ? De quel droit ont-ils chassé nos bons prêtres, pour les remplacer par leurs assermentés, qui iront, comme eux, tout droit chez le diable, à moins qu'ils ne se rétractent ? Tout ça ne peut pas durer comme cela ; il faut que ça finisse, il faut se lever et marcher !... Vous savez ce qu'ils ont fait de notre pauvre M. Durand ?

— Ils l'ont assassiné ! crièrent un grand nombre de voix. Mort ! mort aux assassins !

— Mes amis, du calme, dit M. de Bois-Morand, dominant le tumulte de son accent à la fois vibrant et ferme. M. le curé est aux mains des patriotes, mais il vit encore, j'ose l'espérer. Nous

3.

partions pour opérer sa délivrance; puisque vous êtes si décidés, voulez-vous vous joindre à nous?

— De grand cœur, Monsieur le marquis; et s'ils l'ont tué, vous nous aiderez à le venger!

— Mes amis, ne parlons pas de vengeance, cela nous porterait malheur; car, vous le savez, Dieu seul a le droit de l'exercer. Rappelez-vous que nous nous armons pour une cause sainte, nous devons donc nous en montrer dignes; par conséquent il ne faut nous porter à aucun excès, ni à aucun désordre, ni même à aucune action en désaccord avec nos principes et nos convictions. Nous marchons sous un drapeau sans tache où sont inscrits ces mots : *Dieu et le roi!* qu'ils soient pareillement gravés dans votre cœur.

— Oui, oui, Monsieur le marquis, nous le jurons!

— En route donc, mes amis !

— En route! répétèrent les gars brandissant d'une façon toute martiale leurs singulières armes.

Les habitants du château échangèrent une fois encore de rapides et touchants adieux; les trois dames étaient descendues du perron dans la cour, et elles circulèrent un moment parmi les groupes de paysans, afin de leur adresser quelques encouragements.

— Touchez un peu nos armes, Mesdemoiselles, disaient-ils aux jumelles, ça nous portera bonheur.

— Oh! nous voudrions bien que vous disiez vrai! répondirent-elles promenant leurs petites mains blanches sur chaque bâton, sur chaque fusil et sur les fourches même, sans être effrayées le moins du monde par cet instrument dangereux, instrument de travail devenu entre les mains des habitants de nos campagnes un si puissant auxiliaire dans leur tentative contre la Révolution.

Au moment de s'éloigner, Gaëtan et Bénédict, s'approchant des deux jeunes filles, leur dirent à demi-voix :

— Berthe, Alix, toucherez-vous nos armes, à nous aussi, pour que cela nous porte bonheur?

— Oh! bien volontiers, répliquèrent-elles en appuyant leurs doigts fins et délicats sur les fusils de leurs fiancés. Nous ferons même mieux.

Un doux sourire aux lèvres, elles enlevèrent

au bouquet artificiel qui ornait leur ceinture une petite rose blanche, et elles la tendirent aux deux jeunes gens, qui la reçurent avec transport, y imprimèrent leurs lèvres et en parèrent leur boutonnière en disant :

— Nous portons à la fois vos couleurs et celles de notre cause. Merci ! merci ! et à bientôt !

— A bientôt ! répondirent-elles avec un charmant geste d'adieu.

Les deux frères allèrent reprendre leur place parmi les soldats improvisés qui commençaient à abandonner la cour. Les dames regardèrent quelque temps leurs ombres s'agiter dans les ténèbres ; puis, quand il ne leur fut plus possible de rien distinguer, elles poussèrent un douloureux soupir et montèrent les degrés du perron, afin de rentrer au château.

— Rémy, éclaire-nous, dit Mⁱˡᵉ Anne en se retournant vers l'endroit où elle avait vu le jeune domestique se tenir armé de son flambeau.

Il n'y était plus ; le flambeau était aux mains de Lisette.

— Rémy est rentré depuis quelque temps déjà, Mademoiselle, dit la jeune fille ; il m'a dit d'éclairer ces dames à sa place.

— Pauvre Rémy ! dit Berthe de sa voix douce, il est fatigué sans doute ; il a eu tant d'occupations aujourd'hui !

— Ou bien il a du chagrin de ne pas faire partie de l'expédition, ajouta Alix. Pourquoi, s'il en avait envie, ne l'a-t-il pas demandé à papa ? Il ne lui aurait certainement pas refusé cette faveur, il l'aime bien trop pour cela.

Lisette, elle, ne dit rien ; seulement un sourire, légèrement dédaigneux, plissa sa bouche expressive, et, son flambeau à la main, elle continua à précéder ses maîtresses jusqu'à la chambre des jumelles.

Arrivées là, Alix et Berthe sautèrent au cou de leur tante et l'embrassèrent à plusieurs reprises.

— Chère tante, dirent-elles, nous restons donc avec vous ! Ah ! si nous n'avions pas l'inquiétude du danger que peuvent courir nos chers combattants et celle que nous cause le sort de notre bon curé, comme nous serions heureuses en pensant à notre départ manqué ! Aide-nous bien vite à nous déshabiller, Lisette, que nous allions à la chapelle pour y attendre le retour de nos absents.

— Attendre leur retour, sainte Vierge ! Et s'ils ne reviennent que demain matin ?

— N'importe! nous ne nous coucherons pas, dit Alix, moi du moins.

— Et moi pas davantage, dit Berthe. Il me serait vraiment impossible de fermer l'œil sachant les nôtres en danger. Si tu es fatiguée, Lisette, tu peux te retirer.

— Non, non, Mademoiselle, je veillerai, moi aussi ; je ne sais guère bien parler au bon Dieu, mais enfin il voudra bien m'écouter tout de même, parce que vos prières et celles de Mlle Anne feront passer les miennes.

— Ce sera très-probablement le contraire qui arrivera, ma chère Lisette, dit Mlle Anne avec gravité ; il se peut très-bien que ce soient, au contraire, tes prières qui fassent passer les nôtres, comme tu dis : car le bon Dieu ne s'arrête pas, lui, à la forme d'un discours, et peu lui importe qu'il soit obscur ou brillant, pourvu qu'il parte d'un cœur confiant et fidèle.

— Dame, Mademoiselle, quand je demande quelque chose au bon Dieu, c'est bien avec l'idée qu'il me l'accordera, s'il le veut, puisqu'il peut tout !

— Nous voici prêtes, dit Alix ; descendons.

— Oui, dit Lisette, que ces demoiselles descendent : pour moi, je vais mettre un peu d'ordre ici avant de les rejoindre.

— Fais comme bon te semblera, répondirent les jumelles, qui s'emparèrent chacune d'une des mains de leur tante et sortirent avec elle.

Un instant après, elles pénétraient dans le petit sanctuaire attenant au château, où, par un précieux privilége, on conservait la sainte Eucharistie, et, se prosternant dans l'attitude de la supplication et du recueillement sur des prie-Dieu rangés devant la balustrade enfermant l'autel, elles invoquèrent du fond du cœur le Dieu des combats.

V

LISETTE.

La besogne qui avait empêché Lisette de suivre ses maîtresses fut promptement terminée sans
doute ; car à peine dix minutes s'étaient-elles
écoulées que la fillette, une petite lanterne à la
main, traversait d'un pas léger et furtif le grand
corridor reliant entre eux les différents appartements du château.

Posant sa lanterne à terre, elle alla coller son
œil espiègle contre la vitre d'une des hautes fenêtres, et l'y tint longtemps appliqué. A cette
heure avancée, par quoi pouvait être captivé le
regard de Lisette ? Il faisait nuit, il n'y avait pas
de clair de lune, il était impossible de rien distinguer au dehors, si ce n'est les grands arbres
dépouillés du parc se confondant avec ceux du
bois de la Forlière et de la Garde et formant
avec eux, au milieu des ténèbres, une masse

sombre et compacte dont l'œil ne pouvait au juste mesurer l'étendue. Disons-le tout de suite, Lisette n'était point venue se placer à la fenêtre avec l'intention d'admirer les beautés de la nature, auxquelles elle n'était peut-être pas très-sensible, et elle ne chercha pas à voir au delà de l'aile du château faisant face à celle où elle se trouvait.

— Quelle obscurité partout ! dit-elle ; il n'est sans doute pas chez lui, puisque aucune lumière ne brille à travers ses volets. S'il dormait !... Ah ! bah ! il est à peine onze heures, et jamais il ne se couche qu'après minuit... J'en aurai le cœur net ; l'armoire du laboratoire saura bien me révéler, sans qu'il s'en doute, s'il est ou non chez lui.

En parlant ainsi, Lisette quitta l'embrasure de la fenêtre et entra dans une grande pièce meublée et ornée avec un goût simple et sévère ; c'était celle de Mlle Anne ; l'œil n'y rencontrait qu'un seul objet riant, c'était un tableau de grande dimension représentant Olivier et ses sœurs enfants, réunis dans un groupe charmant où un lévrier blanc tenait sa place avec avantage.

Lisette ne fit que passer dans cet appartement,

où elle constata d'un rapide coup d'œil que ses services n'étaient pas nécessaires, et elle pénétra dans une pièce voisine, que Mlle de Bois-Morand appelait son magasin, parce qu'elle y rassemblait les objets de tous genres qu'elle distribuait chaque semaine aux nécessiteux du pays. A cette pièce attenait un vaste cabinet ; c'était le laboratoire ou la pharmacie, ainsi nommée parce que la sœur du marquis y préparait et y conservait les remèdes qu'elle avait coutume de porter elle-même aux malades, qui s'en rapportaient souvent avec plus de confiance à son expérience qu'à la science du médecin de Machecoul appelé à leur chevet.

Le laboratoire était le but de l'expédition mystérieuse de Lisette. Elle ouvrit la porte avec une sorte de crainte respectueuse, déposa sa lanterne sur le seuil, et dit, en appuyant deux doigts sur ses lèvres comme pour se recommander à elle-même le silence :

— Si Mlle Anne me voyait, comme elle me gronderait d'entrer ici, seule et surtout avec de la lumière ! Je ne suis pas peureuse, mais je ne voulais pourtant pas y venir à tâtons.

Tout en parlant, elle alla ouvrir une petite armoire pratiquée dans l'épaisseur de la muraille, et dans laquelle on renfermait les plantes qui n'avaient pas été triées encore et que Mlle Anne et ses nièces allaient elles-mêmes cueillir dans les champs et dans les bois. Lisette n'était ni grande ni épaisse; elle se fit, s'il était possible, plus petite et plus mince encore, pour se blottir entre le bas de l'armoire et la première étagère, et elle colla son oreille contre le fond qui n'était qu'une mince cloison.

— Rien ! dit-elle, décidément il dort... Bah ! j'entendrais le bruit de sa respiration... Non ! non ! il n'est pas là !... Il est sorti aussitôt après m'avoir remis le flambeau et avant même le départ de nos maîtres... Où est-il allé ?... Peut-être à Machecoul... peut-être chez cet homme, ce sabotier, ce Grégoire qui a si mauvaise mine et que je n'ai jamais pu souffrir... J'ai vu Rémy entrer deux fois dans sa vilaine cahute, il n'allait certainement pas lui commander des sabots. Et même il se cachait, car avec quelles précautions il se glissait dans le sentier aux Morilles et comme il regardait derrière lui pour s'assurer que personne ne le voyait ni ne le suivait ! J'étais si bien cachée qu'il ne m'a pas vue, et je me suis bien vite sauvée au château pour qu'il ne pût pas, à son retour, me rencontrer sur son chemin… Ici, tout le monde a confiance en lui, tout le monde raffole de lui ; quant à moi …

Lisette termina sa phrase par une grimace des plus expressives : elle appliqua de nouveau son oreille contre la cloison, aucun bruit, pas le moindre souffle ne trahit la présence d'un être quelconque dans la chambre voisine.

— Rien, toujours rien, dit-elle. Et nos pauvres demoiselles qui s'imaginent bonnement qu'il est à s'attrister de n'être pas parti avec les autres !… Avec cela que, s'il en avait eu bonne envie, il se serait gêné pour demander à M. Olivier la permission de l'accompagner ! allons donc !

Lisette fit, en sortant de sa cachette un haussement d'épaules significatif.

— Hum ! dit-elle en fermant la porte de l'armoire, tous ces gens qui viennent on ne sait pas d'où, ce n'est jamais franc du collier. Je ne mettrais pas mon petit doigt dans le feu pour affirmer que Rémy ne s'entend pas avec les *patauds*.

Elle sortit sans bruit du laboratoire, reprit sa lanterne, se glissa de son même pas léger et

mystérieux à travers les différentes pièces com-
posant l'appartement de Mlle Anne, et se re-
trouva dans le corridor. A peine y avait-elle fait
quelques pas qu'elle tressaillit en apercevant
une ombre se mouvoir à l'extrémité.

— C'est lui ! pensa-t-elle, il n'a pas eu le
temps d'aller jusqu'à Machecoul et d'en revenir... Il se sera contenté de parler au sabotier
et... Oh ! serait-il donc possible qu'il trahît ses
maîtres ? Serait-il donc possible que celui qui a
été comblé de tant de bienfaits jouât ici le rôle
d'espion?

A la vue de la lumière apparaissant inopiné-
ment devant lui, le personnage reconnu par
Lisette eut un moment d'hésitation; peut-être
allait-il rebrousser chemin, il n'en fit rien; prenant bravement son parti, il poursuivit sa marche, affectant un calme, une tranquillité que la
rougeur de son front, la contraction de ses traits,
le feu sombre de son regard eussent démenti,
s'il eût fait plus jour ou si la lueur de la lanterne
de Lisette eût été plus vive.

En passant à côté de lui, la malicieuse soubrette le toisa d'un regard moqueur, en s'é-
criant :

— Tiens ! Rémy, où donc avez-vous laissé vos
sabots neufs? Est-ce qu'ils n'étaient pas prêts?...
Quel contre-temps ! Vous en étiez bien pressé
pourtant, puisque vous avez laissé votre service
pour courir les chercher.

— Que chantes-tu là ? dit Rémy avec hauteur,
je ne sais, en vérité, ce que tu veux dire, et ne
m'arrêterai même pas à écouter tes sornettes,
s'il ne me plaisait de te dire que je n'entends
aucunement que tu te mêles de mes affaires,
ni de mes actes.

—Oh ! ma foi, je vous assure bien que je ne
m'occupe pas ordinairement de vous, répliqua
la jeune fille sans se déconcerter. Et si tout le
monde faisait comme moi, si chacun ne se mê-
lait que de ce qui le regarde, il y a bien des
choses et bien des gens qui iraient plus droit.

Sur ces mots elle partit d'un irrévérencieux
éclat de rire, fit un salut ironique et tourna les-
tement les talons, se dirigeant vers la chapelle
où elle avait promis de rejoindre ses maîtresses.

— Petit serpent ! murmura Rémy quand elle
eut disparu, ah ! tu te permets d'espionner les
autres !... eh bien ! sois tranquille, va, on te surveillera toi aussi. . Elle n'avait pas tant de ca-

quet, tantôt, quand elle se croyait près d'adresser
au beau Michel des adieux à peu près éternels...
Et pourtant, en ce moment, qui sait si le bien-
aimé de son cœur est encore de ce monde?...
Ah! Lisette, ma belle, les larmes sont bien
souvent peu éloignées du rire... Et ces sabots
qu'elle est venue me lancer à la tête, au figuré,
s'entend, car autrement elle aurait été très-bien
reçue, — qu'a-t-elle voulu dire par là?... Soup-
çonnerait-elle donc, car elle ne peut pas savoir!...
Oh! elle est si endiablée, que je ne voudrais pas
dire qu'elle ne m'a pas suivi... Enfin elle n'est
pas entrée toujours, à moins qu'elle n'ait le privilége de se changer en souris, en mouche ou en
grain de poussière. Donc, tranquillisons-nous,
elle ne sait rien... Mais, je te le répète, on te
surveillera, ma commère, et malheur à toi si...

Il s'interrompit croyant entendre un léger
bruit; cette fois, c'était sans doute quelque rat
se glissant sournoisement entre les boiseries,
car personne ne parut. Rémy, tout en poursui-
vant sa route, put continuer en paix son monologue. Toutefois il ne parlait pas assez haut désormais pour qu'il fût possible de distinguer ses
paroles; quelques mots seulement, vibrant sur

ses lèvres avec plus de force, pouvaient être
recueillis et permettaient de supposer que le
jeune domestique, gagné au courant des idées
nouvelles, n'était pas éloigné de donner raison
aux soupçons de Lisette.

A peine eut-il pénétré dans la chambre propre
et gentille occupée par lui seul au château, qu'il
en ferma soigneusement la porte et alla ouvrir
la fenêtre pour s'y accouder. L'air était vif, pénétrant, presque glacial ; mais Rémy avait du feu
dans les veines et les tempes mouillées d'une
sueur brûlante ; cet air-là lui faisait du bien.
Quand il eut donné pendant quelques instants
cours aux pensées tumultueuses qui se pressaient
dans son âme, il quitta la fenêtre, se procura de
la lumière et se jeta sur un siége avec une sorte
d'accablement. Son visage, que nous n'avons fait
qu'entrevoir dans une demi-obscurité, nous ap-
paraît maintenant en pleine lumière. C'est un visage jeune, — Rémy a à peine vingt-cinq ans, —
un visage intelligent, d'une beauté peu commune et singulièrement énergique. Pourquoi
faut-il qu'un triste pli vienne s'imprimer sur ce
front, haut et fier, si admirablement couronné
par les masses brillantes d'une onduleuse che-

velure noire et qui paraît si bien fait pour abri-
ter de grandes pensées ! Pourquoi faut-il que
cet œil, largement fendu, limpide et expressif,
soit traversé par des éclairs qui le rendent dur et
farouche ! Pourquoi faut-il enfin que ces lèvres
aux contours fermes et corrects distillent l'ironie et le fiel ! le charmant sourire de la jeunesse
leur irait si bien ! Rémy est beau et par moment
il semble laid : la physionomie est si parfaitement le miroir de l'âme !

Rémy n'était pas au château de la Forlière
un serviteur ordinaire ; il y avait été élevé et il
était presque considéré comme membre de la
famille ; à ce titre, il semblait que son attachement pour les Bois-Morand dût être aussi
vrai que profond ; il n'en était rien. Rémy avait
contre eux deux griefs qu'il ne pouvait ni oublier
ni pardonner : ils étaient les maîtres, et lui le
serviteur.

Qu'il nous soit permis de retourner un peu en
arrière pour dire au lecteur de quelle façon avait
été introduit à la Forlière ce personnage qui
doit jouer un rôle important dans notre histoire
et lui apprendre dans quelle situation il s'y
trouvait.

4

VI

Un soir d'automne, — il y avait déjà bien des
années de cela, — un des gardes du château
avait trouvé dans la forêt un tout petit enfant,
profondément endormi à côté du cadavre d'une
femme simplement vêtue, sa mère sans doute.
Étonné et ému, il avait transporté la femme et
l'enfant dans sa cabane, puis il s'était rendu au
château afin de parler de sa rencontre à ses
maîtres. Ceux-ci firent une enquête, qui n'amena
pas la moindre découverte; aucune ménagère
ne manquant ni à T.... ni dans les paroisses voisines, il fut avéré que cette femme, dont le costume était aussi inconnu que les traits, avait
quitté son pays on ne savait pourquoi. L'enfant, joli petit garçon de quelques mois seulement,
fut recueilli par le marquis de Bois-Morand.
Comme on ignorait s'il avait ou non reçu le
baptême, on le lui administra sous condition,

en lui donnant le nom de Rémy, parce qu'il avait été trouvé le jour de la fête de ce saint. Une métayère fut chargée de l'élever. Il grandit et se fortifia sous les yeux de M. et Mme de Bois-Morand, qui se complaisaient à voir le développement de ses facultés physiques et intellectuelles. Il partageait les jeux d'Olivier, plus tard il fut associé à ceux des jumelles, mais toujours en gardant vis-à-vis d'eux trois la distance que comportait la différence de leur rang ; car Rémy devait être un jour serviteur au château.

La gentillesse de Rémy, la grâce naturelle de ses manières, la vivacité de son humeur et de son esprit, les aimables qualités de son cœur, tout cela lui gagnait l'affection de chacun, mais surtout de ses bienfaiteurs. Quant aux enfants, ils l'aimaient à ce point qu'ils fondirent en larmes la première fois que Rémy dut s'éloigner d'eux pour être initié à son service ; et ils ne se consolèrent que quand on leur donna la promesse qu'il les accompagnerait de temps en temps à la promenade, et assisterait à quelques-unes de leurs leçons, surtout à celles de catéchisme données par la dévouée Mlle Anne, plusieurs fois par semaine. M. de Bois-Morand ne prétendait pas

faire de Rémy un savant, et cependant, ayant
remarqué la vive intelligence de l'enfant, il ne
voulait pas non plus qu'il fût tout à fait ignorant. Il avait su lire et écrire de très-bonne
heure ; le précepteur d'Olivier fut chargé de lui
enseigner l'arithmétique et les éléments de la
grammaire française. Charmé de l'extrême faci-
lité de Rémy et de son aptitude au travail, il se
fit un plaisir de lui consacrer parfois ses heures
de loisir et d'augmenter ses connaissances, soit
par une causerie instructive, soit par d'intéres-
sants récits.

En quittant le vieux professeur, et quand
aucune obligation de son service ne le retenait,
avec quel empressement Rémy se retirait chez
lui pour y réfléchir à ce qui avait fait le sujet de
son entretien ! S'asseyant devant une petite table,
il lisait, il écrivait avec une étrange ardeur. Par
moment il s'arrêtait, redressait avec fierté, avec
orgueil sa belle tête intelligente et s'écriait d'une
voix vibrante d'émotion :

— Oh ! je saurai, oui, je saurai avant Olivier
et mieux que lui !

Et il se remettait au travail, et il feuilletait
ses livres et il relisait les pages écrites éparses

devant lui, et sa plume recommençait à courir ;
il étudiait, non pas seulement avec bonheur,
mais avec une sorte de fièvre, pourrait-on dire.
Bientôt cette exaltation tombait, une couche
livide s'étendait sur son visage, une lueur sombre
s'allumait dans son regard, une sorte de voile
douloureux passait sur sa physionomie tout à
l'heure radieuse, il devenait méconnaissable : il
se levait, bouleversait ses livres et ses papiers
avec colère, repoussait bien loin cette table où
il accourait s'asseoir dès qu'il avait une minute
de liberté, et jurait de ne plus étudier.

— A quoi bon tout cela, s'écriait-il en levant
les épaules avec une amère ironie ! je n'en serai,
je n'en demeurerai pas moins un domestique,
un malheureux orphelin recueilli, élevé par charité... Ils ne me dédaigneront, ils ne me mépri-
seront pas moins !... Qu'ont-ils fait de plus que
moi, eux, pour mériter la richesse, les honneurs,
la puissance qui m'ont été refusés ? Si je pouvais
acquérir tout cela par le savoir, par le travail,
par la science, ainsi que cela se voit quelquefois,
dit M. Daurel... Oh ! je ne craindrais pas ma
peine !... Mais il faudrait solliciter du marquis de
nouvelles faveurs ; abandonnant mon service

4.

pour l'étude, il me faudrait ne vivre que de ses
aumônes... Comme mon pain serait dur!... Aujourd'hui, au moins, je le gagne, obscurément,
mais je le gagne, et le peu que je sais, je ne le
dois à personne... Non! non! je ne chercherai
pas à m'élever! Ce serait une peine inutile! entre
eux et moi la distance est impossible à combler,
elle serait toujours la même; en quelque position que me place l'avenir, ils seraient toujours
les bienfaiteurs et moi l'obligé, toujours les
maîtres et moi le serviteur... Maîtres! serviteur,
pourquoi est-ce ainsi? Olivier a-t-il donc plus
d'intelligence, plus de capacités que moi? Est-il
plus beau, plus élégant, plus distingué?... Non,
nos habits diffèrent, voilà tout. Et quant à l'esprit, j'en ai autant que lui, de la science il n'en
aura jamais, il est léger et paresseux ; il pourra
devenir un brave soldat, il ne sera jamais un
savant. Mais il est le comte de Bois-Morand, et
moi, moi, je suis le simple Rémy... O dérision
du sort! je ne sais même pas quel nom de famille
je puis joindre à celui de Rémy!... Oui, dérision,
dérision amère!... Ah! ces fiers Bois-Morand,
comme je les hais tous, oui tous !

Rémy prononçait ces paroles d'une voix mal

assurée : c'est que plusieurs visages qui n'avaient jamais eu pour lui que des sourires se dressaient soudain devant lui : c'était celui d'Olivier, ce bouillant enfant si ardent, si intrépide et, en même temps, si bon, si aimant! C'était la douce physionomie des jumelles... Oh! les jumelles!... Alix, presque aussi vive que son frère, mais si franche, si généreuse! Berthe si indulgente, si affectueuse, et enfin si oublieuse d'elle-même pour la satisfaction de tous... Et Mlle Anne?... Oh! Mlle Anne qui l'avait soigné, veillé dans ses maladies d'enfant, qui avait toujours pourvu à tous ses besoins avec la sollicitude d'une mère et ne cessait de l'environner d'une tendre et inquiète prévoyance! Quoi! il détestait tous ces cœurs si fermement, si absolument attachés au sien! Il le disait, mais était-ce bien vrai?... Avait-il bien examiné le fond de son âme? était-il bien sûr que, dans l'un de ses replis les plus mystérieux et les plus intimes, il n'existait plus aucun senti-ment d'affection pour ceux qui longtemps avaient été tout pour lui? Il l'affirmait bien haut, afin de se le persuader à lui-même; il repoussait comme importunes les douces visions de ses com-pagnons d'enfance, et, fermant l'oreille au lan-

gage de la reconnaissance et de la raison, il
n'écoutait plus que celui de l'envie et d'un ressentiment imaginaire.

Rémy grandit, et avec lui grandirent aussi les
passions auxquelles il avait livré l'entrée de son
âme ; elle n'était pourtant ni foncièrement mauvaise, ni totalement perverse, cette âme, et si, au
lieu d'étouffer ses généreux instincts, il les eût
laissés se développer sous les précieux enseigne-
ments qu'il recevait, elle eût été capable de
grandes et nobles choses. Il n'en fut pas ainsi.
Tout en paraissant porter à ses maîtres le respect
et l'attachement qu'ils étaient en droit d'attendre
de lui, tout en s'acquittant de son service avec
un zèle, un empressement qui lui méritait souvent les éloges du marquis ou de Mlle Anne,
Rémy supportait impatiemment le joug imposé
à sa volonté et il laissait la vanité et l'ambition
croître en lui.

Dans cette disposition d'esprit, on peut juger
avec quel transport il accueillit et embrassa les
idées nouvelles. Il jouissait au château d'une
grande liberté d'action, grâce à la confiance que
la famille de Bois-Morand avait en lui ; il en
profita pour se lier secrètement avec des indivi-

dus qui ne surent que trop mettre à profit ses
dispositions, le forçant à se dépouiller peu à peu
de ses derniers sentiments honnêtes, à étouffer
les cris suprêmes de sa conscience l'entraînant
de plus en plus sur la pente du mal, et prédi-
sant avec un mauvais rire qu'il ne tarderait pas
à le commettre. Ils ne s'étaient pas trompés :
Rémy en était venu à se faire l'agent de ces
hommes, qu'il méprisait au fond, et l'espion de
ses bienfaiteurs ! C'était lui qui, par esprit
de vengeance, ne voulant pas que le mariage
des jumelles s'accomplît ni que leur départ
s'effectuât, avait fait connaître le double projet
formé par la famille de Bois-Morand à Grégoire
le sabotier, lequel, entrant dans ses vues, en
avait à son tour instruit les patriotes, afin qu'ils
vinssent adroitement se jeter à la traverse. Ils
n'avaient rien trouvé de mieux, pour en arriver
à leurs fins, que d'empêcher le curé de se rendre
au château ; et, mis au courant toujours par
Rémy de la façon dont le digne vieillard devait
employer son temps jusqu'au moment de se
rendre près de ses amis, ils lui avaient tendu
l'embuscade dans laquelle, nous le savons, il
était tombé.

Occupé dans la salle à manger dont la porte était demeurée ouverte, Rémy avait appris par le récit d'Olivier le résultat de son entreprise. L'intervention des trois hommes, sur l'apparition desquels il n'avait pas compté, en avait compromis le succès, il n'était pas sans une certaine inquiétude sur la façon dont elle allait se terminer ; cette inquiétude fut à son comble quand il connut la décision de ses maîtres d'aller au secours du prêtre et la démarche des paysans. Il comprenait que, si vingt hommes l'avaient emporté sans peine sur trois, il leur serait impossible de tenir tête à une multitude ; il fallait donc de toute nécessité se procurer du secours. Après une courte hésitation, le parti de Rémy fut pris : il chargea Lisette de le remplacer, et il courut, ainsi que l'avait bien pensé la rusée fillette, chez le sabotier, afin de lui apprendre ce qui se passait. Grégoire, averti par le tocsin, mis en éveil par les clameurs menaçantes des paysans, courait déjà sur la route de Machecoul, afin de réclamer du renfort. Rémy ne trouva à la hutte qu'un petit garçon d'une douzaine d'années, apprenti de Grégoire, enfant chétif, malingre, à demi hébété par l'excès du travail,

es privations de toute sorte et les mauvais traitements.

— Où est Grégoire ? lui demanda Rémy en
entrant.

— A Machecoul, répondit simplement André.

— Y a-t-il longtemps qu'il est parti ?

— Aussitôt qu'il a entendu sonner à l'église.

— Bien ! fit Rémy, qui avait compris. Et il
n'a rien dit en partant ?

— Si fait ! Il a dit : Ah ! ah ! il y a du nouveau !... Il a ri, puis il s'en est allé.

— Il y a du nouveau en effet, Dréo, reprit
Rémy en donnant une tape amicale sur la joue
pâle de l'enfant. Nous allons faire la guerre aux
aristocrates, ils disparaîtront tous et nous nous
mettrons à leur place. Ah ! dame, tu ne man-
geras plus ton pain sec, au moins !

— Mais Grégoire me battra tout de même ? dit
André en levant sur le jeune domestique son
grand œil cerné de noir.

— Eh non ! puisqu'il ne sera plus ton maître.
Il n'y aura plus ni maîtres, ni serviteurs, ni riches, ni pauvres, tout le monde sera riche, tout
le monde sera heureux ! Tu verras, tu verras !

Un sourire empreint d'une sorte d'amertume

passa sur les lèvres d'André ; mais il ne répliqua pas une parole. Seulement, quand Rémy se fut éloigné, il murmura en secouant les mèches incultes de sa brune chevelure :

— Tout le monde sera heureux !... C'est bien drôle. M. le curé dit toujours qu'on ne sera heureux que dans le ciel... Ils veulent tuer les nobles pour se mettre à leur place, mais je ne veux pas, moi, qu'on tue les nobles !... Le bon monsieur et les petites demoiselles ne sont pas méchants comme Grégoire, ils m'ont donné bien souvent du pain et des habits, et si le maître ne me battait pas quand il me voit leur parler, je ne manquerais de rien !... Non ! non ! je ne veux pas qu'on tue les nobles !... Pourquoi donc Rémy veut-il qu'ils meurent, lui ? se demanda André, après un instant de réflexion ; pourquoi ne les aime-t-il pas ?... Il est pourtant bien heureux chez eux, il n'est jamais battu, il est toujours bien vêtu et bien nourri, et il ne travaille pas bien durement.

Ce disant, il regarda ses pauvres petites mains rendues rudes et calleuses au contact d'un pénible labeur, il secoua pensivement sa tête mélancolique et décolorée, et reprit :

— Il ne les aime pas et il leur en veut, il ne cesse de le dire... Pourquoi leur en veut-il? pourquoi en veut-il surtout à Mlle Alix, qui est si bonne! si bonne! Que lui a-t-elle fait?

A cette question que se posait André, il lui fut impossible de répondre. Quant à nous, nous allons pouvoir le faire, nous allons vous faire connaître, chers lecteurs, le grief de Rémy contre Alix, grief qui remontait à bien des années déjà, qu'il n'avait jamais oublié, jamais pardonné, et qui était, au contraire, devenu avec le temps une blessure profonde, incurable. Il ne fallait pas chercher ailleurs l'origine de la haine de Rémy contre la famille de Bois-Morand.

Un jour, Olivier et Rémy, qui pouvaient avoir une douzaine d'années alors, jouaient dans le parc de la Forlière avec Alix et Berthe. Après avoir épuisé bien des jeux, ils s'assirent sur une pelouse et se mirent gravement à faire des souhaits « pour plus tard ».

— Moi, dit Olivier avec feu, je voudrais faire la guerre, devenir un brave serviteur du roi et un grand capitaine, et chasser tous les ennemis de la France.

5

— Moi, dit Berthe, j'aurais bien peur en te voyant aller à la guerre, mais je prierais tant le bon Dieu pour toi que tu reviendrais sans blessure. Et toi, Rémy, ajouta-t-elle en se tournant vers l'orphelin, est-ce que tu voudrais aussi faire la guerre ?

— Je ne sais pas, répondit Rémy. Il me semble que, si j'étais grand, il n'y a qu'une seule chose qui pourrait me rendre heureux.

— Et laquelle donc ? demandèrent tous les enfants.

— Ce serait d'être le mari d'Alix.

Il prononça ces mots avec une étrange vivacité et en fixant ses beaux yeux expressifs sur la gentille Alix. Celle-ci, très-occupée à tresser une couronne de bleuets, releva la tête à ces paroles et se mit à rire de bon cœur en regardant Rémy.

— Tu es fou, dit-elle joyeusement, est-ce que tu es un gentilhomme pour devenir mon mari ?

Rémy rougit, se mordit les lèvres, retint avec dépit une larme qui arrivait à sa paupière, et dit d'un ton qu'il essayait de rendre indifférent :

— C'est juste ! aussi n'était-ce qu'une plaisanterie. Veuillez me pardonner, Mademoiselle.

— Est-il drôle ! s'écria Alix en riant plus fort, mais je ne t'en veux pas du tout, mon pauvre Rémy !

Mon pauvre Rémy ! combien ces mots sonnaient désagréablement aux oreilles de l'orgueilleux ! comme ils lui semblaient renfermer une ironie amère ! Il n'en était rien pourtant ; la vive et joyeuse petite Alix les avait prononcés avec une intonation affectueuse, presque caressante : elle chérissait Rémy et n'aurait, pour rien au monde, voulu l'affliger. Ce petit incident n'avait pas tardé à être oublié de tous ceux qui en avaient été témoins ; seul Rémy s'en était souvenu, il y pensait encore après dix ans, et, dans ce moment même où il croit avoir ébranlé, sinon détruit complétement le bonheur de la jeune fille, ce souvenir l'anime au point de le faire s'écrier les joues pourpres, l'œil en feu :

— J'ai souffert ; eh bien ! qu'elle souffre aussi !

Involontairement, la pensée de Berthe, sacrifiée comme sa sœur, traversa son cerveau. Un instant, il fut sur le point de se laisser attendrir, et puis il se railla lui-même de sa pitié.

— Bah ! dit-il, si Berthe ne m'a pas exprimé hautement son dédain, elle ne me méprise pas moins qae sa sœur... Elle est plus timide, mais non moins orgueilleuse; eh bien! que l'heure de l'humiliation sonne donc pour toutes deux, mais qu'elle sonne pour vous surtout, Alix, oh! Alix!...

VII

Ainsi que Michel l'avait dit à Olivier et à Vincent Moreau, les patriotes, au sortir de la forêt, étaient entrés à la métairie de la Mellinière, dont la position écartée convenait sans doute à leurs projets. Sans égard pour un homme âgé qui, couché dans un grand lit entouré de rideaux de serge, paraissait mourant, ni pour une pauvre femme qui, le corps ployé en deux, les yeux noyés de larmes, se tenait sur un escabeau près de son chevet, ils firent une entrée bruyante, entremêlant les apostrophes les plus insultantes, les plaisanteries les plus grossières, les propos les plus ignobles aux éclats de rire les plus sauvages et les plus discordants.

— Miséricorde ! que veulent ces gens-là ? s'écria Marianne en se levant vivement pour s'avancer au-devant de la cohorte. Voulez-vous bien vous taire !... Vous allez tuer mon pauvre Julien avant que son heure ne soit arrivée ! Ah ! doux Sauveur ! monsieur le curé ! ajouta-t-elle en reconnaissant le vénérable prêtre qui, pâle, défiguré, se soutenait à peine. Deux ou trois de ses odieux compagnons le poussèrent du seuil de la cabane jusqu'au pied du lit de Julien, contre lequel il trébucha, ce qui provoqua chez les patriotes un nouvel accès d'hilarité.

— Misérables, vous en êtes donc venus à vos fins ! s'écria Marianne foudroyant les arrivants de ses regards indignés. Mon bon monsieur le curé, sans Julien vous ne seriez pas tombé aux griffes de ces bêtes féroces !

— Doucement, doucement, citoyenne, eh ! eh, tu ne ménages pas tes mots et tu as une drôle de manière de remercier ceux qui ont tenu à te faire plaisir, ainsi qu'à ton mari, en amenant ici le ci-devant curé de T... Sais-tu que nous avons pleins pouvoirs du comité, et que si tu nous échauffes par trop les oreilles...

— Je ne me moque pas mal de votre comité et de toutes vos balivernes, interrompit Marianne en haussant les épaules, vous devriez bien laisser les honnêtes gens tranquilles !

En parlant ainsi, elle faisait asseoir M. Durand et elle s'occupait de lui préparer une boisson rafraîchissante, car il lui avait fait signe qu'il avait la gorge en feu ; mais les patriotes lui arrachèrent le verre qu'elle tenait à là main et la poussèrent brutalement vers le cellier, en lui disant d'un accent qui n'admettait pas de réplique :

— Crois-tu que nous ne sommes venus chez toi que pour te voir soigner ce calotin ? Commence par le laisser tranquille et par nous servir, nous autres, ou bien il t'en cuira, à toi et à lui.

Condamnée à l'obéissance, Marianne alla, accompagnée de plusieurs d'entre eux, tirer du vin et chercher des vivres ; ceux qui étaient demeurés dans la chambre principale, tout en surveillant le curé pour qu'il ne pût s'approcher du moribond, préparaient la table. Ils ne tardèrent pas à s'y asseoir au complet et à commencer un repas arrosé de libations très-fréquentes. Ils avaient forcé l'abbé Durand à se placer au milieu d'eux, mais ils se gardèrent bien de lui offrir ni une bouchée de pain ni une goutte d'eau. Parfois ils avançaient leur verre jusqu'à ses lèvres, en lui disant : « Allons, tiens, bois à la santé des braves patriotes ! » puis, le reculant aussitôt, au milieu de leurs stupides éclats de rire : « Non, non, reprenaient-ils, c'est nous qui allons boire à la tienne et à celle de Julien... Père Julien, ça va mieux, hein ! Voyons, que dit le cœur ?...

— Il dit que vous êtes des lâches ! répliqua Marianne, incapable de se contenir davantage, oui, des lâches ! puisque vous ne pouvez laisser un pauvre mourant finir en paix ! Oh ! si nous avions donc ici quelques bons gars de la Forlière !

— Ah ! ah ! je vous demande un peu qui est-ce qui craint ici les gars de la Forlière ? ricana Honoré Rivet. D'ailleurs, avant qu'ils soient venus, pour te défendre, ta langue, si tu ne te décides à la laisser au fourreau, pourrait bien avoir perdu le don de la parole, car tu nous étourdis à la fin !

Marianne ne se tint pas pour battue ; malgré les signes que lui adressait à la dérobée l'abbé Durand pour l'engager au silence, elle se dressait par moments, ardente, exaspérée, en face de cette bande d'êtres sans cœur, et elle aurait voulu, disait-elle, que ses ongles pussent se changer en pointes de fer pour leur déchirer le visage.

— Liez cette furie pieds et poings, et jetez-la dans un coin, afin que nous puissions finir notre repas en paix, dit Honoré Rivet.

Ce qui fut dit fut fait; plusieurs robustes gaillards saisirent la métayère, et, à l'aide de cordes dont ils s'étaient munis, ils la garrottèrent étroitement et la déposèrent dans un coin, sur la terre durcie de la cabane. Le curé leva les yeux au ciel, mais ne proféra aucune parole : dans son lit, le moribond articula un faible gémissement.

Débarrassés de Marianne, les patriotes se remirent à festiner, et en même temps à tourmenter leur patiente victime, l'abbé Durand. Ils ne lui ménageaient ni les injures, ni les outrages, ni les coups même ; mais, par une permission spéciale de la Providence, il ne leur vint pas à l'idée de le fouiller. Intérieurement le saint homme bénissait donc Dieu, car, bien qu'il fût brisé, accablé de fatigue et de souffrance, il sentait qu'il pourrait endurer d'autres tourments encore, puisque le corps adorable de son maître qu'il portait sur sa poitrine était préservé.

— Camarades, dit tout à coup le citoyen Manlius d'un accent emphatique et en se levant
bruyamment de table, nous avons assez festoyé
pour ce soir : il convient de prendre d'agréables
délassements et de réparer ses forces ; mais nous
ne devons pas perdre inutilement les moments
si précieux de la république une et indivisible :
vous devez être suffisamment restaurés, et toi,
calotin, poursuivit-il ironiquement, parfaitement
reposé ; remettons-nous donc en route.

Ils se levèrent, quelques-uns chancelants, tous
un peu plus émus qu'il n'aurait fallu. Quant à
M. Durand, ses jambes fléchirent sous lui, et il
retomba assis sur le banc de bois qui entourait
la table.

— Je n'en puis plus ! murmura-t-il involontairement.

— Voilà du nouveau ! s'écria le forgeron. Le
curé refuse de marcher, histoire de rester ici
pour y débiter ses sornettes et y réciter ses ore-
mus. Attends ! attends ! on va trouver le moyen
de te dégourdir les jambes.

Il saisit son bâton, mais, au lieu d'en faire
usage, il se tint immobile et tendit l'oreille d'un
air profondément surpris.

— Tiens! tiens! que se passe-t-il à T...? dit-il.
On entend les cloches !

— Il y a déjà un moment qu'elles sonnent, répliqua l'un des sicaires, c'est le tocsin. Qui sait !
le feu est peut-être au château ou au *ci-devant*
presbytère ?

— Les frères de Machecoul auraient joliment
travaillé, s'ils avaient fait ce bon coup-là ! reprit
Honoré, dont un rire satisfait étendit les extré-
mités de la bouche jusqu'aux oreilles. Réflexion
faite, ajouta-t-il le visage un peu assombri, ne
sont-ce point ces imbéciles de paysans qui s'a-
musent à jeter l'alarme à cause de la disparition
de leur curé? En ce cas, ne bougeons pas d'ici,
du diable s'ils ont l'idée de venir nous y chercher.

Il se mit à rire de son excellente idée, tandis que
ses camarades, effrayés par le sourd et sinistre
son du tocsin, ne partageaient nullement sa
gaieté.

Le bon curé et Marianne se sentaient, eux, pleins
d'espoir. Sans doute les fidèles paroissiens s'ar-
maient pour la délivrance de leur pasteur, sans
doute ils étaient déjà à sa recherche et finiraient
bien par le découvrir. En attendant, ils priaient

intérieurement avec une ferme confiance; mais ils étaient si émus, si impressionnés, qu'on eût presque pu entendre les pulsations de leur cœur.

Tout à coup une vive rumeur se fait entendre dans le petit sentier qui borde la cabane et conduit à la lisière de la forêt. Les persécuteurs de l'abbé Durand deviennent blèmes, Honoré ne rit plus; cependant il essaie de se rattacher à une dernière espérance.

— Ce sont peut-être des amis? dit-il.

— Des amis ! ah ! par exemple ! N'entends-tu pas la voix de Michel Vannier ? Il nous en coûtera cher, va, citoyen Manlius, d'avoir laissé ce soir nos trois oiseaux de la forêt s'envoler. Commences-tu à comprendre que ceux qui sont là n'ont rien de commun avec nous?.. Les entends-tu ?... Ils osent proférer des menaces contre la République ! Ils osent crier Vive le roi !... Des amis, dis-le-moi, pousseraient-ils ces cris séditieux ?

— Non, non, ce sont des ennemis, dit Manlius en pâlissant. Ces stupides gars de la Forlière, sans doute ?... Bah ! une vingtaine d'hommes... ils ne seront pas les plus forts !

— Une vingtaine s'il n'y a que ceux de la Forlière. Mais leur bête de sonnerie aura ameuté
les villages voisins... Dans quel guêpier nous
nous sommes fourrés !

—Poltron! dit le forgeron en soulevant ses épaules puissantes avec un geste de souverain mépris.

— Merci, tu en parles à ton aise, toi ! Avec ça
que tu es déjà si rassuré !

— Moi ! oh ! je n'ai pas peur ! répartit Honoré Rivet en redressant sa haute taille.

Puis, crispant son poing vigoureux :

— Avec cela seulement, continua-t-il, je me
charge de terrasser dix de ces paysans.

— Oh ! il en est parmi eux qui ont le poignet
aussi solide que toi, soit dit sans te désobliger,
citoyen ; Vincent Moreau, par exemple.

— On verra bien !

Il n'eut pas le temps d'en dire davantage : la
porte d'entrée résonnait sous des coups vigou-
reusement frappés, et une voix criait au dehors,
sur le ton de la colère :

— Ouvrez, coquins, ouvrez, si vous ne voulez
pas que l'on vous tue tous !

A cette sommation, les patriotes s'interrogèrent d'un regard peu rassuré.

— Ne bougez pas ! leur dit Honoré à demi-voix, mais avec un accent impératif. Ils peuvent se douter que nous sommes ici, mais il est impossible qu'ils en aient la certitude. Seule, la bête du curé aurait pu nous trahir, j'ai eu la précaution de l'enfermer dans l'écurie... Attendez, la métayère va assurer notre salut.

Il s'approcha de Marianne et lui dit, toujours sur le ton du commandement, mais en adoucissant cependant l'expression brutale de sa physionomie :

— Mère Marianne, dis un peu à ces butors de passer leur chemin et de ne pas troubler le repos des braves gens.

— Avec ça que vous vous en souciez de notre repos ! répliqua ironiquement Marianne. Dites-leur ce que bon vous semblera ; quant à moi, vous pouvez me tuer si vous voulez, mais vous ne me ferez pas parler contre mon gré.

— Scélérate ! et moi je te dis que tu parleras, dit Manlius lui portant ses deux mains à la gorge et la serrant à l'étouffer. Si tu ne le fais pas, non-seulement je te tue, mais encore ton mari et le calotin.

Sous l'étreinte du géant, Marianne poussa un

sourd gémissement ; mais quand il la laissa res-
pirer et qu'elle put ouvrir les lèvres, ce ne fut
point pour prononcer les paroles qu'il lui avait
ordonné de dire, mais pour proférer en regardant
la porte d'entrée avec une sorte de rayonnement
joyeux, cette phrase qui exaspéra le patriote

— Vous n'en aurez pas le temps !

Honoré jeta vers la porte un rapide regard ;
elle lui parut solide. Il haussa les épaules et répéta :

— Parleras-tu ?

— Non, répondit Marianne.

Pour la seconde fois, les dix doigts musculeux
du forgeron se crispèrent sur le cou de la malheureuse femme, dont le visage devint violet
sous la pression du barbare. Elle s'attendait à
mourir, et priait mentalement, ses yeux déme-
surément ouverts et fixés sur l'abbé Durand,
qui, plus pâle qu'un mort, lui adressait de loin
l'absolution suprême. Soudain, Honoré lâcha
prise en poussant un jurement formidable : ses
compagnons l'abandonnaient. Effrayés des som-
mations des assiégeants, ne sachant à quel nombre ils avaient affaire, comprenant que la porte,
quelque solide qu'elle fût, ne tiendrait pas long-

temps désormais contre les efforts de leurs adversaires, ils avaient cherché du regard une
issue pour s'enfuir, et ils s'esquivaient, les uns
par la porte du cellier duquel on pouvait gagner
un petit sentier perdu menant droit à la forêt,
les autres par la fenêtre donnant sur le jardin.

— Ah ! misérables lâches ! rugit Honoré Rivet.

Et, songeant qu'il lui serait impossible de tenir
tête aux assaillants, il adressa à Marianne et à
l'ecclésiastique un geste plein de colère et de menace, et suivit ses compagnons. La porte en ce
moment volait en éclats, et une vingtaine d'hommes faisaient irruption dans la cabane. Voyant
la fenêtre ouverte, ils comprirent que ceux qu'ils
poursuivaient venaient de s'enfuir par cette issue ;
ils traversèrent la chambre d'un élan unanime,
sans même remarquer la présence du prêtre, et
se précipitèrent dans le jardin sur les traces de la
bande de Manlius.

Quelque vite qu'ils eussent passé, l'abbé Durand avait eu le temps de les reconnaître : c'é-
taient bien des habitants de la Forlière ayant à
leur tête Michel Vannier.

Effectivement, Michel, selon qu'il en était
convenu avec son futur beau-père et Olivier, s'é-

tait rèndu au village ; il avait promptement
réuni autour de lui une vingtaine de jeunes gars
aussi robustes, aussi déterminés que lui, et ils
s'étaient dirigés avec eux vers le lieu du rendez-
vous. Blottis dans le fourré, dans la partie de la
forêt avoisinant la Mellinière, ils avaient attendu
Olivier et Vincent pendant un quart d'heure environ ; puis, voyant qu'ils tardaient et craignant qu'un incident quelconque ne fût venu en-
traver leur marche, et qu'il ne fût ensuite trop
tard pour secourir M. Durand, Michel avait proposé de se porter sur la métairie et d'attaquer
carrément « la bande à Rivet. »

La proposition fut acceptée d'emblée, et les
gars, poussant des hurrahs joyeux, s'étaient élan-
cés vers la métairie au moment même où les populations voisines, s'ébranlant au son du tocsin,
se dirigeaient vers le château, et au moment
aussi où le sabotier Grégoire courait sur la route
de Machecoul afin de prévenir ses « frères et
amis » les sans-culottes de ce qui se passait à la
Mellinière.

VIII

LA LUTTE.

— Mes amis, dit l'abbé Durand quand il se vit seul avec les deux métayers, il va y avoir bien du sang de versé ; peut-être plusieurs de ces hommes vont-ils comparaître devant leur juge. Ne cessons pas de prier.

— Ma foi, Monsieur le curé, moi je prie pour ces braves gars de la Forlière, mais non pour ces mécréants de T***, répliqua Marianne.

— Il faut prier pour tous, Marianne, pour ceux surtout qui en ont le plus besoin. Quant à vous, mon pauvre Julien... Julien, vous m'entendez, n'est-ce pas ?

— Oui bien, Monsieur le curé, répondit le vieillard d'une voix faible en essayant de soulever sa tête pâle sur son oreiller trempé de sueur.

— Mon ami, reprit M. Durand, voyez comme Dieu est bon !... comme il est bon surtout pour ceux qui toute leur vie l'ont servi fidèlement ! Il a permis que, malgré tout ce qui vient de se passer, je pusse conserver sur moi la sainte Eucharistie. Recueillez-vous donc, Julien, car la faveur que vous ambitionnez va vous être accordée : vous allez recevoir votre Dieu.

A ces paroles du prêtre, une lueur radieuse illumina le visage du mourant et remplaça l'éclat fiévreux de son regard ; presque aussitôt cette lueur s'éteignit, et il murmura avec un profond découragement :

— Monsieur le curé, je ne puis aller jusqu'à vous et vous, comment pourrez-vous venir jusqu'à moi, blessé et sanglant, épuisé comme vous l'êtes ?... Le bon Dieu sait quel vif désir j'ai de le recevoir, mais il sait aussi que je ne veux pas augmenter votre fatigue... J'espère dans sa miséricorde et...

— Julien, encore une fois, recueillez-vous, interrompit M. Durand avec une douce autorité, vous allez recevoir votre Dieu.

L'ecclésiastique, se levant avec peine, se traîna plutôt qu'il ne marcha jusqu'au lit du mourant ; il se pencha sur lui, afin de recueillir ses derniers aveux, traça sur lui le signe sacré, prononça les paroles sacramentelles, lui fit une courte exhortation et lui présenta la sainte Eucharistie. Marianne, seul témoin de cette scène touchante, se retenait pour ne pas éclater en sanglots. Si c'était pour cette femme, essentiellement pieuse, une ineffable consolation de penser que le compagnon de sa vie ne serait pas privé des secours religieux, quelle peine elle éprouvait aussi de ne pouvoir se transporter au chevet de son mari mourant !

Après s'être tenu quelque temps à côté de ce dernier, l'abbé Durand, toujours avec la même difficulté, car tous ses membres le faisaient souffrir, se dirigea vers la métayère.

— Voyons, dit-il, si mes faibles mains pourront venir à bout de détacher ces liens qui vous retiennent captive et vous font souffrir.

— Non, non, Monsieur le curé, dit vivement Marianne : car si ces méchants avaient le dessus, ils seraient capables de vous tuer pour vous punir de votre charité. Ne vous inquiétez pas de moi ; mes souffrances, que sont-elles comparées à celles de mon pauvre homme, comparées aux vôtres? Vous avez supporté tous leurs mauvais traitements sans vous plaindre : de quoi donc

me plaindrais-je ? Et tenez voilà que vous deve-
nez plus pâle encore... Vos blessures sont graves peut-être ?... Si ces scélérats s'éloignaient
pour ne plus revenir, je les panserais... On dirait
que votre bras gauche vous refuse son service ?...

— Oui, dit le vieillard en essayant de le mouvoir ; mais ses traits se contractèrent sous l'empire d'une violente douleur et il faillit pousser
un cri. Je me serai foulé le bras dans ma chute,
dit-il ; ce n'est qu'un bien petit malheur comparé
à celui qui pouvait arriver... Songez donc, ma
fille, si ces hommes eussent porté une main sa-
crilége sur le corps adorable de notre Sauveur !...
Songez donc...

Il n'eut pas le temps d'en dire davantage. Depuis quelques instants on entendait de vives ru-
meurs et des détonations de plus en plus fréquen-
tes, qui donnaient à supposer que le nombre des
combattants s'était considérablement accru ; en
ce moment plusieurs figures sinistres se montraient à la croisée demeurée ouverte, et presque
aussitôt une troupe d'hommes, les cheveux héris-
sés, les yeux injectés de sang, les habits en désordre, entraient dans la cabane.

— A mort ! à mort le calotin ! hurlaient-ils.

— Monsieur le curé, cachez-vous ! dit Marianne à voix basse. Tenez ! là... là... dans cette armoire... ils ne vous voient pas, vous pourrez peut-être leur échapper... C'est que ceux-ci, je puis vous l'assurer, sont encore plus scélérats que les autres ; ils sont de Machecoul, je les reconnais bien !

Marianne avait raison, c'étaient en effet des sans-culottes de Machecoul. Accourus en toute hâte pour prêter main-forte à leurs camarades, ils les avaient rencontrés fuyant devant Michel et les siens ; peu après ils s'étaient trouvés en présence de la troupe partie du château. On en était venu aux mains dans le chemin creux de la Mellinière et à l'entrée de la forêt. Apprenant que le curé se trouvait chez Julien seul et sans défense, un certain nombre des patriotes nouveaux venus s'étaient détachés de leurs rangs pour gagner, par un chemin détourné, les derrières de la maisonnette et s'emparer du curé. Ils ne le virent pas tout d'abord dans la demi-obscurité de la chambre, éclairée seulement par une résine placée dans le foyer ; apercevant une figure humaine derrière les rideaux à demi tirés du lit, ils crurent que c'était l'abbé Durand et se précipitèrent, l'arme levée, sur le malheureux Julien.

— Arrêtez ! cria M. Durand en s'élançant aussi vite qu'il le put au milieu des survenants, arrêtez ! Vous vous trompez, cet homme n'est pas celui que vous cherchez. Je suis l'abbé Durand, et c'est moi sans doute que vous voulez. Faites donc de moi ce qu'il vous plaira, mais laissez ce mourant tranquille.

Des éclats de rire sardonique saluèrent ces paroles du digne prêtre.

— C'est bon, c'est bon ! notre besogne va être plus vite terminée. Nous allons régler son compte d'abord, et ensuite nous nous occuperons du tien.

— Si c'est à moi que vous en voulez, vous ne pouvez pas vous acharner contre un innocent ! dit encore M. Durand, auquel la pitié donna soudain des forces, et qui, de la main dont il pouvait se servir, essaya d'écarter ceux qui se trouvaient le plus près de lui.

— As-tu fini de nous étourdir, et de nous dicter tes ordres ? Crois-tu donc que tu vas être le plus fort ? Tiens, vois un peu le cas que je fais de toi.

Celui qui parlait porta un coup de son poing musculeux à la poitrine du vieillard, qui se courba en arrière en poussant un cri douloureux. D'autres coups, plus violents encore, lui furent appliqués; c'en était trop, il s'affaissa sur le sol avec un sourd gémissement, et il s'évanouit.

— Cœur de poule ! ricanèrent les patriotes. A l'autre à présent.

— Infâmes assassins ! cria Marianne en réprimant un sanglot.

— Tiens ! tiens ! d'où sort cette voix-là ? Ah ! ah ! citoyenne, tu n'en as pas assez, paraît-il : eh bien! attends un peu, on va te faire ton affaire, à toi aussi. Achevons d'abord le moribond.

Et ils se ruèrent sur le lit de Julien, la fureur dans le regard et le jurement aux lèvres, prêts à assouvir leur haine et à contenter leur cruauté. L'obscurité commençait à se faire dans le cerveau du malade, la parole n'arrivait plus que difficilement à ses lèvres, et dans ses yeux s'allumaient les lueurs ternes de l'agonie ; il comprit pourtant que ces hommes voulaient lui ravir, par la violence, les derniers instants qui lui restaient à vivre, et il trouva la force de murmurer :

— Vous vouliez m'empêcher de mourir avec mon Dieu, et voilà que vous allez me faire mourir pour lui. Oh ! merci !

Il croisa sur sa poitrine ses mains décharnées, humides d'une sueur froide; un demi-sourire erra sur ses lèvres, qui ne proférèrent plus aucun son.

— Bon ! en voilà deux hors de combat ! s'écria l'un des patriotes en éclatant d'un rire sardonique. A présent à la citoyenne !

Et ils se dirigèrent vers l'endroit de la chambre où la malheureuse femme, retenant ses cris et dévorant ses larmes, endurait le plus cruel martyre. Ils n'eurent pas le temps d'achever leur œuvre détestable : pour la seconde fois les patriotes étaient vaincus, pour la seconde fois il leur fallait fuir devant leurs adversaires et abandonner leurs victimes.

— Malédiction ! s'écria un des sans-culottes, ils ont été les plus forts !

— Un peu, mon garçon, répondit une voix bien connue qui n'était autre que celle de Vincent Moreau. Allons, détalez et promptement, vous avez fait assez de propre besogne ici pour que l'on ne vous y voie plus.

6

Les patriotes n'essayèrent pas une résistance désormais inutile; ils s'éloignèrent pleins de rage en jurant de prendre leur revanche et les vainqueurs demeurés maîtres du terrain, s'empressèrent de secourir les trois victimes dont l'état les navrait. M. de Bois-Morand et son fils s'occupèrent de relever le curé, qui fort heureusement n'était qu'évanoui et ne tarda pas à recouvrer sa connaissance. Marianne fut délivrée de ses liens; ils avaient creusé un sillon bleuâtre sur ses poignets et ses jambes nues et fait enfler ses membres; aussi fut-elle un long moment tout engourdie avant de pouvoir en retrouver l'usage. Enfin, un peu remise, elle se précipita vers Julien et serra convulsivement ce pauvre corps qui s'agitait sous les dernières étreintes de l'agonie. Quelque chose comme un sourire passa sur les lèvres blémies du moribond, une sorte de rayon joyeux illumina son regard atone; il essaya de bégayer un mot de tendresse, et mourut. Marianne le considéra pendant quelques instants sans parler, sans pleurer; elle ferma pieusement ses paupières, s'inclina sur son front pour y déposer un baiser; puis se laissa glisser à genoux près du lit, et alors, cachant sa tête

dans ses mains, elle pleura. Mais son accès de
douleur ne fut ni bruyant ni long ; elle se leva,
plaça à côté du mort un cierge de cire jaune
rapporté de l'église le jour de la Chandeleur, mit
tout à côté un verre d'eau bénite et une branche
de romarin, et reprit près du défunt sa première
position, sans s'occuper de ce qui se passait
autour d'elle.

Chacun des assistants vint à tour de rôle as-
perger le cadavre, en récitant pour l'âme qui
venait de s'en échapper une fervente prière.
L'abbé Durand avait repris ses sens, mais il
était d'une faiblesse extrême ; il ne put, quelque
désir qu'il en eût, s'agenouiller auprès de celui
dont la fin avait pu être hâtée par les tristes
événements de cette soirée ; il dut se contenter
de prier debout, en se faisant soutenir par quelques bras amis.

Tandis qu'une partie des paysans s'apprêtaient
à faire avec Marianne la veillée du mort, d'autres
s'occupaient de construire un brancard afin de
transporter l'abbé Durand au château, car il
était urgent qu'il reçût des soins, urgent surtout
que l'on visitât son bras dont il souffrait d'une
façon de plus en plus intolérable.

Quand le brancard fut terminé, on y étendit
sur un matelas, avec toutes sortes de précautions, l'excellent curé, qui ne cessait de demander pardon de la peine qu'il donnait et de s'affliger de ne pouvoir demeurer plus longtemps
près de Marianne.

— Ah! Monsieur le curé, dit cette brave
femme avec un accent qui impressionna toute la
multitude, je serai bien plus contente de vous
savoir en sûreté avec nos maîtres que de vous
voir ici, où vous risqueriez d'être repris. Si vous
restiez, vous ne pourriez pas me rendre mon
pauvre défunt, voyez-vous; eh bien ! vous prie-
rez tout aussi bien pour lui au loin qu'auprès.
N'y a-t-il pas, d'ailleurs, que son pauvre corps
ici ?...

Les larmes lui coupèrent la voix. M. Durand
et ses maîtres lui adressèrent, avant de se retirer quelques paroles de consolation et d'adieu ;
puis le brancard supportant le curé ayant été
élevé sur les épaules de quatre robustes garçons,
les habitants du château s'éloignèrent, pressés
d'aller rassurer sur leur compte celles qui les
attendaient le cœur rempli d'une inexprimable
angoisse. Précédons-les à la Forlière.

IX

Plusieurs heures s'étaient écoulées depuis le départ du marquis et de sa troupe. Combien de temps encore allait se prolonger l'attente des quatre femmes, réunies à la chapelle, c'est ce qu'il était impossible de pouvoir dire. Tout en priant, elles prêtaient une oreille inquiète aux bruits du dehors, mais rien ne venait troubler le silence du petit sanctuaire, et l'angoisse croissait dans leur cœur de minute en minute, du moins dans celui de Mlle de Bois-Morand et de ses nièces ; car quant à Lisette, après un quart d'heure environ d'oraison, elle s'était paisiblement assoupie sur le banc où elle était assise.

— Mes enfants, dit à mi-voix Mlle Anne aux jumelles, vous allez vous fatiguer ; retirez-vous, je vous en prie. Sitôt que nos combattants seront de retour, j'irai vous éveiller, je vous le promets.

6.

— Nous ne pourrions pas dormir, dirent una-
nimement les deux sœurs, mais, vous, ma tante,
allez prendre un peu de repos.

Mlle Anne fit un signe négatif. Elle allait
proposer aux jeunes filles de se rendre au salon
pour y continuer leur veille, lorsqu'un murmure
de voix se fit entendre au dehors.

— Ce sont eux ! dirent les deux sœurs en tres-
saillant. Mon Dieu ! reviennent-ils tous ?

Et, instinctivement leurs yeux se portèrent sur
le tabernacle, tandis que leurs mains se joi-
gnirent avec plus de force. A défaut de leurs
lèvres, leur cœur murmurait : « Mon Dieu ! s'ils
ne reviennent pas tous, donnez-nous, oh ! donnez-nous le courage de supporter cette épreuve. »

Elles se levèrent afin de se diriger vers une
petite porte latérale, habituellement fermée, qui
conduisait dans la cour d'entrée. En passant,
elles secouèrent doucement Lisette, qui ouvrit
de grands yeux effarés, en disant avec consternation.

— Tiens ! j'ai dormi.

— Il paraît que oui, répliqua Alix en souriant.

Puis elle tira les verrous, ouvrit la porte et

s'avança la première dans la cour. Berthe la suivit en hésitant et en se retenant, toute tremblante, au bras de Mlle Anne.

— Ma petite sœur, aie confiance, dit Alix. Écoute !... il me semble entendre la voix de mon père... Donne-moi la main et allons au-devant de lui. Voyons, chérie, sois forte, ajouta-t-elle tout bas en effleurant sa joue d'un rapide baiser ; je suis sûre que Dieu les a préservés tous... oui, tous...

Sans répondre, Berthe se laissa entraîner jusque vers le milieu de la cour, où un groupe de personnes s'agitait confusément dans les ténèbres. Bientôt la craintive enfant fut pressée dans les bras de M. de Bois-Morand et d'Olivier ; elle put entendre les voix joyeuses de Gaëtan et de Bénédict se croiser avec celles, non moins joyeuses, du chevalier et de Vincent, et force lui fut bien de croire à leur conservation. Elle considéra avec un certain effroi le brancard porté par les paysans et demanda à demi-voix : « Qui donc est blessé ? »

— Moi, chère enfant, répondit M. Durand qui avait entendu ; mais rassurez-vous, vos bons soins et un peu de repos m'auront vite remis.

On souffrirait bien davantage pour la cause de
Dieu !

— A l'exception de notre bon curé, vous le
voyez, nous sommes tous sains et saufs, reprit
Olivier.

— Sains et saufs et vainqueurs ! s'écria Alix.
Il y avait je ne sais quoi qui me disait au fond
du cœur que vous le seriez.

— Mes belles petites sœurs, rien ne vous a-t-il
dit que vous pourriez être fières de ces deux
braves chevaliers-ci, et toi, Lisette, de ce digne
garçon-là ?

Et Olivier, souriant non sans un peu de malice, appuya alternativement sa main amicale
sur l'épaule de Gaëtan et de Bénédict, puis sur
celle de Michel.

S'il avait fait jour, on eût pu voir une teinte
légèrement pourprée couvrir les joues des deux
sœurs qui ne répliquèrent rien ; quant à Lisette,
elle répondit franchement, avec son rire espiègle

— Oh ! il y a longtemps que je sais que Michel
est très-brave.

— Tout le monde a vaillamment fait son
devoir, dit M. de Bois-Morand ; cependant c'est

à Dieu seul qu'est due la victoire. Entrons donc l'en remercier avant de nous livrer au repos.

La porte de la chapelle était demeurée ouverte, tous y entrèrent pour offrir à Dieu une prière d'action de grâces. Les paysans seuls s'arrêtèrent sur le seuil avec leur précieux fardeau ; mais de là le bon prêtre, malgré sa faiblesse, mêla sa voix à celles qui, du sein du sanctuaire, montaient vers le trône de Dieu.

Ce pieux devoir rempli, on rentra au château, dont les portes, y compris celles de la petite chapelle furent soigneusement barricadées, de crainte d'une attaque nocturne des patriotes, qui, furieux de leur échec, ne tarderaient sans doute pas à prendre leur revanche.

On s'empressa de donner à M. Durand tous les soins que réclamait son état. Déjà le marquis avait envoyé à Machecoul chercher un chirurgien, et on l'attendait d'un moment à l'autre. Mlles de Bois-Morand disposèrent elles-mêmes pour le pauvre blessé une des meilleures chambres de la maison ; puis, l'abandonnant aux mains du marquis et des jeunes gens qui se déclaraient ses infirmiers, elles se rendirent à la salle à manger, afin d'aider Lisette à préparer une col-

lation pour les arrivants. A peine terminaient-
elles leurs apprêts que Vincent Moreau et Michel,
qui se prétendaient mourants de faim, les rejoignirent; peu après le marquis, le chevalier et les
jeunes gens se montraient, tous très-désireux de
faire honneur aux reliefs du souper.

— M. Meslier vient de voir notre bon abbé,
dit le marquis en entrant; il le trouve bien souf-
frant, mais, grâce à Dieu, pas en danger ; il a
prescrit pour lui, pendant plusieurs jours au
moins, le plus grand repos. Quant à son bras,
ce n'est pas une simple foulure, il est bel et bien
cassé ! Enfin, ne nous tourmentons pas, tout ira
bien, il faut l'espérer; l'abbé se remettra, et
quant à MM. les patriotes, nous leur avons montré ce soir ce dont nous sommes capables, et il est
possible qu'ils regardent à deux fois désormais
avant de nous molester. Çà, je crois bien que tout
le monde ici est couché et qu'il est inutile d'appeler qui que ce soit. Sers-nous donc, petite Lisette ;
personne, cette fois, ne refusera sa part du festin.

Lisette se mettait en devoir d'obéir, et déjà
elle circulait autour des convives avec une fort
bonne grâce, lorsque Rémy parut. Il était pâle,
mais parfaitement calme.

—Tiens! Rémy, tu n'es pas encore couché?
dit Olivier surpris.

— Non, j'ai préféré vous attendre. J'étais
inquiet... Et puis, à votre retour, vous pouviez
avoir besoin de moi.

— Brave garçon, va! dit affectueusement
M. de Bois-Morand; toujours le même! Puisque
te voilà, aide Lisette à nous servir et, en même
temps, ouvre bien grandes tes oreilles pour ouïr
le récit de la déconfiture des patriotes de T*** et
de Machecoul.

—Ah! ils ont été défaits? dit simplement
Rémy.

—Mais un peu, mon petit, répondit Vincent
Moreau, montrant dans un éclat de rire ses
trente-deux dents parfaitement conservées et
très-disposées à s'attaquer aux bons morceaux
placés sur son assiette; ils ont reçu une frottée
superbe et dont ils se souviendront, je t'en réponds, et le grand Rivet, le citoyen Manlius,
comme ils l'appellent, a plus d'une fois trouvé
son maître; aussi ne serais-je pas étonné qu'il
restât quelque peu bouche close dans les clubs,
où ordinairement il pérore si bien. Peuh! poursuivit-il avec un geste de dégoût, il faut les voir

à l'œuvre, ces gens-là! Ils font beaucoup de
bruit en paroles, mais peu en actions, va! Et il
y en a plus d'un qui nous ont montré leurs talons avant même qu'il nous eût été possible de
reconnaître leurs figures. En voilà de la bra-
voure!

Vincent se reprit à rire de son même rire franc
et joyeux, qui trouva de l'écho chez tous les
assistants. On se mit à table. Rémy, dissimulant
son trouble, s'occupa du service, aidé de la malicieuse Lisette qui ne cessait de le poursuivre
de ses regards impertinents et moqueurs.

— Rira bien qui rira le dernier! pensait
Rémy. Et pourtant, malgré lui, il se sentait mal
à l'aise devant cet œil malin, mais loyal, qui
semblait lire au plus profond de sa conscience
et dire hautement : « Tu t'appelles traître et moi
fidèle! »

Le trouble de Rémy se manifesta par deux ou
trois maladresses qui ne lui étaient pas habi-
tuelles; Lisette fut seule à les remarquer. Rémy
jouissait de l'estime générale, et il ne fût venu à
l'idée de personne de faire de lui l'objet d'un
soupçon injurieux ; tout au plus eût-on mis son
agitation sur le compte de l'émotion qu'il ne

pouvait manquer de ressentir en entendant le récit des événements de la soirée, récit qu'Olivier faisait avec son entrain, sa verve, sa chaleur accoutumée.

Lorsqu'il l'eut terminé, on se retira afin de prendre quelques heures d'un repos bien nécessaire. M. de Bois-Morand pénétra doucement chez l'abbé Durand, auquel on avait donné une chambre voisine de celles des jeunes gens afin qu'à tour de rôle ils pussent le veiller et le soigner. Le bon vieillard était en proie à un violent accès de fièvre ; du reste, ainsi que l'avait dit le médecin, son état n'offrait rien d'alarmant.

Le marquis se retira aussi doucement qu'il était entré, laissant Gaëtan, dont c'était le tour de veiller, s'établir confortablement dans un fauteuil au chevet du digne prêtre. Quelques instants après, aucune lumière, si ce n'est celle de la veilleuse de M. Durand, ne brillait à travers les hautes fenêtres du château. Tout le monde pourtant n'y était pas endormi, car une porte dérobée s'ouvrait furtivement et un homme de haute taille, soigneusement enveloppé dans un grand manteau, se glissait avec mystère sous les arbres de l'avenue.

7

Il gagna le bois de la Forlière et ne tarda pas à s'arrêter en face d'une misérable cabane, à la porte de laquelle il frappa trois coups secs qu'il fit suivre d'une sorte de miaulement plaintif. Aucune voix ne répondit de l'intérieur ; seulement, après une minute d'attente, le visiteur nocturne entendit la terre durcie résonner sous un pas pesant. La porte fut entrebâillée ; il s'en échappa un mince filet de lumière qui frappa le visage de l'arrivant. C'était Rémy. Il prononça quelques paroles à peine intelligibles, resserra son manteau avec une sorte de frisson, car la brise était âpre, et pénétra dans la hutte du sabotier Grégoire, dont la porte se referma sur lui. Environ une demi-heure après, il revint au château en s'entourant des mêmes précautions ; cette fois, elles étaient inutiles, car il ne trouva personne sur son passage, pas même la mutine Lisette ; ce qui lui fit dire avec un joyeux frottement de mains, en regagnant à tâtons son réduit : « Ah ! ah ! petit Argus, à la fin, es-tu donc endormie ? »

X

UNE VISITE NOCTURNE.

A plusieurs jours de là, tous les habitants du
château, ainsi que M. de Beauplan et ses neveux, qui continuaient à en faire partie, s'étaient
réunis, un soir après le souper, dans la chambre
de l'abbé Durand. Celui-ci commençait à aller
mieux, et il espérait pouvoir dire sa messe le
lendemain. Enveloppé dans une robe de chambre du marquis, étendu dans un vaste fauteuil,
le bras gauche en écharpe, le visage encore pâle,
il donnait ses ordres aux jumelles afin qu'elles
préparassent tout ce qui était nécessaire pour la
célébration des saints mystères.

Ce n'est pas la première fois qu'elles s'acquit-
taient de ces pieuses fonctions. Depuis longtemps
Mlle Anne les avait chargées du service de la
chapelle, et elles mettaient tous leurs soins à
se rendre dignes de cet honneur. M. Durand
leur avait adressé maintes fois des éloges sur le

bon ordre dans lequel elles tenaient le sanctuaire, l'autel, le linge et les ornements sacerdotaux, et il les nommait avec gaieté « ses petites sacristines ». Ordinairement quand le curé de T*** ou quelque prêtre étranger au pays devait célébrer la sainte messe à la Forlière, on le faisait savoir dans tous les environs, afin que chacun pût venir y assister, s'il en avait le loisir ; mais, cette fois, vu la situation qui se compliquait un peu plus chaque jour, on n'en fit la confidence qu'aux domestiques, à Vincent Moreau et au brave Michel.

— Ferons-nous par la même occasion une autre cérémonie retardée jusqu'à ce jour pour une cause ou une autre? demanda avec un joyeux sourire le curé au marquis.

Et en même temps, son œil doux et bienveillant désignait les deux jeunes filles et leurs fiancés formant, à ses côtés, un groupe gracieux et charmant.

Le marquis les regarda à son tour, sourit, puis soupira et répondit :

— Mon ami, je crois bien que non, puisque ni les uns ni les autres ne veulent être raisonnables.

— De mon temps les parents commandaient

et les enfants obéissaient, dit le chevalier en haussant les épaules, demi-souriant, demi-boudeur. Je vous demande un peu ce qu'ils vont faire ici !

—Leur devoir comme tout le monde, répartit l'abbé Durand qui avait rencontré un coup d'œil expressif des deux sœurs et était décidé à se faire leur appui. Gaëtan et Bénédict se battront pour Dieu et pour le roi, Alix et Berthe prieront pour les combattants et les encourageront par de douces paroles... Et puis, ne faudra-t-il pas des mains légères et délicates pour panser les blessures ?...

— M. le curé a bien raison ! s'écria Alix, son beau front illuminé par le feu de l'enthousiasme. Vous le voyez bien, nous ne pouvons pas, nous ne devons pas partir ! N'est-il pas vrai, Gaëtan, Bénédict ?

— Non, puisque nos services peuvent être utiles à notre cause, dit vivement Gaëtan. Nous avons pu souhaiter de nous éloigner quand nous ignorions quel parti la Vendée allait prendre ; aujourd'hui que nous la voyons prête à se lever et à combattre, notre devoir est de rester, et nous restons.

— Nous restons avec vous, Monsieur le marquis, ajouta Bénédict ; avec vous, mon oncle ; les
dangers que vous courez, nous voulons les courir ; la mort que vous affronterez, nous l'affron-
terons aussi ; en un mot, votre existence sera la
nôtre, et partout où la proscription vous conduira, nous irons avec vous.

— Braves enfants ! s'écria le marquis avec attendrissement, je suis si fier de vous que je n'ai
pas le courage de vous en vouloir... De quoi
vous en voudrais-je d'ailleurs ?... Chers, bien
chers enfants ! Espérons que nous verrons des
temps meilleurs, espérons que le projet qui nous
tient si fort au cœur et auquel est attaché notre
bonheur à tous se réalisera. En attendant, demeurons inébranlablement unis.

— Oh ! oui, Monsieur le marquis, unis jusqu'à la mort ! s'écrièrent Gaëtan et Bénédict en
se précipitant dans les bras que leur tendait
M. de Bois-Morand. Berthe, Alix, vous entendez
notre promesse et vous l'acceptez, n'est-ce pas ?

— Oui, et vous savez bien que vous avez la
nôtre. Les événements peuvent changer la face
de notre pays ; ils ne nous changeront pas,
nous !

Les deux jeunes gens répondirent à ces bonnes paroles par quelques chaleureuses protestations, que les jumelles écoutèrent le sourire sur les lèvres et une larme dans les yeux.

Tous les assistants, y compris l'abbé Durand, contemplaient, attendris, ces deux couples charmants, si dignes de s'entendre, et qui, forcément séparés, demeuraient pourtant si confiants dans leur affection réciproque et si sincèrement unis.

L'émotion calmée, on se mit à parler des événements du jour, sujet habituel d'entretien. Il y en avait de profondément navrants, tels que la proscription de la noblesse dont on vendait les biens au profit de la nation, la persécution ouvertement exercée contre le clergé, le pillage des monastères et des églises, l'incendie des chaumières et des châteaux, l'assassinat, le vol hautement approuvés du moment qu'ils s'appliquaient à cette catégorie d'individus désignés sous le terme générique de *suspects* et appartenant à n'importe quelle classe de la société ; il y en avait de vraiment consolants et qui remplissaient d'espoir le cœur des Vendéens demeurés fidèles à la religion et à la monarchie : c'étaient les étonnants succès de l'armée angevine qui, à

peine formée et composée de simples cultiva-
teurs, n'ayant pour toute arme qu'une fourche
ou un bâton, pour chef qu'un simple paysan qui
à la vérité s'appelait Cathelineau, pas la moindre
notion de l'art militaire, comptait par une victoire
chacun de ses pas et trouvait le moyen d'enlever
à la République étonnée, stupéfaite, ses munitions, ses armes, ses canons, ses villes même.

Au moment où les jeunes gens racontaient
avec l'entrain et l'enthousiasme de leur âge la
prise de Chollet, dont les détails leur étaient parvenus le soir même, au moment où, s'égayant
de la façon aussi étrange que nouvelle employée
par les Vendéens pour s'emparer des canons républicains, ils se promettaient de ne pas se
montrer moins braves qu'eux, un coup fut discrètement frappé à la porte donnant sur le corridor ; presque aussitôt cette porte s'ouvrit et le
minois rieur de Lisette apparut.

— Qu'y a-t-il, Lisette? demanda M. de Bois-
Morand, faisant signe à la jeune fille d'avancer.
Mais elle recula, au contraire, pour introduire
un personnage dont on ne pouvait distinguer les
traits à demi cachés par le large chapeau des
habitants du Bocage.

— C'est... Michel, dit-elle très-haut.

Et refermant vivement la porte, elle disparut.

— Eh bien, Michel, que se passe-t-il? demanda M. de Bois-Morand. Les Bleus font-ils tapage?
Approche un peu, mon garçon.

— Bon! je vois que l'on ne me reconnaît pas
ici, dit le nouveau venu en se découvrant et en
s'avançant pour saluer les dames avec une aisance parfaite et une exquise courtoisie. Du
diable si je sais pourquoi cette espiègle Lisette
m'a donné ce nom de Michel, qui pourrait être
le mien, mais qui ne l'est pas.

Et le visiteur se mit à rire, tandis que les
hommes s'empressaient de lui tendre la main et
que les jeunes filles lui offraient un fauteuil.

— Probablement Lisette trouvait votre nom
quelque peu suspect, dit avec gaieté Mˡˡᵉ Anne,
c'est pour cela qu'elle vous a gratifié d'un autre.
Il faut que vous le sachiez, Lisette voit des espions partout et ne cesse de nous répéter que les
murs ont souvent des oreilles et les portes des
yeux.

— Eh! je ne voudrais pas dire qu'elle n'eût
pas un peu raison, répondit le nouvel arrivant
avec beaucoup de calme. Il est très-vrai que

7.

nous vivons environnés d'ennemis et qu'il s'en trouve parmi ceux-là mêmes que nous ne soupçonnerions pas. A ce propos, j'ai rencontré très-près d'ici certains drôles à mine équivoque qui m'ont très-joliment fait l'effet d'exercer une sorte de surveillance sur votre maison. Ils se sont contentés de me regarder de travers, mais ou je me trompe fort ou ce sont des gaillards que nous rencontrerons bientôt, avec bien d'autres, au bout de nos fusils. Car, vous le savez, c'est une chose formellement arrêtée, nous suivons l'exemple de nos frères de l'Anjou, nous nous levons contre la République pour la défense de la religion et de la royauté; et tel que vous me voyez, je suis sur le point de devenir général, moi, simple petit officier de marine, humble gentilhomme campagnard qui était décidé à terminer ses jours dans une retraite absolue.

— Pour notre compte, nous sommes bien heureux que vous en sortiez, mon cher Charette, dirent vivement le marquis et le chevalier; car où pourrions-nous trouver un chef qui vous valût?

— Mais il est donc faux que vous ayez refusé de combattre ?

— Non, c'est parfaitement vrai, j'ai refusé à
diverses reprises de me mettre à la tête d'un
mouvement que je regardais comme une tentative folle ; aujourd'hui j'ai un peu plus d'espoir ;
cependant il a fallu pour m'ébranler l'intrépidité, la résolution de mes futurs soldats : « Monsieur le chevalier, m'ont-ils dit nettement, si
vous refusez de nous commander, ma foi ! nous
allons vous tuer.

— C'est bon, leur ai-je répondu sur le même
ton, je consens à ce que vous désirez ; mais
écoutez-moi bien ! le premier d'entre vous qui
me désobéit, je le fais fusiller !

— Ça y est, Monsieur le chevalier ! Demain
on veut nous faire tirer à la milice, mais nous
sommes tous fermement décidés à ne pas devenir soldats d'une république qui assassine les
rois et vole le bien d'autrui. Que les patriotes
aillent à la frontière, qu'ils se défendent comme
ils l'entendront ; quant à nous, nous ne ferons
pas un pas pour eux. »

— Comme bien vous pensez, j'applaudis à cette
détermination, et, après nous être concertés
quelques instants, nous nous séparâmes, eux
pour exécuter mes ordres, moi pour accourir

vers vous et vous dire : « Eh bien, serez-vous
des nôtres ? »

— Oui, certes, répondirent les gentilshommes
avec empressement. Jeunes et vieux, nous sommes tous à votre disposition et nous serons trop
heureux de servir sous vos ordres. Vous pouvez
compter sur tous les braves gens de notre paroisse,
qui déjà se sont signalés, comme vous le savez.

— Oui, et ils ont pu tirer M. l'abbé Durand
des griffes de ces proches parents du diable, dit
Charette avec un sourire en se tournant vers le
bon prêtre. Il faudra agir dorénavant avec plus
de prudence, mon cher curé.

— Comme cela va bien à M. de Charette de parler de prudence ! dit M. Durand en menaçant
l'officier de marine du doigt. Qui, je vous le
demande, est plus imprudent que vous ?

— Moi, moi ! je n'ai pas charge d'âmes, répliqua Charette avec sa feinte brusquerie ; si, par
hasard, je tombais aux mains des Bleus et qu'ils
me réglassent mon compte, ce ne serait qu'un
homme de moins.

— Un homme qui est aujourd'hui un chef de
parti, cela ne se remplacerait peut-être pas facilement, Monsieur le chevalier.

— Plus facilement encore qu'un excellent et saint pasteur comme vous, Monsieur le curé. Mais l'heure s'avance, permettez-moi de vous dire rapidement ce que j'attends de vous. Mesdemoiselles, je vous préviens qu'il va être question de combats, de mitraille; si cela vous effraye, n'écoutez pas.

— Nous effrayer, par exemple! dit Alix en relevant vivement sa jolie tête blonde avec un mouvement de fierté.

— Non, non, cela ne nous effrayera pas, ajouta Berthe.

— A la bonne heure! dit Charette en s'inclinant avec cette grâce parfaite qu'il avait toujours en s'adressant aux dames, je reconnais bien en vous les dignes filles du brave marquis de Bois-Morand. Donc, puisque nos projets guerriers ne peuvent vous faire peur, écoutez ce dont il s'agit.

— Surtout ne parlez pas trop haut, Monsieur le chevalier, dit Alix en plaçant un doigt sur ses lèvres souriantes: vous savez que, selon le dire de Lisette, nos murailles ont des oreilles.

Charette se mit à rire, et cependant il adoucit le timbre naturellement sonore de sa voix pour

s'entretenir avec ses amis. Après une heure environ de conférence, le chevalier se leva pour
prendre congé.

— A demain donc ! dit-il.

— A demain ! répétèrent les cinq gentilshommes se dirigeant avec lui vers la porte. Un
des jeunes gens l'ouvrit tandis qu'il échangeait
quelques dernières paroles avec MM. de Bois-
Morand et de Beauplan ; et chacun fut très-sur-
pris d'apercevoir Lisette, réfugiée dans l'embrasure d'une des hautes fenêtres du corridor et
épiant sans doute ce qui se passait au dehors.

— Eh bien, Lisette, y a-t-il par là quelque
pataud tout prêt à me dévorer au passage ? lui
dit gaiement M. de Charette.

—Monsieur le chevalier veut rire, dit la fillette
en s'avançant ; je ne voudrais pourtant pas répondre qu'il ne courût pas quelque danger de s'éloigner d'ici. J'ai vu rôder çà et là de drôles d'individus, qui ne se feraient peut-être pas prier
beaucoup pour sauter à la gorge de ceux qu'ils
nomment des ci-devant, surtout s'ils les rencon-
traient seuls et désarmés.

— Je ne suis pas aussi désarmé que tu le crois,
petite fille : j'ai sur moi, sans que cela paraisse,

des pistolets avec lesquels ces messieurs ne seraient peut-être pas très-charmés de faire connaissance.

Pendant cette conversation les dames s'étaient
rapprochées, et toutes insistaient vivement pour
que le chevalier consentît à passer la nuit au
château.

— Vous oubliez que c'est impossible ; la mort
seule, voyez-vous, pourrait m'empêcher de tenir
ma parole. Tenez : nous voici au haut du corridor, ne venez pas plus loin ; Lisette va me conduire et m'ouvrir la porte du parc. Je suis bien
sûr que par là je ne ferai aucune rencontre
désagréable. Adieu ou plutôt au revoir.

Les jeunes gens voulaient à toute force accompagner Charette qui s'y opposa énergiquement. Il salua de nouveau les dames, échangea
avec les hommes de rapides serrements de main,
et s'éloigna, suivi de Lisette, dans la direction
de la petite porte dérobée connue des intimes
seulement.

XI

LE LUTIN DU CHATEAU.

A peine le chevalier et Lisette se trouvèrent-ils seuls, que celle-ci dit de son ton moitié plaisant, moitié sérieux :

— Vous savez, Monsieur le chevalier, que vous êtes Michel.

— Et quel Michel suis-je pour te servir, petite espiègle ? demanda Charette ne pouvant s'empêcher de rire.

— Peu importe lequel, Monsieur ; pourvu que vous soyez un Michel quelconque, c'est tout ce qu'il faut.

Ils avaient traversé un étroit passage faisant suite au grand corridor ; ils descendirent un escalier en spirale, pratiqué dans une tourelle, et arrivèrent devant la porte en question ; elle s'ouvrait au moyen d'un secret parfaitement connu de Lisette et donnait sur un endroit peu fréquenté du parc. De là, à la faveur des ombrages, il était facile de gagner la campagne sans être aperçu.

— Merci, petite, tu peux rentrer maintenant, dit le chevalier prêt à s'éloigner. Dans quelques instants, regarde dans la direction du Moulin-Blanc, si tu y vois briller une lumière, c'est que je n'aurai plus rien à craindre. Va, mon enfant.

— Pas encore, Monsieur, je veux vous conduire jusqu'au Chêne-des-Dames. Une fois là, vous prendrez le premier sentier à droite, c'est-à-dire celui du Pied-du-Loup, et je suis à peu près certaine que vous ne courrez plus aucun danger, d'autant que vous ne serez plus qu'à dix pas du village qui, à votre premier appel, se trouverait debout.

— Tu es un lutin vraiment très-précieux et je me fie tout à fait à toi, petite Lisette.

— Vous avez raison, répondit naïvement la jeune fille.

Ils firent quelques pas. Aucune des figures suspectes rencontrées par le chevalier, aucun des personnages de mauvaise mine annoncés par Lisette ne se montraient dans ce chemin écarté,

si étroit qu'on n'y pouvait marcher qu'un à un
et si ombragé qu'à chaque instant il fallait écarter de la main les branches importunes, ou se
baisser pour se frayer un passage. Plus loin, il
était à peine tracé entre des pieds de bruyères
de la taille d'un homme et se terminait au chêne
séculaire des Dames, qui étendait sa magnifique
ramure encore dégarnie de feuillage dans une
vaste circonférence et devant lequel bifur-
quaient plusieurs sentiers. De là, si on n'eût parfaitement connu d'avance cette mystérieuse
voie, appelée le Chemin-Perdu, il eût été impossible de la retrouver, et souvent ceux-là mêmes
qui l'avaient traversée passaient plusieurs heures
à sa recherche, et, après s'être égarés dans je
ne sais combien d'inextricables détours, se
voyaient forcés d'y renoncer.

Lisette et son compagnon étaient parvenus au
Chêne-des-Dames, et ils allaient se séparer à
l'entrée du premier sentier de droite, lorsqu'une
ombre apparut dans l'un des sentiers de gauche.
Le chevalier n'y eut peut-être pas pris garde,
mais une forte pression de la main de sa petite
conductrice sur son bras l'avertit de quelque
chose d'extraordinaire; il leva la tête et vit l'om-

bre mystérieuse se glisser sous les arbres, se dirigeant vers eux.

— C'est un espion, dit-elle, mais je n'ai rien à craindre de lui, je vais l'arrêter, et vous aurez le temps de fuir.

Puis tout haut et de son accent joyeux, légèrement moqueur :

— Bonsoir, Michel, dit-elle, je ne vais pas plus loin. Quant à vous, gardez-vous des mauvaises rencontres et rentrez bien vite.

Le prétendu Michel aurait bien voulu adresser quelques questions à la jeune fille, mais elle lui fit signe de se taire et de s'éloigner. Il lui adressa donc un geste de remercîment et d'adieu et s'élança dans le chemin du Pied-du-Loup. Lisette fit volte-face et se trouva devant Rémy.

Rémy était dans le corridor lorsque le chevalier de Charette avait été introduit par Lisette dans l'appartement de M. Durand; mais il était trop éloigné de ce personnage, auquel on prêtait le nom de Michel, pour pouvoir le reconnaître ; seulement, en dépit de ses vêtements de paysan et de sa conformité de taille avec le fiancé de la petite servante, il était parfaitement certain que ce n'était point lui. A deux ou trois reprises, il

s'était montré dans le corridor, s'apprêtant à entrer, sous un prétexte ou un autre, dans la chambre où l'étranger s'entretenait avec ses hôtes;
mais Lisette s'était établie devant la porte en
garde du corps, et du plus loin qu'elle voyait
venir Rémy, elle s'écriait d'un ton bourru : « Que
voulez-vous ? Nos maîtres ont besoin de causer
seuls avec Michel; vous n'entrerez pas, je vous
le dis, avant qu'il soit parti. Ils n'ont pas besoin
de vous; s'ils désirent quelque chose, je suis ici
pour les servir. »

Rémy s'éloignait découragé et rongeant son
frein. De guerre lasse, il s'était rendu à la hutte
et il avait dit à Grégoire :

— Un étranger déguisé est au château, on le
fait passer pour Michel, mais ce n'est pas lui.
C'est peut-être un prince; en tout cas, c'est un
conspirateur. Faites-en votre affaire.

— S'il ne passe pas la nuit à ton ci-devant
château, il y a par là quelques bons lapins qui,
sur un petit mot de moi, vont se charger de lui
faire son affaire; s'il y reste jusqu'à demain,
nous le prendrons du même coup de filet que
l'ex-curé, dont il faut décidément régler le
compte.

— Faites comme vous l'entendrez !

Sur cette réponse, Rémy avait repris la route du château, après avoir vu, non sans une grande satisfaction, ceux que Grégoire nommait ses « bons lapins » se poster, l'arme au bras, non loin des différentes issues de la Forlière. Pas un instant l'idée n'était venue à Rémy qu'on ferait sortir l'inconnu par la porte dérobée du Chemin-Perdu. Qu'on juge de sa stupéfaction, de sa rage, en le rencontrant dans ce sentier, escorté de Lisette, de Lisette le malicieux lutin par lequel il était joué encore une fois. Oh ! comme un jour venant — et ce jour n'était pas bien éloigné peut-être — il lui ferait payer tout cela !

N'ayant pu réussir à attirer le visiteur nocturne dans le piége qu'il lui avait tendu, Rémy espérait du moins pouvoir le reconnaître, il n'en fut rien ; au moment où il s'élançait à sa suite dans le sentier du Pied-du-Loup, Lisette lui barra le passage, l'arrêta sans façon par les basques de son habit, et lui adressa, en riant aux éclats, je ne sais quelle bizarre question.

— Petite effrontée, oses-tu bien me parler ? s'écria Rémy avec colère, en essayant de dégager son habit des mains de Lisette qui ne lâchèrent pas prise. Veux-tu me laisser !... Que fais-tu à courir à la belle étoile à une heure pareille ?

— Et vous ? répondit Lisette sans se déconcerter.

— Moi, je ne suis en compagnie de personne.

— Merci ! fit l'espiègle avec une grande révérence, il paraît que je ne compte pas, moi. Il est vrai que vous ne vous attendiez pas à me rencontrer ici et que vous me voudriez bien loin.

— Je puis en dire autant de toi, car j'ai bien malencontreusement dérangé ton tête à tête.

— Pas du tout, répliqua Lisette de l'air le plus naturel du monde, j'avais dit tout ce que j'avais à dire.

— Heureux Michel ! reprit Rémy avec son même ton ironique, que de confidences il a reçues ce soir !

— Mais oui, assez comme cela. Eh bien, et vous ? n'en avez-vous pas conté long et large au père Grégoire ? Chacun choisit ses confidents comme il l'entend, voyez-vous, et dame, sans être difficile, j'aime mieux le mien que le vôtre.

— Tais-toi, insupportable petite sotte, tu m'impatientes à la fin... Mais va, tu ne feras pas autant la fière quand ta jolie conduite sera connue de tous; quand ceux qui te citent comme un modèle sauront qu'au lieu d'être à faire ton service, tu t'en vas à onze heures du soir courir les bois et les champs.

— Vous voulez dire le parc. Allez, allez ! vous pouvez bien débiter sur moi toutes les malices que vous voudrez, on saura bien tôt ou tard que vous êtes un menteur. Du reste, je ne m'embarrasse pas plus de vos mensonges que de votre colère; le bon Dieu nous voit tous les deux, il lit au fond de nos cœurs, et il sait bien lequel de nous deux mérite le mépris. Maintenant, si vous avez envie de parler à Michel, courez après lui, si vous le voulez.

Ce disant, elle lâcha l'habit du jeune domestique, que jusque-là elle avait tenu dans ses doigts avec une force dont on ne l'aurait pas crue capable; elle fit entendre son plus moqueur éclat de rire et se jeta, avec l'agilité d'une biche, dans le Chemin-Perdu.

Rémy lui adressa un geste de menace qu'elle ne vit pas; il demeura au pied du Chêne-des-Dames, indécis sur ce qu'il allait faire; puis il partit comme un trait dans la direction de la hutte du sabotier.

— Vous pouvez rappeler vos lapins et les faire
reposer jusqu'à demain, dit-il à Grégoire qui
était accouru à son signal ; le coup est manqué
pour ce soir. Que demain, vers sept heures, les
amis soient à la Forlière, le ci-devant curé fera
ses momeries dans la chapelle ; le moment sera
bien choisi pour s'emparer de lui.

— C'est bon, dit Grégoire, on n'y manquera
pas.

De retour au château, Rémy, en passant dans
le grand corridor, regarda si quelques lumières
brillaient à travers les interstices des portes ;
l'obscurité la plus complète régnait partout.

— Ils dorment, allons en faire autant, dit-il.
Demain sera probablement une rude journée.

Il s'éloigna sur cette pensée. Mais il s'était
trompé, personne ne dormait encore au château,
si ce n'est l'abbé Durand, qui, devant dire sa
messe à quatre heures et non plus à sept, comme
cela avait été d'abord convenu, avait consenti à
se reposer quelques heures. Quant aux autres
personnages, penchés, malgré l'air vif et frais
d'une nuit du mois de mars, sur la galerie de
pierre d'une large terrasse située au troisième
étage de la maison, ils regardaient au loin avec

une vive inquiétude. Tout à coup les jumelles bondirent, et, indiquant une petite lueur scintillante et joyeuse qui venait d'apparaître à quelque distance, elles s'écrièrent en battant des mains :

— Sauvé ! il est sauvé ! Cette lumière nous l'annonce ; elle est bien au Moulin-Blanc, n'est-ce pas ?

— Oui certes, répondit Olivier.

Il se mit à rire et reprit :

— Je parie bien que, demain, le bruit courra dans tout le pays qu'un revenant s'est montré dans ce vieux moulin ruiné.

— Ma foi, si les Bleus pouvaient prendre une belle peur, ça serait bien fait ! dit Lisette, qui n'était jamais en retard quand il s'agissait de proférer quelque malicieuse plaisanterie.

Une fois rassurés sur le compte du fugitif, les habitants du château abandonnèrent la terrasse. Les deux vieillards, les trois dames et Lisette se retirèrent dans leurs chambres ; quant aux trois jeunes gens, soigneusement enveloppés dans d'amples manteaux, les traits cachés par un chapeau à larges bords, ils traversèrent silencieusement le château, ouvrirent à leur tour la petite porte du parc et s'enfoncèrent sous les pins et

8

les mélèzes qui ombrageaient le Chemin-Perdu.
Ils allaient accomplir la mission que leur avait
donnée Charette, et, cette fois, Rémy, qui ne
s'attendait point à cette expédition nocturne , ne
se trouva pas sur leur passage.

XII

NOUVEAU DÉPART.

Il était environ trois heures du matin. Olivier, Bénédict et Gaëtan, rentrés depuis quelques instants seulement, venaient de pénétrer dans la chambre de l'abbé Durand, qui, déjà levé et tout habillé, avait près de lui le marquis et le chevalier.

— Monsieur le curé, vous n'êtes pas trop fatigué ! lui demandèrent les jeunes gens en entrant.

— Non, mes amis, non, je me sens au contraire des forces à en revendre, et quand j'aurai célébré la sainte messe, ajouta-t-il en souriant, ce sera bien autre chose, je serai presque capable de me mettre en campagne avec vous.

— Oh ! pour cela, mon bon ami, nous ne le souffrirons pas ! Votre dévouement vous a coûté assez cher déjà pour que nous ne vous laissions pas une seconde fois exposer votre vie.

— Mais, chers enfants, que serait donc la vie du prêtre sans le dévouement ?... Dans quelques instants, nous allons pouvoir descendre à la chapelle que ces dames achèvent de parer ; il serait bon, en attendant, de réveiller les gens de la maison et de faire savoir à tous que je suis prêt à recevoir au saint tribunal ceux qui voudront s'en approcher.

En moins de vingt minutes, les serviteurs de la Forlière, prévenus, étaient réunis dans le vestibule précédant la chapelle ; parmi eux se trouvaient Vincent Moreau et Michel Vannier.

M. de Bois-Morand vint vers ses domestiques et leur dit d'un accent auquel le moment et le lieu prêtaient quelque chose de solennel :

— Mes amis, nous sommes, comme vous le savez, en présence d'événements de la plus haute gravité, peut-être le sort de notre malheureux pays se joue-t-il en cet instant... Quant à nous, nous ne pouvons pas demeurer plus longtemps spectateurs indifférents de ce qui va se passer ; nous sommes décidés à agir. Réussirons-nous ? Les succès de nos frères de l'Anjou semblent nous le prédire, et cependant Dieu seul connaît l'avenir. Enfin, si le succès ne couronne pas nos efforts, nous aurons eu du moins le mérite de protester contre les tristesses dont nous sommes les témoins. Quant à vous, mes amis, je vous ai fait appeler afin que vous puissiez, tandis que va se célébrer le saint sacrifice de la messe, réfléchir au parti que vous voulez prendre. Ne considérez pas, je vous prie, que vous êtes à mon service, soyez au contraire parfaitement libres. Si vous vous sentez le désir et le courage de partager une vie d'aventures et de périls, suivez-nous ; dans le cas contraire, adoptez le parti qui vous conviendra le mieux et soyez sûrs d'avance que, quel que soit votre choix, je conserverai pour vous tous la même affection, le même intérêt.

— Monsieur le marquis, ce que vous ferez, nous le ferons, s'écrièrent les domestiques d'une voix unanime : partout où vous irez, nous irons. Ah ! bien, plus souvent que nous nous mettrions avec ces patriotes maudits !

— Moi, je suis bien vieux pour faire un bon soldat, Monsieur le marquis, dit le bon majordome Germain, en inclinant sa tête blanche ; cependant...

— Ah ! mon ami, interrompit M. de Bois-

8.

Morand en s'appuyant familièrement à l'épaule de son fidèle serviteur, je t'avoue que j'ai compté sur toi pour être le gardien, au besoin le protecteur de ma sœur et de mes filles.

— On ne peut être qu'un triste protecteur à mon âge, Monsieur le marquis ; mais Dieu m'est témoin que je ferai tout ce qui sera en mon pouvoir pour me rendre digne de la confiance que veut bien me témoigner mon maître. Je suis bien heureux que vous n'ayez pas douté de moi, bien heureux que vous n'ayez pas pensé un seul instant que j'étais capable de m'associer à ces hommes dont le titre seul me fait bouillir d'indignation.

— Brave Germain ! oh ! non, va ! je n'ai pas douté de toi, pas plus que de vous tous, mes excellents amis ; pas plus que de toi, mon bon Rémy. Tu ne dis rien pourtant, Rémy ? fit M. de Bois-Morand avec un sourire.

— Qu'ai-je à dire ? répliqua Rémy que toute cette scène jetait dans la stupéfaction et qui eût voulu être à cent lieues de là, à cent lieues surtout du regard triomphant de Lisette ; qu'ai-je à dire que vous n'ayez parfaitement deviné ? continua-t-il avec une chaleur très-bien jouée.

Puis-je défendre une autre cause que celle que vous défendez? puis-je combattre dans d'autres rangs que dans ceux où vous combattez? puis-je servir sous un autre drapeau que celui sous lequel vous servez? En un mot, ne suis-je pas à tout jamais vôtre?

—Fourbe! hypocrite! allait s'écrier Lisette; mais elle se contint et, seul, son œil expressif foudroya le traître. Il y répondit par un sourire ironique, et, après une minute d'hésitation, se jeta dans les bras que lui tendait M. de Bois-Morand, qui voyait presque un second fils dans cet orphelin qu'il avait élevé, qu'il avait vu grandir, dont il avait suivi tous les développements avec la plus ardente sollicitude, et ne se doutait pas assurément qu'il pût, un jour, se retourner contre ses bienfaiteurs.

Le jeune homme fit-il quelques sérieuses réflexions? éprouva-t-il un certain remords tandis que M. de Bois-Morand le tenait pressé contre sa loyale poitrine? je ne sais, mais, après avoir fait un mouvement rétrograde au moment où ses maîtres pénétraient dans la chapelle, il y entra derrière les autres domestiques et s'y agenouilla, comme eux, dans une attitude pieuse et recueillie.

M. Durand, revêtu des habits sacerdotaux,
vint à l'autel, précédé d'Olivier qui devait répondre la messe. Le bon prêtre était fort pâle,
mais, ainsi qu'il l'avait dit, ses forces étaient
doublées et même triplées, car il avait pu entendre, sans trop de fatigue, la confession de
presque tous les assistants. Ignorant si la faveur
de la sainte communion ne leur serait pas dorénavant refusée, sachant que la plupart d'entre
eux seraient le lendemain en présence de la
mort, ceux qui partaient comme ceux qui res-
restaient avaient voulu se munir de la nourriture
qui donne le courage et ils s'étaient préparés
à la réception de l'auguste sacrement, non-seulement par l'humble aveu de leurs fautes, mais
encore par un redoublement de foi et de ferveur.

La cérémonie terminée on quitta la chapelle,
où bien des larmes avaient coulé, surtout pendant la courte mais touchante exhortation du
prêtre, et on se disposa au départ.

Si quelques pensées généreuses avaient essayé
de germer dans le cœur de Rémy pendant la célébration du saint sacrifice, elles avaient été
promptement étouffées, et il était dans une per-
plexité cruelle.

— Que faire? se demandait-il. Pour rien au monde, je ne veux prendre parti pour ces aristocrates contre mes frères !... Si je restais ?... Mais rester, sous quel prétexte ?... Ne serait-ce pas donner des doutes quand déjà cette endiablée de petite Lisette me soupçonne?... Elle devient par trop gênante; il faudra que je la recommande aux amis. Il ne manque pas au Calvaire d'agréables cellules où elle pourrait aller méditer en paix. Une fois bien et dûment claquemurée, dans l'une d'elles, elle ne gênerait plus personne. Vilaine petite sorcière, va !... Encore une fois que faire?... Eh ! parbleu les suivre ! Ne faut-il pas que je sois au courant de toutes leurs entreprises ? autrement comment les contrecarrer ?... Et l'on compte sur moi. Ou je me trompe fort, ou l'apparition nocturne de ce prétendu Michel est pour quelque chose dans ce départ précipité... Il faut que je le connaisse, ce Michel... Le sort en est jeté ! je pars avec ces ennemis de la nation. Je combattrai dans leurs rangs, sans que mes coups puissent toutefois atteindre mes frères, et dès que je le pourrai, j'irai reprendre ma place parmi les miens. Mais, dans quelques heures, quand ils vont venir ici et trouver la cage vide et les oiseaux envolés, ne vont-ils pas croire que je les ai trompés, que je me suis joué d'eux, que je suis un faux frère ?... Si je pouvais voir Grégoire !... Non, il n'y a pas à y compter. S'échapper maintenant, c'est tout à fait impossible.

Le monologue de Rémy fut interrompu par plusieurs voix qui répétaient son nom à peu de distance. Il fit vivement quelques pas en avant et se trouva en présence des jumelles. Elles étaient pâles ; leurs yeux étaient encore humides de larmes, mais elles avaient un doux sourire aux lèvres.

— Rémy, on n'attend plus que toi pour partir, dit Alix ; veux-tu donc être dans les retardataires ? cela te siérait mal, car tu n'es pas poltron, à ce qu'il me semble. Nous venons de distribuer à tous ceux qui partent des sacrés-cœurs bénits par notre bon curé ; nous en avons réservé un pour toi. Le veux-tu ?

— C'est un des plus jolis, ajouta Berthe ; c'est Alix qui l'a fait et elle a bon goût, tu sais ?

— Pas plus que toi, petite sœur. Mais dépêchons-nous, car on va sérieusement penser que

Rémy déserte. Donne-moi, je t'en prie, une épingle que j'attache bien fortement à son habit le précieux talisman qui le préservera.

Un sourire railleur, que les deux sœurs n'avaient pas remarqué, était venu aux lèvres de Rémy aux premiers mots prononcés par elles ; un instant, ses mains furent sur le point de se crisper sur ce petit morceau d'étoffe blanche où se voyait un cœur couronné d'épines, et de le eter bien loin ; mais il ne céda pas à ce mouvement, et quand Alix s'avança souriante et doucement émue pour le placer au côté gauche de son habit, il la laissa faire sans proférer une parole ; je me trompe, il murmura : « Merci ! »

Et, paré de l'insigne adopté par les royalistes, à la fois soldats de la religion et de la royauté, il se dirigea vers la cour, où ses maîtres et les autres serviteurs commençaient à s'impatienter de son absence.

— Allons, Rémy, arriveras-tu ? lui crièrent-ils en l'apercevant.

— Ne le grondez pas, répondirent vivement Alix et Berthe en se montrant vers le perron, derrière lui ; c'est nous qui l'avons retenu.

Les jumelles s'avouant coupables, aucun reproche ne fut adressé à Rémy ; le moment du départ était d'ailleurs venu, et chacun ne songeait plus qu'à se dire adieu. Berthe et Alix firent à leur frère et à leurs fiancés mille recommandations au sujet de leur père ; elles voyaient partir les uns et les autres avec plus de douleur encore que la première fois, parce qu'elles comprenaient combien cette expédition était sérieuse et ne se dissimulaient pas les dangers qui pouvaient en résulter. Toutefois, elles eurent assez de courage pour dérober leurs chagrins à ceux qui partaient ; leur tante, l'abbé Durand et Dieu en furent seuls témoins.

Il était un peu plus de six heures du matin lorsque le marquis et ses compagnons, auxquels s'étaient joints les gars de la Forlière et de T***, atteignirent au petit village peu distant de Machecoul, lequel village avait été désigné par Charette pour le lieu du rendez-vous général. Déjà de nombreux groupes s'y étaient formés ; bientôt de chaque chemin, de chaque sentier déboucha une troupe d'hommes, armés comme au combat de la Mellinière ; ils s'avançaient d'un pas résolu, au son d'un tambour résonnant tant bien que mal sous les doigts de l'un d'entre eux;

et au bruit lointain des cloches des paroisses qui, d'un commun accord, avaient rempli les airs des sourds gémissements du tocsin.

Remy, le faux royaliste, regardait avec consternation ce nombre de combattants croissant de minute en minute ; pendant un instant, il en fut presque effrayé ; puis, se rassurant, il murmura avec un geste de pitié :

— Singuliers soldats !

Singuliers soldats, en effet, qui, ne connaissant rien de l'art militaire, se présentaient pour combattre vêtus de leurs habits grossiers, chaussés de leurs gros sabots, qui, à la vérité, ne leur enlevaient rien de leur agilité, armés de leurs instruments de travail, et commandés par des chefs à peine plus instruits qu'eux. Singuliers soldats, dont l'aspect provoquait le sourire, mais qui devaient bientôt inspirer le respect; singuliers soldats qui n'avaient pour eux que leur courage, mais surent, avec cette seule arme, tenir en échec les forces réunies de la république, et faire reculer les terribles Mayençais eux-mêmes, qui, à leur apparition sur le sol vendéen, les avaient flétris du nom d'armée en sabots.

A mesure que les différentes paroisses arri-

9

vaient au lieu du rendez-vous, Remy regardait avidement ceux qui marchaient à leur tête, espérant toujours découvrir l'individu gratifié par Lisette du nom de Michel; aucun d'eux ne lui paraissait avoir ni la taille, ni la tournure du mystérieux visiteur, dont il n'avait pu apercevoir le visage ni même entendre la voix.

Tandis qu'il interrogeait avec persistance les physionomies qui se succédaient sous ses yeux, un nouveau personnage se montra. Remy tressaillit. Est-ce donc lui? se demanda-t-il. Oui, ce doit être lui.

Extérieurement, le nouvel arrivant ne ressemblait que par la taille au compagnon de Lisette, car il n'avait rien d'un paysan, pas même les habits; mais, nous le savons, Remy était convaincu que l'étranger avait emprunté un déguisement pour venir au château. Celui dans lequel il croyait reconnaître la tournure du visiteur nocturne était un homme de taille moyenne, mais qui paraissait grand, tant son port avait de dignité, sa démarche de noblesse, tout il y avait dans toute sa personne l'attitude du commandement. Il tenait droite et élevée sa tête belle et énergique, un peu altière peut-être, mais dont

les traits expressifs s'adoucissaient singulièrement par l'effet du sourire. Il avait un large
front, plein d'intelligence et d'audace, de grands
yeux où s'allumaient parfois de terribles éclairs,
et où se reflétaient aussi les plus nobles, comme
les plus généreux sentiments de l'âme. Son costume, très-élégant, faisait valoir les proportions
de sa taille parfaitement prise et ajoutait à sa distinction naturelle ; il consistait en un habit bleu
aux revers brodés, un chapeau, au fond élevé,
aux larges bords ombragés de plumes ondoyantes, et une écharpe blanche fleurdelisée, nouée
sur les côtés, et y laissant flotter gracieusement
ses pans frangés d'or. Les paysans, en le voyant
apparaître, avaient nommé M. de Charette.
Remy, qui l'avait vu souvent au château, le
nommait aussi et murmurait avec un geste
de dépit :

— Suis-je assez stupide de ne l'avoir pas reconnu hier soir !... Diable ! s'il s'en mêle, cela
pourrait bien aller mal pour nous !... Triple sot
que j'ai été ! son affaire aurait si bien pu être ré-
glée cette nuit !

Pendant que Remy se livrait à l'amertume de
ses réflexions et de ses regrets, le chevalier de

Charette adressait à ses troupes une courte ha-
rangue, écoutée avec enthousiasme, et donnait
l'ordre de se mettre en marche vers Machecoul.

On partit. Il était près de sept heures du matin quand les royalistes pénétrèrent dans la ville
de Gilles de Retz aux cris de : Vive le Roi ! Les
patriotes, surpris, courent aux armes ; une partie des habitants se joignent à eux, et d'autres
vont se mêler aux Blancs. Un violent combat s'engage, et bientôt les républicains poussent des
hurlements de rage, car ils sont vaincus. Mais
Charette n'a pas affaire à eux seulement. Un certain Souchu, dont les sentiments avaient été
exaltés par les crimes révolutionnaires dont il
avait été témoin à Paris et en province, avait tout
tenté pour exciter les populations à la haine et
au ressentiment. En présence des faits qui s'accomplissaient journellement, il ne lui avait pas
été difficile de monter les têtes et d'échauffer les
esprits. Il avait institué un comité royaliste dont,
bien entendu, il était le président. Ce comité
condamnait sans relâche, et presque sans juge-
ment, les républicains tombés en son pouvoir ;
et, se servant contre eux de leurs propres armes,
les faisait souvent périr avec la plus odieuse

cruauté. Un grand nombre d'hommes de la ville et de la campagne, excités par Souchu, s'étaient associés à ses vengeances ; des femmes mêmes y avaient pris part, et dans les premiers massacres dont Machecoul avait été le théâtre, on les avait vues s'élancer, une faucille à la main, sur les gardes nationaux, dont, il faut le dire, elles étaient lasses de supporter les vexations. Ces crimes, que déplorent les véritables amis de la religion et de la monarchie, ont été un des motifs qui ont déterminé Charette à accepter le commandement des paysans du Marais et du Bocage, car il espère détruire d'autorité un état de choses qui lui fait honte et horreur. Le voici vainqueur de Machecoul : va-t-il ordonner le massacre de tous les ennemis de sa cause ? Non, il veut que l'on respecte leurs personnes et même leurs demeures, et il ne permet pas plus le pillage que le meurtre. Les prisons regorgent de femmes patriotes ; par ses soins, elles sont rendues à la liberté. Il ne tolère ni les outrages ni les invectives, défend de la manière la plus formelle d'user de représailles envers les Bleus, et déclare qu'il fusillera de sa propre main le premier d'entre eux qui trempera ses armes dans le sang d'un prisonnier. Ce n'est pas encore assez : il fait transporter dans sa terre de la Fonteclause plusieurs des plus fougueux républicains, afin de les mettre à l'abri des atteintes de Souchu. Dès le premier jour, Charette s'est révélé : il est plein d'audace et de sang-froid, il est brave jusqu'à la témérité et courageux jusqu'à l'héroïsme, terrible à l'ennemi pendant l'action, et rempli d'humanité et de clémence lorsqu'il a cessé de combattre ; il est grand, intrépide, généreux ; il semble vraiment né pour commander. A peine a-t-il posé le pied sur le terrain du combat, et déjà son regard d'aigle s'est rendu compte de tout, a tout vu, tout analysé, tout compris ; on pourrait affirmer que le nouveau général, dès le début d'une affaire, en connaît l'issue. Ses soldats ont déjà en lui une confiance absolue, demain, ils l'adoreront et seront tout prêts à mourir avec lui.

Les cloches, qui ont annoncé d'une façon lugubre le début de la campagne, font entendre maintenant leurs carillons les plus joyeux ; les vieillards, les femmes, les petits enfants, demeurés au foyer, ne savent point encore s'ils n'ont pas à déplorer la perte de quelque être chéri, mais ils comprennent que la victoire s'est mise de leur côté, et ils bénissent Dieu. Puis, quittant leurs chaumières, ils vont, le chapelet à la main, s'échelonner le long des chemins pour attendre, agenouillés sur le revers des talus ou sur les marches des croix mutilées, le retour des combattants.

A la Forlière, nos amis attendaient aussi, palpitants d'angoisse, le résultat de l'expédition, ne se doutant pas qu'elle avait fait échouer un misérable projet conçu par les Bleus : celui d'enlever le curé, et de lui faire expier, par un barbare supplice, le triomphe de son parti à la Mellinière. Le calme le plus parfait régnait dans la vieille demeure et aux alentours, car les « Lapins » de Grégoire, eux-mêmes, s'étaient rendus à Machecoul afin de se porter au secours des « frères et amis. »

Réunies autour de l'abbé Durand, Mlle Anne et ses nièces essayaient de tromper les longues heures de l'attente par une conversation dont les absents faisaient tous les frais, et qui révélait tantôt leurs craintes et tantôt leurs espérances, mais toujours leur ferme et chrétienne résignation.

Tout à coup, Lisette, qui, depuis le départ de la petite troupe, était comme une âme en peine, et ne cessait de trotter par la maison que pour aller sur la terrasse interroger l'horizon, Lisette fit une entrée bruyante en s'écriant, tout essouflée :

— Quel bonheur ! ils reviennent !... Ils sont victorieux !... Les cloches de Machecoul sonnent comme aux jours des grandes fêtes... Quelle joie ! Jésus ! Jésus !

Et la fillette, riant et pleurant tout à la fois, se retint pour ne pas sauter au cou de ses chères maîtresses, qui s'étaient levées, pâles, tremblantes, et murmuraient avec une indicible émotion :

— Merci, mon Dieu ! oh ! merci !... Vous êtes avec nous !

On se rendit sur la terrasse ; le curé lui-même voulut y monter, avec l'appui du bras de Lisette. Ils entendirent les joyeuses volées des cloches de Machecoul, auxquelles ne tardèrent pas à se mêler celles des paroisses voisines ; ils virent une troupe nombreuse qui s'avançait dans la direction de ***, marchant fièrement sous un drapeau blanc déployé.

— Ah ! Dieu soit loué ! murmurèrent les jumelles, se laissant glisser sur leurs genoux, et
appuyant sur la balustrade de pierre leurs visages tout baignés de larmes.

— Dieu soit loué ! répéta l'abbé Durand en
élevant vers le ciel son regard plein d'une reconnaissance infinie.

On descendit, afin de se porter au-devant du
marquis et de sa suite qui rentraient au château. Personne de ceux de la maison ne manquait à l'appel, Vincent et Michel étaient là aussi ;
on pouvait donc se réjouir doublement. On ne
s'en fit pas faute, et bientôt les strophes éclatan-
tes du *Te Deum* retentirent sous les voûtes de
la petite chapelle, resplendissante de lumières ;
et dans la cour d'honneur plusieurs coups de
fusil furent tirés par les jeunes gens aux cris
de : Vive le Roi !

— C'est bon ! c'est bon ! murmurait Remy,
tout en paraissant prendre une part active à la
réjouissance générale, demain vous ne vous di-
vertirez peut-être pas aussi bien !

XIII

La guerre était tout de bon déclarée entre les républicains et les royalistes; il se passait donc peu de jours sans que les deux partis en vinssent aux mains, et se livrassent, tantôt dans un endroit, tantôt dans un autre, une lutte acharnée.

Charette grandit tous les jours, et il ne tarde pas à inspirer à ses adversaires une crainte telle que le district de Machecoul, justement effrayé de ses progrès, sollicite près de la Convention des troupes régulières, sans lesquelles, dit-il, il sera impossible de vaincre un pareil ennemi. Mais le chef vendéen ne se contente pas de porter l'alarme dans le parti républicain, il veut proscrire les violences de Souchu, et, en attendant qu'il soit possible de détruire son pouvoir, il ne laisse échapper aucune occasion de se jeter à la traverse de ses farouches ordonnances, autorisées jusqu'à un certain point par les excès révolutionnaires. C'est ainsi qu'on voit Charette arracher à une mort certaine plusieurs centaines de victimes, et monter la garde autour des prisons pour empêcher Souchu d'enlever, pour les conduire au supplice, les républicains qui y étaient renfermés.

Souchu, furieux, veut perdre Charette dans l'esprit des siens, en assurant à ceux-ci qu'il a des intelligences avec l'ennemi ; la ferme contenance du gentilhomme, sa loyauté bien connue, son attitude dans les combats, tout cela triomphe des perfides insinuations de Souchu. La cause que cet homme sert si mal ne tarde pas à en être délivrée. Machecoul était sur le point d'être envahi par le général Beysser. Souchu, coiffé du bonnet rouge, se disposait à passer à l'ennemi, et à lui remettre une liste de proscription, sur laquelle, au milieu d'autres noms, figurait celui de Charette : il n'eut pas le temps de consommer sa trahison ; un sapeur, le reconnaissant, lui fendit la tête d'un coup de hache et l'étendit mort à ses pieds.

— Ce ne sera pas moi qui le vengerai, dit Charette, quand on vint lui apprendre cet événement.

A partir de cet instant, le chef royaliste est réellement le maître, les partisans de Souchu, eux-

mêmes, reconnaissent son autorité, et se plient à
sa discipline simple et forte. Les représailles dont
usait l'ancien président du comité sont interdi-
tes ; les vaincus sont respectés, les prisonniers
traités avec clémence, le général et le nombreux
clergé, qui continue en secret l'exercice de son
ministère, ne cessent de rappeler que le soin de
la vengeance n'appartient qu'à Dieu, et le peuple, adouci au lieu d'être exalté, consent à ne
plus se faire lui-même justice.

Tandis que ces événements s'accomplissaient,
la Forlière était devenue le théâtre des exploits
des sans-culottes de T***, et la famille prévoyait,
non sans tristesse, l'instant où il lui deviendrait
impossible d'habiter une maison si chère. Chaque fois que le château et les êtres faibles qu'il
renfermait demeuraient à la seule garde du vieux
Germain et de quelques-uns des braves garçons
de la Forlière, une troupe de patriotes faisait irruption dans l'antique demeure et, la flamme
dans le regard, la menace à la bouche, réclamait
à grands cris l'ex-curé de T***.

L'arrivée toujours passablement bruyante des
» Lapins de Grégoire » permettait de faire disparaître l'abbé Durand dans une cachette quelcon-

que avant l'entrée de ses forcenés ennemis, dont
les quatre pauvres femmes, plus mortes que vives,
devaient subir pendant plusieurs heures l'odieuse
présence et ouïr les révoltants propos. Ce n'était
pas tout, il leur fallait encore assister, en contenant leur indignation, au pillage de leur maison.
Ils ouvraient sans cérémonie les meubles et les
tiroirs, brisant ceux qui résistaient; ils enlevaient avec le même sans gêne les objets à leur
convenance et s'en instituaient les propriétaires.
Fort heureusement, le marquis, dans la prévision
de ce qui pouvait arriver, avait réuni dans un
coffret solidement recouvert de lames de fer tout
ce qu'il possédait de plus précieux en or, argenterie, bijoux; dans un autre coffret, non moins
solide, on avait renfermé les richesses de l'église
de T*** et du petit sanctuaire de la Forlière, dans
lequel ne se conservait plus désormais la sainte
Eucharistie. Le tout avait été déposé, pendant la
nuit, dans une cachette, disposée à cet effet dans
un endroit solitaire du parc. M. de Bois-Morand,
ses enfants, le curé et les deux fidèles, Germain
et Vincent, connaissaient seuls cette mystérieuse
cachette. Comment Remy, pour lequel on n'avait
pas de secrets, n'avait-il pas été mis dans la confi-

dence? Tout simplement parce que son assistance
n'étant pas nécessaire, on n'avait pas jugé à propos de l'arracher à ce bon sommeil de la jeunesse,
si bienfaisant après une journée de labeur.

Grâce aux dispositions prises par le marquis,
les patriotes n'avaient pu s'emparer que de quelques objets de mince valeur, ou bien de quelque
épave oubliée au fond d'un tiroir. Si minime que
fût l'objet enlevé, il pouvait avoir du prix comme
relique de famille ; en tout cas, c'était profondément navrant pour les pauvres femmes de voir
ces mains étrangères se poser sur tout, boulever-
ser tout, chercher partout, s'introduire dans les
sanctuaires les plus inviolables, et, joignant la
brutalité à l'indélicatesse, salir, briser et anéantir ce qui avait jusque-là charmé leurs regards,
ce qu'elles avaient aimé, ce qui leur rappelait les
plus délicieux souvenirs : images pieuses ou portraits de famille, tableaux de prix ou objets d'art,
riches ornements ou riens gracieux provenant de
la main d'un ami.

Au pillage succédait le festin, Germain était
sommé de livrer ses meilleures provisions, et de
préparer, sur l'heure, un repas copieux, quitte
a servir à ces « scélérats de brigands, » à leur re-

tour, une soupe aux choux ou même un morceau de pain sec, ce qui était bien assez pour des tyrans.

Connaissant les goûts aristocratiques de Germain, ils le forçaient à les accompagner dans la salle à manger et à les servir, ce que le digne majordome faisait, les lèvres blémissantes de colère et l'indignation au cœur, uniquement pour ne pas attirer, par sa résistance, le ressentiment de la sauvage cohorte sur ses chères maîtresses.

Quand ils avaient suffisamment festiné, et offert, en l'honneur de dame Liberté, plus de libations qu'il n'en eût fallu pour le calme de leurs cerveaux, ils se retiraient en proférant les imprécations les plus impies, et en jurant qu'ils enlèveraient plutôt toutes les pierres de cette maudite baraque que de laisser s'échapper le calotin de T***.

Une fois délivrées de leur présence, les dames de Bois-Morand ne songeaient plus à s'effrayer de leurs menaces ; elles s'empressaient de rendre la liberté au bon curé, qui en avait grand besoin, car les cachettes où il se tenait tapi étaient si étroites qu'il était forcé de s'y tenir replié sur lui-même, et qu'il en sortait tout engourdi. Mais, le

danger passé, il oubliait vite sa fatigue, il remer-
ciait avec attendrissement ses courageuses compagnes, et bénissait avec elles la sainte Providence.

L'inutilité de leurs recherches aurait dû dé-
courager les patriotes, il n'en fut rien; sachant
à n'en pouvoir douter que le curé n'avait pas
quitté la Forlière, ils tournèrent leur fureur contre Remy, qui, disaient-ils, feignait d'être des
leurs et s'entendait avec ces enragés ci-devant
pour se jouer des bons patriotes. Un soir qu'il y
avait réunion très-choisie dans la hutte de Grégoire, plusieurs voix, parmi lesquelles on distin-
guait celle du citoyen Rivet, invectivèrent le serviteur de la Forlière.

Remy, loin de se déconcerter, haussa les épaules avec une superbe hauteur.

— Vous êtes des imbéciles et des maladroits!
dit-il avec le plus grand calme, et vous voudriez
me faire porter le poids de votre maladresse. Vous
n'y réussirez pas, mes amis, mon dévouement à
la république est trop connu pour pouvoir être
soupçonné. Si vous aviez bien cherché, vous au-
riez trouvé, mais vous n'avez songé qu'au pillage,
vous ne vous êtes occupés que de vous bien trai-

ter ; et tandis que vous remplissiez vos poches et
que vous faisiez honneur à la cuisine des ci-devant, vous avez laissé l'oiseau s'envoler, voilà
tout !

— Il a raison, il a raison ! approuva énergique-
quement Grégoire. Et il ajouta avec une sorte de
majesté :

— Et ce n'est pas d'aujourd'hui qu'on vous dit
que les affaires de la république ne se font pas
seulement en ouvrant le bec. Il faudra reprendre
cette affaire-là, mes lapins.

— On la reprendra, on la reprendra, citoyen.
Il faut que notre vieux compte se règle enfin avec
le calotin de T***.

— Ecoutez, dit Remy de l'air de quelqu'un qui
va prendre un parti extrême, j'ai un moyen certain de réussir... S'il échoue, poursuivit-il vivement, c'est que très-certainement l'ex-curé ne
sera plus à la Forlière, et qu'il faudra le chercher ailleurs. Trouvez-vous ici demain matin, à
sept heures ; mon plan vous sera communiqué.
Si, contre toutes mes prévisions, il ne pouvait
s'exécuter demain, Grégoire vous le ferait savoir,
et la partie serait remise à un autre jour.

— A la bonne heure, dirent les « Lapins » d'une

voix unanime, voilà qui est parlé. A bas les ci-
devant ! à bas le calotin ! vive la République une
et indivisible, vive le citoyen...

— Chut ! interrompit Remy en allant appliquer
son oreille contre la porte vermoulue, il me semble que j'entends marcher... Il ne serait pas impossible que l'on nous espionnât.

— Et qui, camarade ? Qui aurait l'idée d'espionner cette misérable hutte ?

— Qui ? ce malicieux lutin de Lisette, cette mé-
chante et espiègle petite fille qui ne cesse de nous
jouer les plus mauvais tours, et dont il faudra
pourtant bien que nous nous débarrassions....

— A cette heure-ci et par une nuit aussi noire,
Lisette Moreau ne peut rôder hors du château,
voyons !

— On voit bien que vous ne la connaissez pas,
citoyens. Lisette n'a peur de rien, ni de personne.

— Ah ! ah ! quelle luronne ! s'écrièrent plusieurs voix au milieu d'un éclat de rire.

— Ouvre un peu la porte, citoyen Grégoire,
que nous nous assurions par nous-mêmes si cette
petite effrontée est là.

Grégoire obéit ; chacun se précipita vers la
porte et plongea la tête au dehors. La nuit était

profonde, les ténèbres compactes ; à travers les grandes branches des arbres qui commençaient à bourgeonner, on n'apercevait pas la plus petite étoile briller au ciel. Quand bien même un être humain se fût trouvé à portée de la vue, il eût été impossible de le distinguer dans l'obscurité. On prêta l'oreille, mais on n'entendit aucun bruit.

— Bah ! bah ! il n'y a rien par là, à moins que ce ne soit quelque fresaie, dit Grégoire en refermant la porte.

Il se trompait, car à peine deux ou trois minutes s'étaient-elles écoulées, qu'une forme svelte et légère surgissait tout à coup au milieu du sentier. Pendant l'apparition des patriotes, elle s'était tenue adossée au tronc d'un arbre, et maintenant elle s'avançait, à petits pas, vers la hutte du sabotier, avec l'intention bien évidente de surprendre ce qui s'y passait et recueillir ce qui s'y débitait. Mais avant de coller son oreille contre un des ais disjoints de la porte, elle traça sur sa poitrine un grand signe de croix en murmurant : « Je vais peut-être entendre de bien vilaines choses là-dedans ! » Quant à avoir peur, l'enfant — c'était une jeune fille de dix-huit ans à peine — n'y songea nullement. Au bout de quelques instants, elle fit un geste de profond découragement, le bruit qu'avaient cru entendre les « Lapins » les avait rendus prudents, et ils parlaient à demi-voix, de sorte que quelques phrases insignifiantes parvenaient seules aux oreilles de l'écouteuse. Il se fit un grand mouvement à l'intérieur de la hutte, des serrements de main s'échangèrent; ces mots : « sept heures... le calotin... les ci-devant... » se croisèrent rapidement. Lisette, car c'était elle, vous l'avez deviné, comprit que la séparation allait avoir lieu, et, ne voulant pas être surprise aux écoutes, elle décocha à la cabane une grande grimace et se sauva à toutes jambes. A mesure qu'elle se rapprochait du château, son courage l'abandonnait et elle sentait une vraie tristesse envahir son âme.

— Encore un coup monté contre nous, et monté par Remy ! murmurait-elle. Indigne, va ! Et dire que les maîtres l'aiment tant que, même en le prenant sur le fait, ils refuseraient de croire à sa trahison. Oh ! Judas ! Judas ! Judas !

Elle rentra dans sa chambrette, l'esprit agité de je ne sais combien d'idées diverses, voulant tantôt avertir ses maîtres de ce qui se tramait contre eux, et tantôt se décidant à se taire, sûre d'avance de n'être point écoutée. A la fin, n'y tenant plus, elle se glissa chez Mlle Anne, qui dormait de ce sommeil léger des personnes âgées et délicates, et qui, entendant du bruit, se réveilla en sursaut, en criant d'un accent un peu effrayé : « Qui est là ? »

— Moi, Mademoiselle, moi, Lisette.

— Et que veux-tu, mon enfant? quelqu'un s'est-il trouvé subitement malade, ou l'es-tu toi-même?

— Non, Mademoiselle, mais je suis venue pour... pour vous entretenir de quelque chose de bien grave.

— Il faut, en effet, que ce soit bien grave pour que tu viennes me le conter au milieu de la nuit, répliqua Mlle de Bois-Morand, en battant le briquet déposé près d'un flambeau sur sa table de nuit pour se procurer de la lumière. La bougie allumée, la tante Anne en dirigea la lueur vers sa visiteuse, et elle fut frappée de l'altération de ses traits.

— Voyons, qu'y a-t-il ? demanda-t-elle. Mais remets-toi, mon enfant, car tu ne me parais vraiment pas dans ton état ordinaire.

— Ah! Mademoiselle, on serait bouleversé

à moins, je vous assure. Vous savez que, bien souvent, je vous ai dit que la trahison habitait au milieu de nous, et vous vous moquiez de moi, et vous refusiez de me croire. Tout à l'heure, je viens d'en avoir la preuve certaine : il y a ici un espion des bleus, un espion qui leur rend compte de tout ce qui se passe à la maison et manigance avec eux contre nous.....

— Ma pauvre fille, ce que tu dis là n'est qu'une rêverie de ton imagination. Nos serviteurs sont aujourd'hui bien peu nombreux et ils sont tous fidèles ; pas un seul d'entre eux n'est capable de nous trahir.

— Mademoiselle, il y en a pourtant un qui le fait, reprit Lisette avec un mélancolique hochement de tête ; je l'ai entendu moi-même, il y a une demi-heure à peine, comploter, dans la hutte de Grégoire, avec les mauvais gars de T***, contre le château. Malheureusement, ils ne parlaient pas assez haut pour que je pusse entendre ce qu'ils disaient ; ils ont prononcé mon nom à plusieurs reprises, celui de M. le curé, celui de mes maîtres, et ils ont parlé de sept heures du matin.

— Je ne dis pas que ces vilaines gens ne trament pas quelque abominable machination con-

tre nous, ma chère petite ; mais je ne puis admet-
tre qu'aucun de nos fidèles serviteurs donne la
main à ces bandits, tandis qu'ils ne cessent tous
de nous prouver chaque jour et de toute façon
leur affectueux dévouement. Vois-tu, ma fille, il
est bien facile d'être trompé par le son de voix,
surtout quand on n'entend qu'à demi, et tu avoues
toi-même que tu ne distinguais pas clairement...
A ton âge, avec une imagination vive, il est aisé
de se laisser abuser. Je le vois, tu es fatiguée, ma
pauvre petite ; va dormir, et surtout plus de soupçons injurieux à l'égard de tes commensaux. Car,
dis-moi, ajouta Mlle Anne avec son bon sourire,
ne penses-tu pas qu'on pourrait en faire également d'étranges au sujet d'une fillette de dix-huit
ans qui court les bois pendant la nuit, absolument comme un loup-garou, ou un farfadet ?

Lisette rougit, baissa la tête et ne répondit
pas. Cependant, après quelques minutes de silence, elle dit en hésitant :

— Enfin, Mademoiselle, mes maîtres pourraient toujours bien prendre quelques précautions, et recevoir de la bonne manière ces faillis
gars quand ils arriveront ici ?

— Nous verrons demain matin ce qu'il sera

possible de faire. Que veux-tu ! nous aurons beau agir, nous ne serons pas les plus forts... Rappelons-nous que nous sommes entre les mains de Dieu. Va, Lisette, va, mon enfant, te reposer, car tu es changée à faire peur. Bonne nuit, que ta petite tête ne s'exalte pas trop. A demain ! à demain ! Lisette se retira. Arrivée dans dans le corridor, elle s'appuya un instant contre la porte qu'elle venait de refermer, et elle se mit à pleurer.

— Je le savais ! je le savais ! dit-elle amèrement ; ils ne veulent jamais croire au mal ; ils sont si bons, eux !... Oh ! il sera impossible de les sauver, oui impossible, à moins que vous ne vous en mêliez, mon bon Sauveur ?

En prononçant ces paroles, le regard humide de Lisette monta lentement vers le plafond, et elle regagna sa petite chambre en murmurant la plus fervente de toutes les prières.

XIV

SÉPARATION ET FUITE.

Le lendemain, dès quatre heures du matin, toute la maison était debout. Les hommes, commandés pour une expédition assez éloignée, voulaient assister, ainsi qu'ils en avaient la coutume, avant de partir, au saint sacrifice de la messe.

Lisette put communiquer ses craintes à Vincent et à Michel. Elle ne les trouva pas aussi incrédules que Mlle Anne; mais il ne fut point en leur pouvoir de la rassurer; ils étaient soldats, par conséquent ils ne s'appartenaient plus, ils allaient marcher à la suite de leurs maîtres, soldats comme eux, et le château devait rester à la seule garde de la Providence et d'une vingtaine de paysans.

— Si on glissait un mot de cela à M. Olivier? suggéra Michel.

— A quoi bon? répondit Lisette avec abatte-

10

ment, j'en ai parlé à Mlle Anne ; si elle n'en a
rien dit à nos maîtres, c'est qu'elle ne l'a pas jugé à propos ; faisons donc comme elle, gardons
le silence.

Effectivement, Mlle Anne n'avait communiqué à aucun des siens la confidence de Lisette,
soit qu'elle n'y ajoutât pas entièrement foi, soit
que, sachant bien qu'il était impossible aux gentilshommes de rester à la Forlière, elle ne voulût pas qu'ils s'éloignassent sous le coup d'une
poignante anxiété.

— Si cette petite tête folle n'a pas exagéré, se
dit l'excellente demoiselle, eh bien ! que Dieu
nous protége !

Et elle assista avec le calme le plus parfait à
tous les apprêts du départ. L'inquiétude de Lisette diminuait aussi d'instant en instant ; c'est
que Remy était de l'expédition, et Remy — oh !
elle avait bien reconnu le son de sa voix ! —
avait promis son concours aux patriotes ; s'il
partait, c'était donc que le complot était ajour-
né ; peut-être échouerait-il, peut-être aussi ses
maîtres auraient-ils le temps d'être de retour, et
pourraient-ils recevoir comme ils le méritaient
ces fauteurs de désordre.

Bientôt M. de Bois-Morand, son fils, le chevalier, ses neveux et les serviteurs s'éloignèrent ;
il ne resta au château que Germain et un ou
deux autres domestiques à peine plus jeunes que
lui. Une vingtaine de paysans, portant le fusil
sur l'épaule, et, sur la tête, le large chapeau orné
de la cocarde blanche, vinrent occuper la grande
cour d'honneur : c'étaient les gardes du corps
de Mmes de Bois-Morand.

Le départ de Remy avait rassuré Lisette, et
pourtant ce n'était pas sans une certaine appréhension que la jeune fille voyait approcher
l'heure désignée par le traître. Quand l'antique
horloge du manoir laissa tomber, du haut de
l'élégant clocheton qui lui servait d'asile, sept
coups distincts et sonores, la fillette tressaillit, et
il lui sembla que son cœur recevait sept coups
de poignard. Par un mouvement instinctif, elle
jeta vers le ciel un long regard suppliant, et elle
courut vivement à une fenêtre ouverte pour interroger les bruits du dehors. Tout était parfaitement calme. De la campagne, il ne s'échappait aucun son, si ce n'est ces mille bruits délicieux qui parlent à l'âme du retour et des joies du
printemps : gazouillements d'oiseaux, bourdon-

nements d'insectes, vagues harmonies champê-
tres qui charment et émeuvent toujours.

Lisette eut beau écouter, beau regarder, elle
n'entendit rien, elle ne vit rien de nature à
l'inquiéter. Et pourtant, tout à coup une violente
rumeur s'éleva du rez-de-chaussée ; des voix dis-
cordantes, de grossiers éclats de rire troublèrent
le silence de la paisible demeure. Lisette se pencha pour regarder dans la cour, les Vendéens
n'y étaient plus ; ils venaient de rentrer précipi-
tamment, afin, sans doute, de connaître la cause
d'un vacarme qui n'annonçait rien de bon.

— Ce sont eux ! s'écria Lisette, dont les traits
se couvrirent d'une pâleur livide.

Elle voulut courir pour prévenir ses maîtresses ; mais ses jambes se dérobèrent sous elle, et
la jeune fille, ordinairement si vaillante, fut for-
cée de se retenir à un meuble pour ne pas
tomber.

— Ils sont venus souvent ici, et jamais je n'ai
éprouvé un saisissement pareil ! dit-elle, surprise
elle-même de sa défaillance. Doux Sauveur ! que
va-t-il donc se passer aujourd'hui ?

Un peu remise, elle se dirigea vers la porte
de sortie ; cette porte s'ouvrit au même moment.

Mlle Anne, ses nièces et le prêtre y apparurent successivement. Tous portaient sur leur visage les marques de leur émotion, mais avec des nuances diverses, selon leur caractère : le curé et Mlle Anne étaient profondément inquiets, mais calmes ; les traits d'Alix reflétaient une brûlante énergie ; Berthe était plus agitée qu'une feuille d'automne, seul, le courage de sa sœur la soutenait.

— Lisette, tu es là ? dit Alix en courant à la petite paysanne ; nous te cherchions. Entends-tu ce tapage ? Ce sont les patriotes. Nos paysans ont voulu leur résister, nous leur avons ordonné de n'en rien faire : ils sont à peine vingt, et ces hommes sont plus de cent. Ils remplissent tout le château, il est donc impossible de pénétrer dans les cachettes. Si tu pouvais fuir avec M. le curé et Berthe ! le passage de la petite porte n'est peut-être pas encore occupé. Ma tante et moi nous ferons en sorte de retenir ces détestables visiteurs pendant que vous gagnerez le Moulin-Blanc, où nous irons vous retrouver.

— Que Mlle Berthe accompagne M. le curé, dit Lisette ; moi je voudrais bien ne pas vous quitter.

10.

— Mes chères enfants, restons tous ensemble,
dit l'abbé Durand ; il ne nous arrivera que ce
que Dieu voudra.

— Monsieur le curé, vous vous devez à vos paroissiens, auxquels vous pouvez, dans ces temps
malheureux, rendre d'immenses services, dit la
voix douce et grave de Mlle Anne. Permettez-nous
donc de tout tenter pour vous sauver.

— Oui, venez, Monsieur le curé, venez, dit
Berthe avec une certaine vivacité ; je ne suis pas
aussi courageuse qu'Alix; mais vous me soutien-
drez. Toi, Lisette, tu as raison : reste ici, je serai moins inquiète, te sachant avec ma tante et
ma sœur.

La jeune fille se jeta dans les bras de sa tante,
dans ceux d'Alix; les deux jumelles s'embrassèrent longuement. Des pas, retentissant à peu de
distance, abrégèrent les adieux ; le curé et Berthe passèrent dans une chambre voisine com-
muniquant avec une enfilade d'autres pièces,
desquelles ils pouvaient gagner le passage secret ; en même temps, Mlles Anne, Alix et Lisette,
s'efforçant de faire bonne contenance, et affectant un air indifférent, s'élancèrent vers le corridor, afin d'arrêter les ennemis, s'ils étaient pro-

ches, et de les empêcher de se jeter sur les traces de Berthe et de l'abbé Durand.

Ces derniers avaient pu gagner sans difficulté
l'étroit couloir et l'escalier tournant conduisant
à la petite porte du parc ; bientôt, cette porte
s'ouvrit sous la pression de la main émue de
Berthe, et la jeune fille plongea sa tête au dehors.

— Le Chemin-Perdu me paraît parfaitement
désert, dit-elle en se retournant vers son vénérable compagnon ; éloignons-nous donc vite.

— Aussi vite que nous le pourrons, du moins,
dit en souriant M. Durand. Allons, que Dieu nous
garde et garde ceux qui restent !

— Ma sœur ! pensa Berthe en refoulant ses
larmes, au moment où elle faisait jouer le ressort
de la porte secrète, qui se referma sans bruit sur
eux. Ils s'engagèrent dans l'étroit sentier silencieusement, tristement, étouffant le bruit de
leurs pas, retenant pour ainsi dire leur haleine,
prenant mille précautions pour ne pas attirer
sur eux l'attention

L'abbé Durand portait toujours son bras en
écharpe, ce qui gênait considérablement ses
mouvements ; heureusement, Berthe possédait la

liberté des siens, et dans les endroits difficiles,
elle lui frayait un passage, que, seul, il n'aurait pu
se procurer. Cette petite Berthe, ordinairement
si craintive, puisait du courage dans son dévouement, et son affection, réellement filiale, pour
l'excellent prêtre qui l'avait baptisée, l'avait vue
grandir, et n'avait cessé d'environner son âme
des soins les plus assidus et les plus touchants.
Marchant en avant, d'un pas qui s'affermissait
par degrés, elle se meurtrissait le visage aux
branches, qui, enchevêtrées les unes dans les
autres, s'opposaient à leur passage ; elle y laissait des lambeaux floconneux de sa blonde chevelure, dont les anneaux, à demi détachés, flot-
taient sur ses épaules ; elle s'ensanglantait les
mains aux épines des églantiers, et aux ronces,
grimpant, s'enroulant, retombant partout dans
le plus pittoresque désordre.

— Ma pauvre Berthe, est-il donc possible !
quel mal vous vous faites ! disait M. Durand avec
un soupir douloureux.

— Ce n'est rien du tout, Monsieur le curé,
quelques égratignures qui seront bientôt guéries.
Ah ! mon Dieu ! qu'entends-je ? Je crois qu'on
nous poursuit.

— En ce cas sauvez-vous, mon enfant. Vous êtes leste et agile, vous pourrez facilement échapper à nos persécuteurs. Quant à moi, mes pauvres jambes ne veulent pas, quoi que je fasse, fonctionner plus rapidement. Tenez, je vais me blottir derrière ce rocher, peut-être passeront-ils sans m'apercevoir.

L'ecclésiastique indiqua du doigt une roche moussue, toute couverte de lierre et de pervenche, qui apparaissait au milieu d'un fourré. Souvent, dans leur enfance, Berthe et sa sœur l'avaient gravie, et s'étaient assises sur le sommet, que couronnait un jeune pin. Sans attendre la réponse de sa compagne, le prêtre se dirigea vers la roche moussue ; Berthe le suivit.

— Que faites-vous donc, mon enfant ? dit-il, en l'apercevant soudain à ses côtés. Pourquoi ne fuyez-vous pas ?

— Parce que je veux rester avec vous, répondit-elle simplement. Chut ! ajouta-t-elle en lui faisant signe de se courber derrière la roche, au milieu des hauts et verts panaches de la fougère et en se blottissant, elle-même, à quelques pas de lui ; les voici.

Ils arrivaient, en effet. Ils étaient une dizaine,

vêtus de costumes divers, mais tous armés de
fusils, et ayant à leur tête un personnage dont on
ne pouvait au juste préciser l'âge, et dont la vue
causait une impression désagréable. Sans être
précisément laid, il paraissait tel lorsqu'on ne
considérait que l'ensemble de sa personne. Ses
yeux qui lançaient des éclairs, sous d'épais sourcils, animaient un visage fortement coloré, que
rendaient plus ardent encore une barbe épaisse
et frisée, et une chevelure longue et inculte, toutes deux d'un rouge qui pouvait presque supporter la comparaison avec la carmagnole couvrant
ses épaules, et le bonnet couvrant son front. Les
paysans, qui ne le connaissaient que pour l'avoir
vu apparaître dans plusieurs combats, et à qui il
inspirait une terreur superstitieuse, l'avaient
surnommé l'*Homme Rouge ;* ses camarades l'ap-
pelaient le citoyen *la Vengeance,* nom qu'il avait
choisi en haine des aristocrates, auxquels, disait-il, il voulait rendre au centuple tout le mal
qu'ils avaient fait ou laissé faire.

- L'Homme Rouge était à deux pas de la roche
moussue, et ne vit pas M. Durand, mais il
crut apercevoir, entre deux touffes de fougère,
une boucle de cheveux blonds et un ru-

ban rose. Car, par enfantillage, et afin de se divertir aux dépens du chevalier qui les confondait sans cesse l'une l'autre, les jumelles s'amusaient, parfois, à échanger le ruban de leur coiffure ; et, ce jour-là, le nœud bleu de Berthe était devenu la propriété d'Alix, et le nœud rose d'Alix soulevait les masses onduleuses et brillantes de la chevelure de Berthe. Ce petit ruban rose était-il fée ? Avait-il le pouvoir d'effrayer les séides de la république, et le terrible citoyen la Vengeance, lui-même, qui n'avait peur de rien ? Je ne sais mais cet homme s'arrêta soudain, demeura immobile au milieu du sentier ; puis, avant que ses compagnons fussent parvenus en face du rocher, d'où ils eussent pu, comme lui, apercevoir la boucle et le nœud révélateur, il fit volte-face et ordonna de rebrousser chemin.

— Nous nous sommes trompés, dit-il, il est évident que le calotin n'est pas par ici, et qu'il n'a pas quitté le château. Retournons-y donc , et bouleversons tout plutôt que de ne pas le retrouver.

Sur ces mots, qui firent frissonner la pauvre Berthe, ils regagnèrent le château.

A peine avaient-ils disparu que le vieillard

et la jeune fille sortirent de leur cachette.

— Comme ils vous en veulent, ces vilaines gens, Monsieur le curé ! s'écria Berthe les larmes aux yeux. Ah ! s'ils vous avaient découvert, ils vous auraient tué sans miséricorde !

— Je le craignais plutôt pour vous que pour moi, ma pauvre enfant, répondit M. Durand, en élevant vers le ciel son front vénérable. Vous êtes jeune, vous avez devant vous un vaste avenir ; moi, je suis vieux, j'ai fait mon temps, je ne puis plus désormais rendre beaucoup de services ; mourir pour mon Dieu, ne serait-ce pas un grand bonheur pour un soldat de Jésus-Christ ? Ce qui m'aurait été bien dur, ajouta-t-il avec un soupir, c'eût été de recevoir le coup de la mort de quelqu'une de ces mains que j'ai si souvent jadis tenues dans les miennes ; car il y a parmi ces malheureux bien des gens de T***.

— Monsieur le curé, avez-vous vu cet homme aux cheveux rouges ?... Il impressionne, il fait peur. Je ne le connais pas, et pourtant il me semble avoir entendu quelque part le son de sa voix.

— J'ignore si vous avez pu l'entendre ; quant à moi, je ne sais qui il est, je ne le connais pas pour être de T***, ni même des environs. Voici une partie de nos peines finies, ma chère Berthe, nous sommes au Chêne-des-Dames.

—Voulez-vous vous y reposer un instant, mon excellent ami ?

— Non, mon enfant, non. Vous n'êtes pas fatiguée, j'en suis certain ; ne nous arrêtons donc pas, je suis décidé à marcher tant que mes vieilles jambes ne me refuseront pas leur appui.

XV

Ils continuèrent leur marche, dans un silence à peu près complet, mais avec moins de
difficultés à mesure que le chemin devenait plus
praticable. Bientôt ils abandonnèrent le bois, et
s'engagèrent dans un chemin profondément en-
caissé entre des talus couronnés d'ajoncs et de
bruyères ; ce chemin, sablonneux et aride, conduisait par une pente de plus en plus sensible
jusqu'à un petit monticule où se trouvait le
moulin, veuf de ses ailes, appelé le Moulin-
Blanc. Il dominait une vallée agreste et solitaire,
à l'entrée de laquelle on voyait les ruines d'une
chaumière, et un four banal où personne ne venait jamais cuire de pain. Un crime mystérieux,
qui défrayait encore les conversations du pays,
avait été commis, il y avait un grand nombre
d'années, dans cet endroit écarté, devenu pour
les paysans un lieu d'horreur et d'épouvante.

On prétendait que la victime revenait la nuit y chercher son meurtrier, demeuré inconnu, afin de le livrer à la justice, et aucune ménagère n'aurait voulu, eût-elle dû y gagner une fortune, se servir du four; aucun métayer, relever la chaumière et le moulin, les lui eût-on abandonnés pour rien.

Berthe, qui, nous le savons, n'avait ni la fermeté, ni l'intrépidité d'Alix, se sentit légèrement frissonner en se trouvant en présence du soi-disant moulin *hanté*. Jusque-là, elle avait marché en avant, mais elle recula alors, laissant M. Durand s'engager le premier dans le tracé conduisant au moulin. Le bon vieillard se retourna et sourit.

— Eh bien, que vous prend-il, ma petite conductrice? demanda-t-il d'un ton enjoué. Vous laisseriez-vous, par hasard, effrayer par de stupides commérages, et cela en plein jour? Par exemple! j'ai peine à le croire. Avancez, mon enfant, avancez hardiment, et croyez bien que les morts ne quittent point leur tombeau... Cependant, poursuivit-il, après un instant de silence et en baissant la voix, comme quelque malfaiteur aurait pu se réfugier dans ce moulin abandonné, il vaut mieux que j'y entre le premier.

Le moulin n'avait point de porte ; parvenus sur le seuil, les fugitifs purent jeter un coup d'œil à l'intérieur : il ne paraissait recéler aucun être vivant, si ce n'est des araignées y filant paisiblement leur toile, des oiseaux qui s'envolèrent, effarouchés, en entendant du bruit, des grillons et autres insectes, qui n'interrompirent point leur petite chanson mélancolique à l'entrée des visiteurs.

Un banc avait été oublié dans la chambre basse du moulin. Le curé et la jeune fille, accablés de lassitude, s'y assirent ; puis, l'inquiétude l'emportant sur la fatigue, ils ne tardèrent pas à se lever et à gravir l'escalier, à demi usé, conduisant à la chambre haute de leur gîte, afin de se pencher à l'étroite fenêtre de laquelle on apercevait une vaste étendue du pays, et les étages supérieurs du château de la Forlière. Ils s'y placèrent alternativement, et interrogèrent la route qu'ils avaient parcourue, mais personne ne s'y montrait.

— Monsieur le curé, elles ne viennent pas, disait Berthe avec un accent désolé ; pourvu qu'on ne leur ait pas fait de mal !

— Mon enfant, ne vous inquiétez pas sans sujet : songez que votre respectable tante et ses deux petites compagnes auraient eu à peine le temps de nous rejoindre, en admettant que leur départ n'eût pas été retardé. Attendons-les avec patience, mon enfant, en mettant notre espoir en Dieu.

M. Durand prit, dans l'une des poches de son habit, son bréviaire, qu'il alla réciter dans un coin ; Berthe demeura à la fenêtre, le regard obstinément fixé dans la direction de la Forlière. Tout à coup, le prêtre l'entendit pousser un cri déchirant ; il la vit s'affaisser sur ses genoux, tandis que ses mains jointes se tordaient convulsivement au-dessus de sa tête livide d'épouvante. Il se leva vivement et courut à elle.

— Berthe, qu'avez-vous ? demanda-t-il.

— Ah ! Monsieur le curé, regardez !... regardez !... dit-elle en fixant sur le prêtre un œil presque égaré. La Forlière est en feu !... Que sont devenues ma tante, Alix, Lisette ?... Ah ! mon Dieu ! mon Dieu !... il me semble que je deviens folle !... Monsieur le curé, mon excellent ami, c'est navrant, navrant !...

Incapable de proférer une parole, l'abbé Durand enveloppa d'un regard de commisération profonde l'enfant désolée, dont les gémissements et les sanglots trouvaient un si sympathique écho dans son âme; il se pencha à son tour à l'étroite fenêtre, et ne vit plus qu'à travers un tourbillon de flammes et de fumée le sommet des tourelles et les hautes cheminées de la Forlière.

—Quel affreux malheur! murmura-t-il quand il put parler. C'est moi, moi qui en suis cause!... Ma pauvre Berthe, combien vous devez m'en vouloir!

— Oh! Monsieur le curé, ne dites pas cela, non, ne le dites pas! s'écria Berthe en se levant et en essuyant fébrilement ses yeux et son visage baignés de larmes, ces gens-là nous voulaient du mal aussi bien qu'à vous-même, puisque, vous le voyez, ils ont brûlé notre maison et fait périr peut-être ma tante et ma sœur.... Ah! quelque chère que me soit la Forlière, j'en ferais de bon cœur le sacrifice pour le salut de ma tante, d'Alix et de cette bonne petite Lisette.... Ne les reverrai-je donc plus? Alix, chère Alix, nous qui ne nous étions jamais quittées, allons-nous donc être séparées par la mort!...

Les pleurs reparurent dans ses yeux, les san-

glots oppressèrent de nouveau sa poitrine, et cependant, quelque souffrance qu'elle éprouvât devant le navrant spectacle de la destruction de
son berceau, elle refusa de quitter la fenêtre,
près de laquelle elle semblait une statue vivante
de la Douleur.

L'abbé Durand se mit à prier à demi-voix;
parfois, Berthe priait avec lui, parfois, elle s'in-
terrompait pour exhaler une plainte amère ou
pour verser un torrent de larmes; presque aussitôt, se reprochant ce mouvement de faiblesse
si excusable, elle s'écriait d'un accent qui im-
pressionnait vivement le bon curé : « Mon Dieu !
pardonnez-moi, je veux ce que vous voulez! »

Une heure environ s'était écoulée depuis que
_es fugitifs avaient vu s'allumer les premières
lueurs de l'incendie; soudain, ils tressaillirent :
des pas se faisaient entendre dans le chemin
creux. Etaient-ce ceux qu'ils attendaient? n'était-
ce pas plutôt quelque ennemi ? Cette dernière
supposition allait les déterminer à quitter la
fenêtre, quand un personnage dont ils ne pouvaient méconnaître ni la taille ni la tournure,
apparut au bas du monticule. C'était Germain,
le fidèle majordome du château.

— Seul! proféra Berthe douloureusement.
... Enfin! nous allons savoir... Monsieur le
curé, je cours au-devant de Germain; priez, je
vous en conjure, pour qu'il ne nous apporte pas
de mauvaises nouvelles.

La jeune fille se précipita vers l'escalier, et
arriva en présence du vieux domestique au moment où il pénétrait dans la chambre basse du
moulin.

— Germain, vous voilà! vous êtes seul? dit-
elle en prenant entre ses petites mains humides
d'une sueur froide les mains du vieillard, qui
la contemplait avec une indéfinissable émotion.
Et ma tante, ma sœur, Lisette? Ont-elles donc
péri dans l'incendie qui dévore en ce moment
notre pauvre Forlière?

— Hélas! Mademoiselle, je ne saurais le dire,
répondit le vieillard qui avait peine à s'exprimer
tant son émotion était forte. J'ai été séparé de mes
chères maîtresses dès le commencement du pillage, car il y a eu un pillage affreux. Les patriotes voulaient à toute force avoir M. le curé, et, ne le trouvant pas, ils ont tout renversé, tout brisé, tout détruit. Celui qui paraissait le chef de ces bandits, un
affreux homme tout rouge, avait crié à ses cama-

rades de ne pas faire de mal aux femmes. Je ne sais s'il a été écouté. Pour moi, je m'étais évanoui sous la violence de leurs coups, et je fus jeté dans un coin, où l'on m'oublia. Quand je revins à moi, je me vis environné de flammes; ils avaient consommé leur forfait par l'incendie! J'appelai à grands cris ces dames et Lisette, je parcourus plusieurs appartements qui n'étaient pas encore la proie du feu. Ce fut en vain, je ne vis personne, et nulle voix ne répondit à la mienne. Je sortis par une fenêtre dont j'avais brisé un carreau, et je vis que l'incendie, allumé selon toute probabilité dans la chapelle, avait en partie dévoré celle-ci, et gagnait rapidement l'aile gauche du château. Mes pauvres maîtresses! pensai-je. Involontairement, j'avais pensé tout haut. Un sauvage ricanement me répondit, et un homme étrange, dont la vue m'avait déjà si fortement impressionné, surgit tout à coup à mes côtés.

— Vieux fou! dit-il avec son même rire, tu aurais beau chercher jusqu'à demain que tu ne trouverais pas celles que tu appelles; elles sont logées en lieu sûr, et tu n'as qu'à te sauver promptement, si tu ne veux aller les rejoindre.

Je fus sur le point de répondre : « Oh! je ne

11.

demande pas mieux ! » Et puis je songeai à vous, mademoiselle Berthe, je me dis que tant que l'un des enfants de mon maître pourrait avoir besoin de moi, ma vie ne m'appartenait pas et que je ne devais pas en disposer. Jetant donc un long et douloureux regard sur cette Forlière que j'avais vue si brillante, si fortunée, si joyeuse, et qui, à l'heure présente, était vouée aux flammes, et servait peut-être de tombeau à mes chères maîtresses, je m'éloignai en réprimant un sanglot.

La voix de Germain s'arrêta sur ses lèvres, coupée par l'émotion.

— Ainsi, il m'est impossible de conserver le moindre espoir ! s'écria Berthe, quand le vieillard eut achevé son récit. Comment apprendre à mon père une si fatale nouvelle ! Quelle triste arrivée il aura, mon Dieu !... Et Vincent !... Et Michel !... Que nous sommes donc malheureux ! Mais vous êtes exténué, mon bon Germain, venez vous reposer, venez. Ne faut-il pas s'armer de courage pour supporter les coups qui nous sont peut-être encore réservés ?

Germain, pour toute réponse, inclina sur sa poitrine sa tête vénérable, dont l'expression était navrante, et il suivit la jeune fille près du curé, qui, à genoux devant la fenêtre ouverte, priait avec le recueillement et la ferveur d'un saint.

Il se leva à l'entrée des arrivants et vint vers eux.

— Quelles nouvelles, Germain ? demanda-t-il.

— Monsieur le curé, je suis dans la même incertitude que vous au sujet de ces dames et de Lisette ; j'ignore complétement ce qu'elles sont devenues.

— Récitons pour elles le *De profundis*, s'écria Berthe en tombant à genoux, et en joignant douloureusement les mains.

L'abbé Durand et Germain l'imitèrent, mais, seule, la voix émue de l'ecclésiastique se fit entendre, les lèvres du fidèle serviteur balbutiaient sans laisser échapper aucun son, et quant à Berthe, elle ne proférait que des sanglots.

Ce fut une bien affreuse journée que celle qui s'écoula pour nos infortunés fugitifs ; chaque bruit venant du dehors les faisait tressaillir de crainte, car leurs ennemis pouvaient être à leur recherche ; ou d'espoir, car rien ne prouvait que Mlle Anne et ses compagnes eussent sûrement péri.

N'étaient-elles point, au contraire, parvenues
à s'échapper du château avant l'incendie, et ne
se tenaient-elles pas cachées dans quelque endroit solitaire, où elles attendaient un moment
propice pour rejoindre leurs compagnons? Cette
idée prenait chez Berthe une telle consistance
que bientôt il lui sembla impossible qu'elle ne
fût pas la réalité. Quand la nuit commença à
tomber, elle espéra plus que jamais. Appuyée
contre la fenêtre, elle regardait, sans se lasser,
tantôt l'entrée du bois, qui devenait de plus en
plus obscure, et tantôt le chemin du moulin, où
l'ombre se faisait de plus en plus épaisse ; elle
s'attendait presque à y voir surgir les chères absentes, à y entendre le son si connu et si aimé de
leurs voix. Mais non, rien ; rien ne se faisait entendre, rien ne se montrait, et Berthe retombait
dans son morne découragement.

Depuis leur départ du château, les proscrits
avaient pris bien peu de nourriture ; ils n'a-
vaient pas osé s'aventurer vers les villages pour
y chercher des provisions, et ils avaient dû se
contenter de quelques biscuits, demeurés au
fond des poches de Germain, et d'un peu d'eau
claire puisée à une fontaine voisine, à l'aide

d'une mauvaise cruche retrouvée dans un coin du moulin.

Épuisé de lassitude, et peut-être de faim, l'abbé Durand s'était endormi sur le banc où il se tenait assis ; Germain allait suivre son exemple, malgré son désir de tenir compagnie à Berthe, lorsque la jeune fille, quittant son poste d'observation, vint doucement vers lui. Un doigt mystérieusement appliqué sur ses lèvres, elle lui fit signe de la suivre ; il obéit. Tous deux descendirent l'escalier, et se retrouvèrent dans la première chambre du moulin.

— Mon ami, dit à voix basse Mlle de Bois-Morand en saisissant les mains de son vieux serviteur, je suis décidée à me rendre à la Forlière, venez avec moi, si vous le voulez bien, ou restez avec M. le curé.

— Moi, Mademoiselle, je vous suivrai partout où vous irez, répondit vivement Germain. Mais que voulez-vous aller faire à la Forlière ?... Nos pauvres dames, si elles existent encore, n'y sont certainement plus.

— Ce sera une consolation pour moi de prier sur les ruines de ma chère maison, sur leur tombeau, hélas !... Ne me dites pas un mot de

plus, mon cher Germain, car je suis parfaitement décidée.

— Ah! Mademoiselle, ceux qui prétendaient
que vous étiez moins brave que Mlle Alix se trom-
paient grandement tout de même... Dites-moi,
que pensera M. le curé, s'il vient à se réveiller
pendant notre absence? Ne croira-t-il pas que
nous l'avons abandonné? Et si les Bleus surve-
naient, que fera-t-il seul, sans défense?...

— Que pourrions-nous faire pour lui? Vous
n'avez même pas d'arme pour tenter de résister.
Du reste, soyez tranquille, personne ne soupçonne notre présence dans ces ruines; d'ailleurs
les patriotes, après leur brillant exploit de la
journée, ne songent sans doute qu'à se reposer.
Nous ne serons pas longtemps; un petit mot au
crayon que j'ai placé sur le bréviaire de M. le
curé lui apprendra le motif de notre absence,
s'il vient à se réveiller avant notre retour. Ah!
j'en suis bien certaine, s'il me blâme de mon
imprudence, il comprendra le besoin de mon
cœur. Partons donc, mon bon Germain.

— Partons! répondit le fidèle domestique.

Un instant après, laissant la Providence, en
laquelle le vénérable curé avait tant de foi, veiller

seule sur lui, Berthe et Germain se dirigèrent,
le cœur singulièrement ému, vers ce qui restait
de la Forlière.

XVI

LA VIE DES PROSCRITS.

Que restait-il de la Forlière ? Telle était la question que se posait Berthe en marchant d'un pas ferme et rapide aux côtés de son vieux compagnon. Depuis longtemps, on ne voyait plus ni flammes ni fumée s'élever au-dessus des grands arbres ; saisis de remords ou guidés par quelque intérêt cupide, les républicains avaient-ils donc arrêté les progrès de l'incendie ? On ne savait, mai on pouvait supposer que le feu avait été éteint, et que quelques parties de la vieille demeure restaient encore debout. En effet, la chapelle et l'aile gauche du château avaient été seules la proie des flammes, et Berthe faillit pousser un cri de joie en voyant que tout n'avait pas été dévoré. Le vieillard et la jeune fille entrèrent craintivement dans la cour d'honneur. N'apercevant aucune forme humaine, n'entendant le son d'aucune voix, ils se rassurèrent par degrés,

et après avoir contemplé longuement et douloureusement les débris encore fumants du bâtiment incendié, ils pénétrèrent dans le corps de
logis principal, respecté par le feu, mais noirci
par la fumée, et portant partout l'empreinte du
passage des nouveaux Vandales. Après une demi-
heure environ de recherches minutieuses, ils se
disposaient à s'éloigner, plus mornes, plus dé-
solés qu'ils n'étaient venus, quand ils virent une
ombre se glisser dans la direction des cuisines.
Germain n'avait pour toute arme qu'un solide
couteau, soigneusement aiguisé ; il n'hésita cependant pas à s'élancer sur les traces de l'ombre
en question qui pouvait être un ennemi

Si c'était un ennemi, il n'était pas bien terrible, car c'était un pauvre enfant d'une douzaine
d'années, pâle et chétif, qui tomba à demi sur ses
genoux en se trouvant en présence de Germain.

— Mon ami, ne faites pas de mal à ce petit
malheureux, dit Berthe, qui complétement rassurée, avait rejoint le vieux serviteur sur le seuil
de la cuisine où l'enfant s'était arrêté, tremblant
comme la feuille et ouvrant de grands yeux
épouvantés. C'est Drio l'Innocent. Que fais-tu
donc ici, mon pauvre petit ?

La douce voix de Berthe qu'il connaissait parfaitement, rassura l'infortuné apprenti de Grégoire, et il raconta d'un accent de plus en plus
raffermi, mais non sans difficulté, que son
maître l'avait mis dehors de la hutte dès le matin, qu'il en avait fermé la porte, et s'était éloigné, sans lui donner le plus petit morceau de
pain. Las de l'attendre et mourant de faim, il
s'était dirigé vers le château, où il savait bien
qu'on ne lui refusait jamais ce qu'il demandait.
Effrayé à la vue des patriotes qui y accomplissaient leur acte de destruction, il s'était caché, et
ne s'était montré qu'après la disparition du dernier d'entre eux.

— Mais ils sont demeurés très-longtemps,
ajouta-t-il, parce qu'après avoir mis le feu, ils
ont voulu l'éteindre, ce qui leur a donné bien
du mal.

Ces hommes enfin partis, **André** avait quitté
sa cachette et regagné la hutte de la forêt. Grégoire n'y étant point encore de retour, l'enfant
était revenu au château, afin d'y chercher « quelque pauvre petit morceau à se mettre sous la
dent. »

— Et tu as bien fait, mon enfant, dit Berthe;

viens, nous allons voir si ces loups dévorants ne nous ont rien laissé.

On trouva, non sans peine, quelques provisions oubliées ou dédaignées par les patriotes, et, tandis que l'enfant satisfaisait son appétit aiguisé par un jour de jeûne complet, Berthe le questionna sur ce qui s'était passé au château. Il répondit avec une lucidité qui ne s'accordait guère avec la réputation d'idiot dont il jouissait dans le pays.

— André, et les dames, les dames qui étaient ici ? Tu les as vues aujourd'hui, n'est-ce pas ? Les vilains amis de Grégoire les ont-ils tuées ? ou bien ont-elles péri dans l'incendie ?

— Oh ! fit-il, comme épouvanté à l'idée d'un semblable malheur, les dames ne sont pas mortes, ni la servante non plus !

— Ah ! murmura Berthe portant la main à son cœur comme si elle l'eût senti se briser de joie à cette annonce. Dis-moi, oh ! dis-moi bien vite, que sont-elles devenues ?

A ces paroles, André devint pâle ; il cessa de manger, jeta autour de lui un regard effaré et garda le silence.

— André, pourquoi ne me réponds-tu pas ? demanda Berthe.

— J'ai peur ! murmura-t-il, Grégoire me battra... et il bat si fort !

— Pauvre petit ! non, non, il ne te battra pas, sois tranquille. Nous te prenons sous notre protection, nous te défendrons contre le sabotier et contre tous ses pareils ; parle, je t'en prie. Tu connais ma tante, Alix, Lisette, n'est-ce pas ?

— Oh ! oui ! fit-il, tandis que ses yeux s'animaient.

— Eh bien ! où sont-elles ? que sont-elles devenues ?

— Elles sont... elles sont parties, je ne sais pas où. C'est le grand Rivet et les autres qui les ont emmenées, même qu'ils ont dit comme ça : « A la bonne heure ! voilà de fameuses prisonnières ! En attendant le calotin, c'est toujours autant !... »

— Prisonnières ! elles sont prisonnières ! Germain, entends-tu ? Elles sont prisonnières, elles vivent !... Nous découvrirons leur prison. Ah ! si mon père pouvait revenir, elles ne seraient pas longtemps loin de nous... Pauvre tante, pauvre Alix ! prisonnières !... Comme elles doivent être tristes en pensant à notre inquiétude !... Enfin, nous les retrouverons ! Que Dieu est bon ! Vois, Germain, comme j'ai bien fait de venir ici... Cher petit André, tu ne nous quitteras jamais !

— Tant mieux ! s'écria-t-il en faisant une gambade, sans cesser de mordre dans son pain ; je ne serai jamais battu !

Après avoir réuni le peu de provisions qu'a-vaient laissées les patriotes, le vieillard, la jeune fille et l'enfant se hâtèrent de se rendre au mou-lin, où le curé, accablé d'inquiétude, priait dans l'attente de ses chers compagnons d'infortune.

Quelle allégresse succéda, dans ce misérable asile, aux heures d'angoisse de cette longue journée ! Certes Mlle Anne et ses compagnes n'é-taient pas hors de danger, mais les savoir vivan-tes après les avoir crues mortes, n'était-ce pas du bonheur ? Quelques heures auparavant on avait récité le *De profundis*, on entonna avec enthousiasme le chant du *Magnificat*, et la soi-rée s'écoula dans la joie.

Tout en se réjouissant, on tint conseil sur les moyens à prendre pour opérer la délivrance des trois femmes. Hélas ! que pouvaient deux enfants ?... Après avoir proposé plusieurs pro-

jets, aucun ne parut propre à être adopté ; et,
craignant de compromettre par une démarche
imprudente le salut de têtes si chères, on se décida à attendre, pour tenter de leur être utiles,
le retour des combattants.

Ce ne fut qu'à huit jours de là environ que
M. de Bois-Morand et les siens, qui suivaient
Charette dans toutes ses expéditions, reparurent
à T***. Ils avaient appris vaguement les malheurs
qui leur étaient arrivés, l'incendie de la Forlière,
l'arrestation d'une partie des personnes demeu-
rées au château, la fuite des autres, et ils reve-
naient le cœur torturé par l'anxiété. Nos fugitifs, qu'ils rejoignirent non sans difficulté,
confirmèrent ces mauvaises nouvelles, auxquelles
était venue s'en joindre une autre très-cruelle,
celle de la perte des restes de la Forlière, con-
fisqués par la nation. Ce fut dans une misérable
cabane, ouverte à tous les vents, que M. de
Bois-Morand et ses compagnons trouvèrent les
proscrits, qui, journellement poursuivis, traqués parfois comme des bêtes fauves, ne vivaient
plus que d'une existence de périls et de privations. La plus rude de toutes pour une jeune
fille délicatement élevée comme Berthe, c'était

celle du lit moelleux où elle avait été habituée à
dormir ; force lui était bien de s'en passer, et de
s'étendre, comme les autres, sur un lit de feuilles sèches ou de fougère, ou, même, sur la
terre nue, n'ayant d'autre abri que les arbres,
quand on passait la nuit dehors, ou le toit en-
tr'ouvert d'une masure, quand on pouvait en
trouver une où il fût possible de séjourner.

Cette vie si dure, jointe aux secousses qu'elle
avait ressenties, avait tout d'abord influé d'une
façon fâcheuse sur la santé de Berthe ; mais elle
avait ensuite opéré chez elle, au physique comme
au moral, une transformation salutaire. A mesure que son tempérament s'endurcissait de
toutes les misères, de toutes les privations qu'elle
endurait, son caractère revêtait une vigueur qui
lui était inconnue. Elle n'était plus la petite
fille timide et craintive, qui, prétendait-on, avait
peur de son ombre ; elle se montrait, par moment, aussi intrépide, aussi résolue qu'Alix elle-
même, ce qui faisait dire au chevalier que quand
les deux sœurs seraient réunies, le ruban rose
et le ruban bleu deviendraient plus nécessaires
que jamais, afin d'éviter une méprise perpé-
tuelle.

Au retour du marquis, le curé et Berthe avaient remarqué avec une profonde surprise l'absence de Remy.

— Qu'est-il donc devenu ? demandèrent-ils.

— Nous l'ignorons, hélas ! répondit M. de Bois-Morand. A peine quittions-nous la Forlière, qu'une troupe de patriotes, se jetant sur nous, nous dispersa. Nous n'étions pas en nombre pour leur résister : nous préférâmes donc tâcher de leur échapper. A l'heure convenue avec M. de Charette, nous nous retrouvions au complet au lieu du rendez-vous ; seul Remy manquait dans nos rangs. Sans doute le malheureux enfant, tombé aux mains des Bleus, a été mis à mort ou jeté en prison, afin d'expier son dévouement à ses maîtres et à notre cause.

— Pauvre Remy ! dit Berthe en essuyant une larme au souvenir de son camarade d'enfance.

— Mort ou vivant, nous prierons pour lui, dit M. Durand vivement ému. Car il avait toujours eu pour Remy l'affection la plus sincère et le plus profond intérêt.

Depuis l'incendie du château, et dans quelque lieu qu'il se tînt, M. Durand n'avait pas cessé

d'exercer son ministère et d'être utile à ses paroissiens, pour lesquels sa présence était une
grande consolation. Il ne pouvait pas célébrer,
tous les jours, le saint sacrifice, mais il le faisait
chaque fois que cela était possible sans attirer
l'attention. La pieuse cérémonie avait lieu gé-
néralement au milieu de la nuit, et tantôt dans
une grange que les femmes nettoyaient de leur
mieux, tantôt dans les ruines de quelque château
ou de quelque métairie, le plus souvent dans ces
retraites ignorées, désignées sous le nom de *re-
paires*, que seul le pied des Vendéens, habitué à
parcourir le bocage, et leurs yeux accoutumés à
sonder les mystérieuses profondeurs des forêts,
savaient retrouver. Quelle ineffable consolation,
quand on se savait menacés de mort, de pouvoir
aller se nourrir du Pain qui fait vivre éternelle-
ment ! Aussi, bien peu de personnes manquaient
au rendez-vous, et, vers minuit, des bandes de
vieillards, de femmes et d'enfants, auxquelles se
joignaient les hommes quand ils étaient au logis,
quittaient leurs maisons et leurs villages, et se
dirigeaient, en évitant les grands chemins et les
routes découvertes, et en récitant le chapelet à
voix basse, vers l'endroit de la réunion. Il avait

été désigné la veille, soit de vive voix, soit par un signe convenu. On se fût cru transporté aux premiers âges de l'Église, et tout concourait à rendre l'illusion plus complète. D'une part, la persécution acharnée, impitoyable, impie, les raffinements de cruauté inventés par les bourreaux ; de l'autre, le mystère environnant le culte, le saint zèle des chrétiens, leur foi intrépide, leur courage à subir la mort sans courir au-devant, mais sans la fuir.

Tel était sous la Terreur, le spectacle que présentait la Vendée, qui, avec sa sœur la Bretagne, était bien digne de ce surnom de catholique, qu'elle avait su mériter depuis longtemps et qu'elle a su conserver.

XVII

AU CALVAIRE. — ANDRÉ L'INNOCENT.

A peine M. de Bois-Morand eut-il, à son retour, embrassé sa chère Berthe, que toutes ses
pensées se portèrent vers son enfant absente. Il
brûlait du désir de la voir, de la délivrer, ainsi
que ses compagnes, et inutile de dire que les
jeunes gens, Vincent et Michel, partageaient son
impatience. Hélas! où étaient-elles, ces chères
prisonnières? Les gardait-on à Machecoul? ou
bien les avait-on transportées ailleurs? Tandis
qu'ils se posaient cette question embarrassante,
tandis qu'ils se concertaient sur ce qu'ils avaient
à faire, tantôt adoptant des plans qui leur semblaient réalisables, et tantôt les rejetant comme
impossibles, qu'il nous soit permis de nous transporter à Machecoul, et de voir un peu ce qui s'y
passe. Les patriotes en sont depuis quelque temps
redevenus les maîtres, et ils ont encore une fois
converti la calme et paisible petite ville en un

théâtre de débauches et de cruautés, dont le
souvenir seul fait horreur.

Pénétrons dans cette maison à l'aspect impo-
sant et sévère. C'était jadis un asile de paix et de
prière, aujourd'hui, c'est à la fois une prison pour
« les brigands » et un lieu de réunion pour les
patriotes, qui font des vastes cloîtres sanctifiés
par le travail et l'oraison les témoins de leurs
honteuses orgies.

Franchissons ce seuil, que foulèrent avant
nous tant de grandeur, de beauté, d'opulence, venant pratiquer, derrière les grilles du monastère,
la sainte loi du renoncement ; traversons ces
longs corridors, où apparaissaient jadis, comme
de douces visions, quelques blanches et sereines
figures encadrées de la guimpe de toile et du
voile noir, et où se croisent maintenant de laids,
de repoussants visages, sur lesquels on se sur-
prend à chercher vainement l'empreinte que le
doigt du Créateur apposa sur toute face humaine.
Ce sont les patriotes de Machecoul qui montent
la garde autour des cellules où sont enfermés les
prisonniers. En dépit de ces Cerbères à mines
peu rassurantes, entrons, si vous le voulez bien,
dans l'une de ces cellules ; peut-être y rencon-

trerons-nous quelque physionomie connue. C'est justement l'heure où l'on distribue aux captifs la détestable et insuffisante nourriture que leur accorde la générosité de la République ; suivons le geôlier dans l'un des premiers réduits, où il vient de pénétrer, et arrêtons-nous avec lui devant la prisonnière qui s'y trouve. C'est une jeune fille d'une vingtaine d'années, aux traits beaux et réguliers, à l'air parfaitement noble et distingué ; elle tient avec une sorte d'accablement son front sur ses mains fines et délicates, et c'est à peine si l'entrée du visiteur lui arrache un mouvement. Sans prononcer un mot, sans porter la main à son bonnet, cet homme dépose sur une petite table un morceau de pain, une cruche d'eau, et je ne sais quel mets dont le parfum chatouille désagréablement l'odorat, puis il s'éloigne. La jeune fille relève alors la tête et nous laisse voir son visage. Malgré sa pâleur, malgré sa tristesse, vous n'avez pas plus de peine que moi à la reconnaître : est-il nécessaire de vous nommer Alix, l'une des Colombes de la Forlière ?

Après le départ du geôlier, elle regarde pendant un instant sa maigre pitance, et sourit avec un peu d'amertume ; enfin, s'emparant du pain

12.

noir et grossier, elle le porte à ses lèvres en murmurant :

— Oh! n'en manger jamais d'autre et les revoir!... les revoir pour ne plus les quitter!...

Son repas ne fut pas long. Quand elle l'eut terminé, elle se leva, fit quelques pas dans cet étroit espace où s'étaient succédé tant de calvairiennes et où il y avait place seulement pour une étroite couchette, une table et deux siéges, et elle alla s'arrêter devant une petite fenêtre grillée donnant sur le jardin. Là se voyait le désordre qui se retrouvait dans toute la maison, et on y apercevait les mêmes figures hideuses, sauvages, dégradées. Nuit et jour, les sans-culottes, afin de veiller à la garde de leurs prisonniers, arpentaient les allées et les parterres sans se soucier des plantes et des fleurs qu'ils broyaient sous leurs pas.

— Mon Dieu! murmura Alix, jamais ces hommes ne s'éloignent! jamais ils n'interrompent seulement pendant un instant leur farouche surveillance... Faudra-t-il donc mourir ici? Ah! j'avais espéré, j'avais attendu la délivrance! et elle ne vient pas!... Peut-être les nôtres sont-ils vaincus!... Quoi! défenseurs d'une cause si no-

ble, si sainte, — de la vôtre, ô mon Dieu ; — ils
seraient vaincus !...

Alix, accablée, courba la tête, et, retournant
à sa première place, elle s'abandonna au courant
de ses pensées. Elles n'étaient rien moins que
joyeuses les pensées de la pauvre prisonnière ;
elles avaient tantôt pour objet ceux dont elle attendait du secours et tantôt ses compagnes d'infortune, Mlle Anne et Lisette, dont elle avait été
séparée dès le premier jour de son incarcération.
Elle les supposait enfermées, comme elle, au
Calvaire, sans cependant en avoir la certitude.

Une seconde fois la méditation de Mlle de Bois-
Morand fut interrompue ; un homme venait d'entrer dans sa cellule et il en refermait la porte
après lui. En apercevant la jeune fille, le nouveau venu, par un mouvement instinctif, enleva
son bonnet rouge, qui laissa à découvert une inculte et abondante chevelure presque de la même
nuance ; et ses traits, fortement colorés, revêtirent une fugitive pâleur. Il s'arrêta un instant
près de la porte, comme s'il eût hésité à faire
connaître l'objet de sa visite. Haussant les
épaules et souriant avec ironie, il redressa
audacieusement la tête et vint se placer à

quelques pas d'Alix, de façon cependant à
se tenir dans l'ombre. Il lui adressa alors ces
mots :

— Je viens, au nom de la République une et
indivisible, te demander, citoyenne, si tu es décidée à accepter la proposition du comité?

Au son de cette voix, Alix tressaillit, elle leva
les yeux sur son interlocuteur, mais son visage
lui était inconnu. Elle se souvint seulement
confusément de l'avoir entrevu lors du pillage
du château. Elle l'avait vu, en effet, car ce personnage, ardent patriote, était celui-là même que
les paysans nommaient l'Homme Rouge

— De quelle proposition du comité voulez-
vous parler? demanda Alix, sans paraître aucunement troublée.

— Le citoyen Manlius a dû vous la faire connaître, citoyenne, répliqua le patriote, n'osant
plus, devant la dignité de la jeune fille, employer le tutoiement de rigueur.

— C'est possible, mais je l'ai oubliée, dit-elle
très-froidement.

L'Homme Rouge se mordit les lèvres ; puis,
après une courte hésitation, il reprit :

— Citoyenne, le comité a décidé dans votre

intérêt que vous deveniriez l'épouse de quelque fidèle défenseur de la République. Si vous vous montrez docile à suivre ses ordres, vous pouvez compter sur son indulgence, non-seulement pour vous, mais pour tous les vôtres.

— Je croyais que la République avait aboli l'obéissance et institué la liberté pour tous? dit Alix avec un sourire singulièrement moqueur.

— Pour tous, oui, mais non pour les tyrans! répliqua le patriote, dont les yeux parfaitement noirs, étrange contraste avec ses cheveux, sa barbe et ses sourcils, étincelèrent dans leurs orbites profonds. Du reste, vous êtes libre, citoyenne, d'accepter ou de refuser les offres de la République.

— C'est bien ! je refuse !

— Citoyenne, prends-y garde ! s'écria avec emportement le patriote, ton refus te perd et perd avec toi tous ceux que tu aurais pu sauver !

— Que la République m'accorde la grâce de mourir pour le salut de ceux dont tu parles, et je suis toute prête, dit Alix en se levant, si belle de dignité, de calme, de noblesse, que le républicain recula un moment comme ébloui. Mais il se

rapprocha aussitôt, et reprit de son même ton incisif et froidement railleur :

— La République fait les ordonnances qui lui
conviennent, et personne n'a rien à y voir, rien
à y changer.

— Il est inutile de m'entretenir plus longtemps
d'une République que j'abhorre, fit Alix avec un
geste d'ennui ; j'ai dit que je n'acceptais pas l'insigne faveur qu'elle me voulait faire.

— Tu n'as pas une grande dose de dévouement pour ta famille, citoyenne, s'écria l'Homme
Rouge avec un dépit furieux ; si pourtant, dans
quelques heures d'ici, tu voyais fusiller là, sous
ses yeux, ta vieille tante, ton effrontée camérière,
et qui sait! peut-être même le beau Gaëtan...

Il prononça ces paroles avec un accent effrayant de haine, et en enveloppant d'un regard
étrange l'infortunée qu'il torturait. Involontairement, Alix avait fermé les yeux, comme si un
voile sanglant se fût soudain étendu devant elle ;
mais, se roidissant contre ses propres impressions, elle dit, sans que rien vînt déceler ce qui se
passait dans son âme :

— Dans ma famille, on a toujours préféré la
mort au déshonneur !

Le patriote bondit, comme si une vipère lui
eût piqué le talon :

— Il y a du déshonneur dans ce que l'on vous
propose? rugit-il.

—Oui, dit-elle sans rien perdre de son calme,
et avec un accent où vibraient, à son insu,
toutes les délicatesses de son âme; il y en a pour
ceux qui rompent avec toutes leurs convictions,
tous leurs principes; il y en a pour celle qui,
fiancée à un homme de cœur, parjure sa foi
pour la donner à un autre... quel qu'il soit.

Foudroyé par cette simple réponse, le patriote
ne put que balbutier quelques mots, qui par-
vinrent à peine aux oreilles d'Alix.

— J'ai dit « quel qu'il soit, » poursuivit la
jeune fille, dont un demi-sourire plissa les lèvres pâles, ne tenant pas à connaître le nom de
celui auquel la République daignait me des-
tiner.

—Son nom, peu importe en effet! fit l'Homme
Rouge avec une fureur concentrée; peut-être n'en
a-t-il pas! Nommez-le *la Vengeance*, si vous le
voulez; et en tout cas, sachez-le, ce prétendant
c'était moi, moi qui vaut bien votre beau gentilhomme aux habits de velours et de satin, et vous

oursuivrai partout de ma haine et de ma colère !

Avant que Mlle de Bois-Morand, revenue de son saisissement, eût eu le temps de proférer un mot, son interlocuteur avait disparu.

— Quel homme incompréhensible ! murmura-t-elle quand elle fut seule ; il est hideux, il est repoussant, il m'impressionne, mais il ne me fait pas peur !... Pourtant comme il me hait !... Que lui ai-je donc fait ? Il s'est intitulé la Vengeance : de quoi a-t-il à se venger ? Volontairement, je n'ai jamais fait de mal à personne ; quand et comment lui en aurai-je fait à lui ? Je ne le connais pas, j'ignore qui il est ; le son de sa voix pourtant ne m'est pas inconnu... Enfin, c'est une énigme ! Et maintenant que va-t-il faire ?... Persistera-t-il dans son étrange dessein ?... Rendra-t-il les miens responsables de ma résistance ? Ah ! mon Dieu, sauvez-moi ! sauvez-nous donc, car vous seul le pouvez.

Tandis que Mlle de Bois-Morand essayait, par la prière, de ramener le calme dans son âme, l'Homme Rouge ou le citoyen la Vengeance, comme il vous plaira de le nommer, marchait à pas précipités dans un endroit solitaire et écarté du jardin, et donnait un libre cour à la rage dont il n'avait pas voulu rendre Alix témoin.

— Cela finira! cela finira! s'écriait-il, brisant sur son passage arbustes, plantes et fleurs ; on te réduira, orgueilleuse aristocrate, fière et dédaigneuse Alix !... Laisse venir le beau Gaëtan sous les verrous de la République, ou seulement à portée de mon fusil !... Trop longtemps, je me suis fait ton stupide esclave ; mais va, désormais, les rôles sont changés : je commanderai et tu obéiras ! Entre nous c'est la lutte ! une lutte acharnée, une lutte à mort : nous verrons qui de nous deux sera vainqueur ou vaincu !

. . . .

. . . .

Le soir de ce même jour, le marquis de Bois-Morand et ses compagnons d'infortune, réunis dans la masure qui pour le moment leur servait de refuge, s'entretenaient de leur sujet de conversation habituel : la délivrance des prisonnières ; mais sans pouvoir prendre aucun parti dans l'absence de M. de Charette et de ses troupes sans lesquels il était impossible de rien tenter. Tout à coup la grave conférence fut interrompue par une petite voix joyeuse, qui s'écriait avec l'accent du triomphe :

13

— Je sais où elles sont !

Chacun se retourna, et on aperçut André qui arrivait du dehors, et refermait la porte, à demi disjointe, de la cabane avec précaution.

— Que dis-tu, enfant ? s'écrièrent toutes les voix.

— Que je sais où sont les dames et Lisette, répondit-il en s'avançant au milieu du groupe. Elles sont au Calvaire de Machecoul.

— En es-tu bien sûr, André ? demanda vivement le marquis.

— Sûr comme de mourir, Monsieur le marquis. J'ai joué toute l'après-midi avec le petit Brutus, le fils d'un des geôliers du Calvaire ; et il m'a dit que les dames de la Forlière étaient là.

— Tu connais les enfants des geôliers, toi, André ? fit Berthe avec une surprise qui n'était pas exempte d'un peu d'effroi.

— J'en connais plusieurs, Mademoiselle, mais surtout Brutus. Voyez-vous, du temps que j'étais chez Grégoire, il m'emmenait partout avec lui, pour faire de moi un bon patriote, disait-il ; mais tous ces grands discours, auxquels je ne comprenais rien, m'ennuyaient ; ils ennuyaient aussi Brutus, et alors nous allions jouer tous les

deux. C'est un bien bon enfant, je vous assure ;
il prenait toujours mon parti contre ceux qui
voulaient me battre, il ne m'a jamais appelé idiot,
et chaque fois qu'il me voit il est bien content.

— Eh bien, mon cher petit, que t'a-t-il dit
encore ton ami Brutus?

— Qu'après-demain il y aurait au Calvaire
un grand festin... J'en ai déjà vu, moi, de ces
festins, ajouta André, joignant à ses paroles
une pantomime expressive ; vous n'avez pas idée
de tout ce qu'ils mangent et boivent! c'est bien
pis que tous les géants et tous les ogres des con-
tes du père Germain. Ah ! si les prisonnières
avaient les clefs de leurs prisons, comme elles
pourraient bien s'échapper pendant que les patauds se régalent!

A ces paroles de l'ex-apprenti de Grégoire, nos
différents personnages se regardèrent ; puis ils
lui adressèrent diverses questions, et certes l'enfant qui, depuis l'abandon de Grégoire, n'avait
cessé de rendre aux proscrits les plus grands services, méritait moins que jamais ce titre d'idiot
dont les populations continuaient à le gratifier ;
car il avait pensé à tout avec une rare présence
d'esprit.

— Ainsi tu sais où sont ces dames et Lisette' lui demanda Olivier.

— Oui, monsieur Olivier, oui. Tenez, figurez vous que nous sommes dans le corridor du couvent. Eh bien! là, à gauche, vers le milieu, au n° 8, c'est Mlle Alix ; en face, de l'autre côté du corridor, au n° 33, c'est Mlle Anne et Lisette. Je vous y conduirais les yeux bandés.

— En admettant qu'on ne les change pas de prison, ce qui pourrait bien arriver, dit Berthe, si Brutus va raconter à son père qu'il t'a donné ces détails.

— Pas de risque, Mademoiselle ; il sait bien que le bonhomme Michaud lui allongerait les oreilles.

Drio ne s'était pas contenté de se faire donner par son camarade sans défiance les indications les plus précises ; mais il avait pour ainsi dire mûri dans sa petite tête un plan d'évasion pour les prisonnières, plan que ses maîtres ratifièrent sans le discuter, tellement il leur parut conçu avec intelligence et nettement combiné. Il était des plus simples : il s'agissait d'escalader, à la faveur des ténèbres, les murs de l'enclos du couvent ; pour cela il ne fallait que de l'agilité ; de

e rendre maîtres des quelques gardes nationaux
isséminés dans le parc et le jardin, et de pro-
ter de l'ivresse où seraient plongés les convives
our s'introduire dans la maison et délivrer les
risonnières.

— En vérité, vive André ! s'écrièrent les jeu-
es gens en battant des mains.

— Très-bien conçu, en effet, dit le marquis ;
nais comment pénétrer dans la maison ? Enfon-
er une porte aussi solide ne se fait pas sans at-
irer l'attention.

— Oh ! dit André, en souriant, il faut bien
ué les amis servent à quelque chose ; c'est le
ère Michaud qui a la garde de la porte du jar-
lin ; les jours de réunion, il met les verrous de
neilleure heure, parce qu'il est, bien entendu,
le la fête, et même il ne quitte jamais le pre-
nier la table, vous pouvez être sûrs de ça. J'ai
lit à Brutus : Écoute, le jour du grand régal tu
iendras tirer les verrous quand ton père sera
ttablé ; j'entrerai sans faire mine de rien ; et
lous ferons une bonne partie. « Ça y est ! qu'il
n'a dit, seulement ne viens pas trop tard. Après
cla, si j'étais endormi, réveille-moi et nous par-
agerons ma part du régal. » Vous voyez qu'il a

un bien bon cœur, ajouta André en terminant.

— Et toi, une forte petite tête, mon André, s'écria M. de Bois-Morand. Ah ! c'est une vérité incontestable que les instruments dont Dieu se sert de préférence sont bien souvent les humbles et les petits. Viens donc, cher enfant, que l'on t'embrasse.

André passa de bras en bras et fut complimenté, choyé, carressé. Tout étonné et tout heureux, il essuya du revers de sa manche ses yeux humides, en disant gaiement :

— C'est sûr que j'aime bien mieux être avec vous qu'avec Grégoire ; oh ! bièn des fois mieux !

On se mit à rire de la naïveté de l'enfant, et comme l'heure était avancée, on lui donna une part copieuse du frugal souper réservé à son intention ; ce à quoi, nous devons le dire, il n'était jamais indifférent ; on lui fit réciter sa prière, et on l'envoya dormir dans un coin de la cabane.

Après un entretien d'une heure environ, nos amis songèrent à suivre son exemple. Berthe redit à haute voix les prières du soir, M. Durand appela sur le misérable toit qui leur servait d'abri les bénédictions du ciel, et chacun, roulé

dans un manteau ou jeté sur un tas de fougère,
oublia dans quelques heures de sommeil les misères et les vicissitudes de l'existence des proscrits.

XVIII

On était arrivé au soir où, selon le rapport d'André, devait avoir lieu le banquet révolutionnaire ; ce même soir devait avoir lieu la tentative des proscrits de la Forlière pour délivrer leurs bien-aimées captives. Après avoir placé leur entreprise entre les mains de Dieu, ils se divisèrent en deux bandes : l'une, composée du marquis, du chevalier et de deux serviteurs, resta pour protéger le curé, Berthe et le vieux Germain ; l'autre, composée des trois jeunes gens, de Vincent, de Michel et de deux autres domestiques, prit la route de Machecoul. Inutile de dire que Drio était de l'expédition et qu'il n'était pas l'un des moins résolus.

Ceux qui restaient avaient accompagné ceux qui partaient jusqu'au premier carrefour de la forêt. Là, on s'était quitté avec un certain serrement de cœur de part et d'autre, car qui pouvait dire aux premiers au-devant de quels dangers les seconds allaient courir, et à ceux-ci s'ils re-trouveraient leurs compagnons dans le gîte où ils les laissaient ? Ne vivait-on pas sans cesse dans les appréhensions et dans les craintes à cette triste époque, et pouvait-on dire sûre-ment : « Dans une heure je serai ici ou là ? »

Quelles que fussent les pensées qui occu-paient leur esprit et leur cœur, la petite troupe, composée ainsi que nous l'avons dit, marchait résolûment vers Machecoul. Bien entendu, elle ne pénétra point dans la ville ; elle se dirigea tout droit vers l'enclos du couvent, séparé de la cam-pagne par un mur haut et épais.

— Ça n'est pas une petite muraille, pas vrai ? dit André en la mesurant de l'œil.

—Peuh ! fit Michel, ces messieurs et moi nous en avons escaladé bien d'autres. Combien de fois avons-nous grimpé, histoire de voir qui mon-terait le mieux, le long des tours de Barbe-Bleue?

— Moi, je grimpe n'importe où, dit André avec un geste d'insouciance.

Il quitta ses sabots et les cacha soigneuse-ment dans l'herbe qui croissait, haute et drue au pied du mur.

13.

— Monsieur Olivier, je vais aller voir un peu
par là et je reviendrai vous dire si vous pouvez
avancer.

— Tu n'iras pas seul, André, je ne le veux
pas. S'il t'arrivait du mal, je me le reprocherais
toute ma vie.

— Il ne m'arrivera rien du tout, monsieur
Olivier. Je suis connu ici comme le *loup blanc ;*
tout le monde dit comme cela : Tiens ! voilà
l'imbécile au père Grégoire ! Et puis on me
laisse aller où je veux. Suivez-moi, si vous voulez, mais à une petite distance, car les senti-
nelles ne me feront aucun mal, à moi, tandis
que, s'il y en avait un trop grand nombre, dame !
vous ne seriez peut-être pas les plus forts.

— Mon brave petit capitaine, nous sommes
tout prêts à t'obéir, répliqua Olivier en donnant
une tape amicale sur les joues de l'enfant, devenues fraîches et rebondies depuis son départ
de la hutte, malgré la rude vie qu'il menait.

Avec la légèreté, la souplesse et l'agilité d'un
écureuil, André grimpa le long de la muraille
et ne tarda pas à disparaître de l'autre côté. Ses
compagnons suivirent son exemple et s'en tirè-
rent aussi adroitement que lui, sauf Vincent,

qui n'était plus de la première jeunesse et qui
ne parvint à opérer son ascension et sa descente
qu'avec l'aide de ses compagnons. Enfin tous,
sans qu'il leur en coûtât autre chose que quelques
meurtrissures et quelques égratignures, se trouvèrent réunis dans l'enclos du couvent, où,
grâce à l'obscurité qui, cette nuit-là, était complète, ils purent se glisser, sans être aperçus,
le long des grands arbres formant au monastère une épaisse et sombre ceinture.

André traça sur sa poitrine le signe de la
croix et s'élança le premier dans la direction de
la maison, d'où s'échappait un bruit de clameurs
confuses. La vie de vagabondage et de misère
qu'il avait menée jusqu'alors l'avait endurci
contre toutes les fatigues et aguerri contre tous
les dangers ; il ne craignait que des farfadets,
les loups-garous et autres malins esprits dont l'i-
magination des paysans peuple nos campagnes,
et ce n'était que dans le but de se préserver
contre quelque rencontre de ce genre qu'il se
signait si dévotement. Il n'avait aucune peur
des gardes nationaux, qui, il le savait, le laisse-
raient circuler en toute liberté, ignorant qu'il
avait été abandonné par Grégoire. Du reste, les

gardes nationaux avaient sans doute obtenu la permission de prendre part à la fête, car on n'en voyait paraître d'aucun côté; et ne les eût-on pas aperçus, à cause de l'obscurité, qu'on eût entendu leur pas retentir dans le silence de la nuit.

Tous en se demandant si Brutus lui aurait bien obéi, s'il n'aurait point été empêché de le faire, ou bien si, trouvant l'attente trop longue, il n'était pas allé se coucher après avoir remis les verrous, André était parvenu à quelques pas du bâtiment. Le cœur lui battait légèrement. Sa main s'appuya tremblante sur le loquet de la porte; ô bonheur ! elle n'était pas fermée ! Il se signa de nouveau, par reconnaissance cette fois, et il entra. Il entra dans un vestibule où, à la lueur mourante d'une lampe suspendue au plafond, il aperçut quatre ou cinq gardes nationaux étendus sur le pavé et profondément endormis, et à côté d'eux, son ami Brutus dormant, lui aussi, les poings fermés sur ses yeux.

— Ah! bien, je ne le réveillerai pas, je m'en donnerai bien de garde ! pensa André. Ah! dame, on peut dire que, ce soir, si la République est fêtée, les prisonniers ne sont pas trop bien gardés.

Tout en parlant, il se dirigea vers un long corridor, de l'extrémité duquel s'échappaient des voix. A pas de loup, sans faire le moindre bruit, retenant son souffle, André traversa le corridor en tâtonnant. A travers les interstices d'une porte située tout au fond, il vit briller une lumière; il entendit sortir un bruit discordant et assourdissant d'argenterie, de verres, de vaisselle, auquel se mêlaient des rires bruyants et prolongés, des éclats de voix stridents et sauvages, des chants hurlés, c'est le mot, sur tous les tons.

— Quel tapage! dire qu'ils aiment ça! fit Drio en haussant les épaules. Je voudrais bien savoir si Grégoire est là...

Il appliqua son oreille contre la porte, mais sans pouvoir distinguer la voix de son ancien patron.

— Tiens! il y a des verrous ici?... Ma foi! il me vient une bonne idée.

Plus prompt que l'éclair, André tira sans bruit les lourds verrous de la salle où festoyaient les patriotes, et il se retira, plus content qu'un roi qui vient de conquérir une province.

Au moment où, savourant la joie de son

triomphe, André revenait vers le vestibule,
Olivier et ses camarades y pénétraient à leur
tour, rassurés par la tranquillité qui régnait
partout.

— Tout concourt à assurer la réussite de
notre entreprise, dit à demi-voix Olivier. Voici
à coup sûr des lurons qui n'y mettront pas d'obstacle.

Il désigna les gardes nationaux par un geste
de dégoût et hocha péniblement la tête en passant devant le petit Brutus, livré si jeune aux
honteuses passions qui font ressembler l'homme
à la bête; et tous, marchant sur les pas d'André,
se dirigèrent vers les cellules transformées en
prisons.

— Ici Mlle Alix et là Mlle Anne et Lisette, dit
André, qui avait trouvé un flambeau dans le
vestibule, l'avait allumé à la lampe, et éclairait
les deux portes se faisant face, sur lesquelles se
voyaient les numéros indiqués. Gaëtan et Olivier
coururent au n° 8, Vincent et Michel au n° 33.

— Enfonçons les portes! dit Vincent.

— C'est inutile, répondit Olivier, elles sont
ouvertes. Alix, Alix, c'est nous, n'aie pas peur;
nous venons te délivrer !

— Oùi, chère Alix, c'est nous, ajouta Gaëtan. Levez-vous bien vite, les moments sont précieux !

Mais aucune voix ne répondit.

— Alix ! répéta Olivier avec un commencement d'inquiétude.

— Alix, n'entendez-vous pas ? dit Gaëtan qui s'appuyait, pâle et le cœur plein d'angoisse, au chambranle de la porte.

— Monsieur le comte, dit Vincent avec un découragement profond ; c'est inutile de rester ici plus longtemps, les prisonnières ont été transportées ailleurs : nous nous perdrions sans les sauver.

— Sommes-nous assez malheureux, mon Dieu ! murmura Olivier. Alix, chère petite Alix, est-il donc vrai, n'es-tu plus ici ?

Et prenant vivement le flambeau des mains d'André, il pénétra dans la cellule, tandis que ses compagnons, n'osant pas encore croire à la disparition de la jeune fille, se tenaient discrètement à la porte. La cellule était vide, le lit n'était pas défait.

— Rien n'est plus vrai, dit Olivier douloureusement, elle n'est plus ici. Nous sommes arrivés trop tard !

— Mlle Anne et Lisette ont disparu aussi, dit
Vincent. Où ces scélérats les ont-ils conduites,
saint Jésus ! Petit, ton camarade ne t'a-t-il point
trompé? est-ce bien ici qu'elles étaient?

— Oui, maître Vincent, oui. Pourquoi Brutus
m'aurait-il trompé? Il ne ment jamais d'ailleurs.

— Ce nœud de ruban, est-ce le sien? dit Gaëtan, s'emparant vivement du nœud en question
oublié sur la petite table. — Mais non! il est bleu
et Alix nouait ses cheveux avec un ruban rose.

— Le jour où la demoiselle a été conduite
en prison, elle avait ce ruban-là, dit André,
même que j'ai cru d'abord que c'était Mlle Berthe
qu'on emmenait.

— Mes sœurs s'amusaient parfois à échanger
le ruban de leur coiffure, dit Olivier tristement.
Chère petite Alix ! où la chercher? où la retrouver maintenant ?...

—Avoir été si près de la réussite, et rien!...
rien!... ajouta Gaëtan, non moins découragé
que son ami.

Quant à Michel Vannier, serrant les poings et
comprimant à grand'peine les larmes qui arrivaient à ses yeux, il s'écria d'une voix étranglée :

— S'ils les ont fait mourir, qu'ils aient peur de moi !

— Ils ne les ont pas fait mourir, ils les ont changées de prison, voilà tout ! répliqua Vincent, avec une brusquerie qui avait pour but de dissimuler sa douleur. Allons, nos messieurs, allons mon gars, il faut être raisonnable ; quand nous resterions plantés là jusqu'à demain, ça ne changerait pas les choses ; nous nous ferions prendre nous-mêmes, et alors comment délivrer nos dames et Lisette ? Ah ! Jésus ! Jésus ! mon Michel, doit-elle malaisément endurer la captivité, notre pauvre petite Lison, qui aime tant le mouvement et le bruit !

— Oh ! oui, fit Michel, et peu s'en fallut cette fois que les sanglots qui étreignaient sa gorge ne se fissent jour.

Nos amis se retirèrent mornes et découragés. Leur départ s'opéra comme leur arrivée, sans que personne y mît obstacle ; seulement ils étaient venus pleins d'espoir, quoique agités par une appréhension secrète ; ils s'en retournaient cruellement déçus.

Le marquis et Berthe étaient venus au-devant de leurs amis. On était alors dans les plus longs

jours de l'année, et l'aube commençait à blan-
chir la campagne. Du plus loin qu'ils aperçurent la petite troupe, ils virent que son nombre
n'avait pas augmenté et ils comprirent que la
tentative avait été vaine.

— Mon père, elles ne sont pas avec eux! ils
n'ont pas réussi? s'écria Berthe.

— Ma pauvre enfant, je ne le vois que trop!
répliqua M. de Bois-Morand, en essayant de déguiser son chagrin et en pressant, dans une douloureuse étreinte, la jeune fille contre sa poitrine.

Elle se dégagea de ses bras et s'élança au-devant des arrivants.

— Vous ne ramenez pas Alix? leur cria-t-elle.
Et ma tante? Et Lisette?

— Hélas! répondirent-ils amèrement, nous
sommes arrivés trop tard, elles ne sont plus à
Machecoul !

— Nous n'avons trouvé que ce nœud de ruban,
échappé sans doute à la chevelure d'Alix au
moment du départ.

Et Gaëtan prit dans la poche de son habit le
ruban bleu, qu'il tendit à Berthe.

— C'est le mien, dit-elle les larmes aux yeux;
hélas! il me rappelle mon dernier souvenir

joyeux. Le jour même où nous fûmes séparées, Alix et moi, nous avions échangé nos rubans pour nous divertir aux dépens de notre bon chevalier! Chère petite Alix! c'est elle qui avait eu cette idée, elle était si gaie! si rieuse! même dans les moments les plus critiques, son humeur joyeuse se manifestait!... Et dire que nous ne la reverrons peut-être plus! Mais voyez donc ce ruban! n'est-il pas taché de sang?...

Chacun voulut examiner le ruban, sur lequel étaient imprimés, non pas des taches de sang, mais des caractères sanglants. Berthe, aidée de Gaëtan, que son cœur guidait comme le sien, lut ou plutôt devina ces deux mots : A Nantes!...

Évidemment Alix avait espéré que les siens viendraient la délivrer, et, ayant appris le lieu de sa détention nouvelle et ne pouvant le leur faire savoir, elle avait chargé le seul objet qu'elle possédait de leur dire : « Venez là ! » Et le petit nœud de ruban, qu'un étranger eût jeté comme un chiffon inutile, recueilli précieusement par des mains aimantes et fidèles, avait rempli sa mission.

— A Nantes! c'est à Nantes qu'elles sont !

s'écrièrent les jeunes gens. Comment les arracher de là, grand Dieu !

— Pour l'instant, il est impossible d'y songer, mes chers enfants, répliqua le marquis de sa voix grave; demain nous devons rejoindre M. de Charette, qui compte sur nous. Nous sommes soldats ; notre vie, notre temps ne nous appartiennent pas. Mais nous pouvons toujours supplier Dieu de veiller sur nos chères absentes, de les garder jusqu'au jour où il nous sera possible de leur rendre la liberté. Espérons que ce jour viendra plus tôt que nous ne pensons; d'ici là, quels que soient les coups qui nous atteignent, ne nous décourageons pas, mes enfants, mes amis ; mais répétons, le regard tourné vers le ciel : Que ce soit votre volonté et non la nôtre qui se fasse, ô mon Dieu !

XIX

Plusieurs mois s'étaient écoulés depuis le commencement de l'insurrection vendéenne. La Convention, qui d'abord avait ri de pitié en voyant s'ébranler pour la défense de leur autel et de leur foyer ces masses ignorantes auxquelles étaient inconnus le maniement des armes et la science des combats, commençait à être effrayée des progrès d'une armée dont les rangs se grossissaient sans cesse, et qui, sous des chefs tels que Cathelineau, Charette, La Rochejaquelein, Bonchamps, Lescure, Stofflet, d'Elbée, etc., se sentait capable d'accomplir des prodiges et les accomplissait véritablement.

A plusieurs reprises des vides douloureux s'étaient faits parmi les royalistes; ainsi le 29 juin, à l'attaque de Nantes, ils avaient vu tomber Cathelineau, dont la perte avait entraîné la défaite de ses troupes; plus tard d'autres revers

étaient venus les atteindre : mais ils avaient foi
dans la sainteté de leur cause, foi dans la valeur
de leurs chefs, foi dans leur propre courage,
et ils ne désespéraient pas du succès ; ou bien si
parfois ils en doutaient, ils disaient avec leur
admirable résignation : « Eh bien ! si Dieu nous
refuse la victoire, il nous accordera du moins
notre place dans son paradis ; car nous nous
battons pour lui ! »

Pendant tout l'été une série de triomphes, à
peine interrompue par quelques défaites, mar-
qua les pas des Vendéens ; et ce n'étaient pas
seulement de villages obscurs, de simples bour-
gades dont ils se rendaient maîtres, c'étaient
des villes, des places importantes qui tombaient
en leur pouvoir avec leurs munitions, leurs
armes, leurs canons, toutes choses dont ils
étaient privés et dont la possession les aidait
singulièrement à étendre leurs conquêtes. « Ces
succès étonnent mon imagination ! s'écriait
Henri de La Rochejaquelein, contemplant tout
rêveur les trophées enlevés par ses troupes à la
République ; ils ne peuvent venir que de Dieu ;
tout vient de lui ! »

On arriva au mois d'octobre, et avec lui com-

mencèrent les malheurs de l'armée angevine,
dite la grande armée. A de courtes distances,
Bonchamps, Lescure, d'Elbée disparaissent des
rangs royalistes, d'innombrables combattants
succombent en même temps qu'eux, ou après
eux, les uns dans les plaines de Torfou, les
autres sur les bords de la Loire, ou engloutis
par les flots au funeste passage de ce fleuve dé-
savoué par Charette et La Rochejaquelein ;
une grande partie fauchés par les terribles légions du *boucher de la Vendée*, l'impitoyable
et cruel Westerman.

— La Vendée agonise ! la Vendée est morte !
crient ses farouches adversaires ; que la France
se réjouisse : les brigands sont vaincus !

Non, la Vendée n'est pas morte, elle se relève
avec la Rochejaquelein, avec Stofflet, avec Tal-
mont, Donnisak, Marigny, et elle court à de
nouvelles victoires. Non, les *brigands* ne sont
pas vaincus, car ils sont avec Charette, leur intrépide chef, les maîtres du Bas-Poitou, et ils
causent à la Convention une telle épouvante
qu'elle ne sait plus avec quelles armes les combattre. C'est alors que Carrier, dont elle vient
de gratifier la ville de Nantes, écrit à ses col-

lègues : « Que font au peuple vos victoires, qui
ne terminent à rien ? Le poison est plus sûr que
toute votre artillerie. Faites empoisonner les
sources d'eau. Empoisonnez du pain et aban-
donnez-le à la voracité de cette misérable armée de brigands et laissez faire l'effet ! »

Ces paroles, qui ont provoqué chez Kléber
un cri d'indignation et chez beaucoup d'autres
des bravos prolongés, sont immédiatement mises
à exécution. On jeta de l'arsenic à profusion
dans les puits, les fontaines, les étangs, les
ruisseaux même, des paroisses entières furent
infestées par le poison ; mais, soit que les Vendéens dussent leur préservation à un miracle
de la Providence, soit que la tentative de leurs
ennemis fût sans effet sur leur solide organisation, il ne se produisit que quelques cas isolés
de mort par l'empoisonnement, et force fut à
la République de revenir à l'artillerie critiquée
par Carrier.

Elle oppose Haxo à Charette : ce sont là
deux ennemis dignes l'un de l'autre.

Avant six mois j'aurai la tête de Charette,
ou il aura la mienne ! s'écrie Haxo.

Mais il ne tarde pas à être découragé par

cette guerre de partisans, à laquelle il n'entend rien, et qui lui révèle du premier coup tout le génie de Charette. C'est la seule, en effet, que puisse soutenir le chef vendéen contre des forces plusieurs fois supérieures aux siennes, et contre des hommes qui ont en munitions, vivres, argent, etc., tout ce qui lui manque.

« Charette, écrit Haxo, ne nous donne pas le temps d'agglomérer nos forces; il est toujours en avant ou en arrière de nos bataillons; il nous fait un mal horrible. Le brigand a, en réalité, trouvé le secret de ces manœuvres que toute la sagacité des plus habiles généraux ne pourrait déjouer. Il se moque de nos efforts, les paralyse par un coup de main, les fait échouer par une retraite ou nous décourage par un succès inattendu. »

A ces paroles, Haxo joint quelques observations et quelques conseils, qui n'obtiennent que cette réponse : « La République une et indivisible ne demande pas de leçons. Elle n'attend que des services de la part des militaires qu'elle honore de sa patriotique confiance. »

Puis, cette souveraine, qui, en invoquant à chaque minute le mot de liberté, est la plus

14

despote de toutes les souveraines, ordonne à
Haxo de ne reculer devant aucun moyen, quelque rigoureux qu'il soit, pour détruire la puissance de Charette et anéantir la Vendée.

Anéantir la Vendée ! tel est le cri général.
Anéantir la Vendée ! mais pour qu'elle ait ré-
sisté à l'embrasement des colonnes infernales,
au choc impétueux des terribles Mayençais, au
fer de ces hordes barbares dont un sillon sanglant marque le sinistre passage, en un mot, à
tous les modes de destruction employés contre
elle, ne faut-il pas que sa force vitale soit en-
tretenue par la main de Dieu lui-même ? et
ceux qui nient le pouvoir de cette main divine
sauront-ils venir à bout de la lui arracher ?
Ils l'essaieront du moins, et l'avocat Carrier,
envoyé à Nantes « pour passer, selon les paroles de Robespierre, comme un fléau destruc-
teur sur la Vendée, » établira un système de
persécution, d'oppression et de mort auquel
nul n'échappera, non-seulement les aristocrates, les prêtres, les brigands, « mais encore
tous les gens riches et tous les gens d'esprit (1). »

_____

(1) « 15 brumaire.

L'avocat Carrier, qui a fui honteusement devant les Blancs, parce que des hommes comme lui ne savent pas combattre leurs ennemis en face, l'avocat Carrier écrit à Haxo :

« Il vous est ordonné d'incendier toutes les maisons des rebelles, d'en massacrer tous les habitants et d'enlever toutes les subsistances. »

En même temps qu'il donnait cet ordre barbare, il organisait une chasse aux royalistes, dans laquelle « ils étaient traqués comme on traque les loups. »

« La chasse était organisée avec ses battues, avec ses chiens et *ses tireurs* à l'affût. On cernait les bois, on investissait les campagnes, on lançait *le gibier*, et les hommes qui tombaient dans ces filets patriotiques expiraient de lassitude ou mouraient sous le coutelas des chasseurs. On les massacrait comme des bêtes féroces. Carrier se donnait souvent ce plaisir de cannibale, et, dans son avocassière faconde, il appelait cela « faire de l'empereur romain au profit de la tolérance et de l'humanité (1). »

« Incarcération de tous les gens riches et de tous les gens d'esprit que l'opinion désigne comme suspects.
« Séance levée à 10 h. du soir.
« Bachelier, président ; Goullin, secrétaire. »
(1) Crétineau-Joly.

Nantes, résidence du proconsul, était trans-
formée en un vaste abattoir ; la mort y régnait
en maîtresse, elle s'y montrait sous toutes les
formes ; et, en vérité, Carrier n'avait pour ses
victimes que l'embarras du choix. Il y avait les
fusillades des carrières de Gigant, couchant dans
une mare sanglante des gens de tout âge et de
tout sexe, depuis le vieillard arrivé à la décrépi-
tude jusqu'à l'enfant arraché de son berceau. Il
y avait l'échafaud fonctionnant jour et nuit et
n'abattant pourtant pas assez de têtes au gré du
proconsul. Il y avait — oh ! il y avait surtout !
— les noyades de la Loire ! Personne n'ignore
ce qu'étaient ces noyades, dues au génie inven-
tif de ce monstre qui semblait avoir fait un pacte
avec la mort pour lui fournir des victimes.

Des malheureux enlevés aux prisons, dont les
vides étaient journellement comblés, étaient en-
tassés sur les bateaux dits à soupapes. Entièrement privés de leurs vêtements, ils restaient une
heure environ exposés aux intempéries de la
saison ; alors, un signal était donné ; la soupape,
placée au fond du bateau, s'ouvrait, et les condamnés, liés deux par deux, étaient précipités
dans la Loire aux cris, aux chants, aux rires de

la multitude, couvrant de sa voix odieuse les suprêmes accents des mourants.

Si quelques-unes de ces infortunées victimes, revenant sur les flots, essayaient, avec l'instinct naturel à l'homme de se rattacher à la vie, on les laissait s'approcher des bateaux dans lesquels étaient demeurés les bourreaux, pour jouir jusqu'à la fin de ce spectacle d'agonie qu'ils pouvaient contempler à toute heure, et dont ils ne se rassasiaient jamais ; puis, à coups de sabre et en riant aux éclats, on leur abattait les poignets, ou bien, à coups de gaffe, on leur fendait la tête, et elles disparaissaient pour ne plus reparaître, et les eaux de *la Loire*, autrefois si bleues, si limpides, et maintenant changées en un fleuve de sang, se refermaient sur ces corps, et, longtemps agitées et bouillonnantes, semblaient elles-mêmes épouvantées des forfaits dont on les rendait complices.

Dans la ville, règnent des maladies pestilentielles occasionnées par le grand nombre de cadavres abandonnés sans sépulture sur la voie publique. La Loire, devenue un vaste tombeau, porte partout sur ses bords la corruption et souvent la mort ; ses eaux empoisonnées ne sont plus potables; une ordonnance de police défend de manger le poisson qui en provient. Il serait impossible, même en remontant à l'antiquité, de trouver une désolation semblable. Jetons donc un voile sur toutes ces horreurs, détournons notre regard de cette ville infortunée, dont un infâme a pris à tâche de noyer les plus beaux et les plus purs souvenirs dans un ruisseau de sang et d'ignominie, et revenons en Vendée.

XX

L'HOMME ROUGE.

En 1793, les vastes bâtiments de l'hospice du Sanitat, à Nantes, avaient, comme tous les monuments religieux et utiles, changé de destination. Ce n'était plus cette maison hospitalière où toutes les misères humaines trouvaient un abri, des secours et des soins; c'était une prison, et, si bien des misères s'y coudoyaient encore, si les maladies de toutes sortes s'y donnaient rendez-vous, provoquées par l'entassement des individus, le manque d'air salubre et de saine nourriture, il n'y avait, pour elles, ni commisération ni pitié, encore moins obtenaient-elles des soins. Des ricanements ironiques, de cyniques plaisanteries, parfois de mauvais traitements, c'était tout ce que les aristocrates, les calotins et les brigands étaient en droit d'attendre des sicaires de Carrier.

C'est dans une vaste salle de cet établissement

que nous nous introduisons un soir des premiers
jours de janvier 1794. Des femmes de tout âge et
de toute condition, et des enfants, dont un grand
nombre n'ont que quelques mois, y sont réunis.

Ceux qui parmi ces pauvres petits êtres ont
atteint l'âge de raison savent peut-être qu'un
grand danger les menace ; mais ils n'y pensent
pas, et, avec leur naïve insouciance, ils jouent et
ils sourient. Quant aux femmes, elles n'ont ni
désespoir au front, ni amertume aux lèvres ; victimes toutes vouées à la mort, elles en attendent
l'heure avec calme, presque avec joie. Chaque
jour, elle sonne pour quelques-unes des prisonnières, et combien c'est une heure bénie pour
celles qu'elle doit réunir aux membres chéris
déjà tombés sous le couteau fatal !

En attendant que les sbires viennent proférer
à haute voix le nom des condamnés, elles se li-
vrent aux douceurs d'un entretien intime, elles
prient en commun, elles chantent même parfois ;
elles chantent des hymnes ou des cantiques avec
des accents si doux, si touchants que les tigres,
qui veillent leur proie à quelques pas dans l'ombre. en sont eux-mêmes attendris.

Au moment où nous pénétrons dans ce triste

lieu, elles viennent d'entonner l'*Ave maris stella*,
et une voix entre toutes frappe nos oreilles, voix
fraîche, pure, remarquable par sa douce sono-
rité et son étendue. L'avons-nous ouïe déjà ?
Non, pas dans un chant, peut-être, mais sûrement
dans quelque conversation tantôt joyeuse et tantôt triste, car nous sommes en présence d'Alix
de Bois-Morand. Cette femme aux traits pâles,
mélancoliques et pourtant sereins, qui, assise,
sur un banc, à quelques pas d'elle, l'écoute en
fermant à demi les yeux, avec une sorte de ra-
vissement intérieur, c'est Mlle Anne. Elle n'est
plus que l'ombre d'elle-même ; il semble que
sa blanche et diaphane figure soit devenue plus
blanche et plus diaphane encore. A la voir dans
sa pose méditative et recueillie, on la prendrait
pour l'une de ces pieuses statues placées sur les
tombeaux; et l'on comprend que, désormais,
son sacrifice terrestre est accompli, et que toutes
ses vues sont tournées du côté du ciel.

Cette fillette, à laquelle le régime de la prison
a fait perdre ses fraîches couleurs, sans enlever,
à ses grands yeux noirs, leur étincelle de malice,
ni à ses lèvres, leur pli mutin, vous la connaissez, c'est Lisette, le lutin espiègle de la Forlière,

Lisette que ses compagnes de captivité seraient presque tentées de surnommer le lutin de la prison, tant elle a conservé, en dépit de ses épreuves, son joyeux entrain et sa vivacité. Elle mêle, en cet instant, sa voix à celles des chanteuses, et ce n'est pas elle qui répète avec le moins d'ardeur :

Monstra te esse matrem...

Soudain, tout chant cesse, tout murmure s'apaise ; on dirait qu'un souffle froid, pénétrant dans la vaste enceinte, a glacé subitement les intelligences, les visages, les regards. Chacun paraît effrayé, et les enfants mêmes abandonnent leurs jeux pour se réfugier tremblants près de leurs mères. C'est que plusieurs personnages à mines peu rassurantes viennent d'apparaître sur le seuil de la salle. Le front hautain, le geste dédaigneux, un sourire de mépris aux lèvres, ils s'avancent au milieu des groupes, bousculant tout ce qui se trouve sur leur passage, rudoyant les enfants et n'épargnant aux femmes ni l'impertinence des propos ni l'impertinence des regards.

A peine Alix les eut-elle envisagés qu'elle im-

prima une forte pression à l'épaule de Lisette,
à laquelle elle s'appuyait, en murmurant :

— L'Homme Rouge! Je ne l'avais pas revu depuis Machecoul.

— Et moi, pas depuis la Forlière, répondit la
petite soubrette, qui dardait le rayon de ses yeux
noirs sur le patriote à la chevelure et aux joues
ardentes. Mais je l'ai tout de suite reconnu.

— L'as-tu entendu parler, Lisette? demanda
Mlle de Bois-Morand, toujours à voix basse et
d'un air rêveur.

— Jamais, Mademoiselle. Est-ce qu'il est
muet?

— Non, mais sa voix... Écoute, c'est lui peut-
être qui va appeler les condamnées.

Alix se trompait, ce ne fut pas lui qui lut la
liste fatale. Du reste, la jeune fille ne l'entendit
point tout entière ; à l'un des premiers noms
proféré par le patriote, elle avait poussé un
grand cri et s'était affaissée à demi évanouie
entre les bras de Lisette. Ce nom, c'était, c'était,
hélas! celui de Mlle Anne de Bois-Morand !

Au cri de la jeune fille, le citoyen la Vengeance avait relevé la tête par un mouvement
involontaire, et quelque chose comme un tres-

saillement avait fait contracter les muscles de
son hideux visage. Presque aussitôt il laissa
échapper un geste d'impatience.

— Imbécile ! fit-il, se parlant à lui-même.

Mlle Anne s'était levée calme et ferme; elle
embrassa longuement sa nièce et Lisette, qui
s'attachaient à ses vêtements et voulaient la retenir, et dit adieu à celles de ses compagnes avec
lesquelles elle s'était plus particulièrement liée,
et qui toutes la chérissaient et la vénéraient.

— Ma tante, ma chère tante !

— Ma bonne demoiselle !

Telles étaient les paroles qu'Alix et Lisette ne
cessaient de proférer au milieu de leurs sanglots.

— Mes enfants, du courage, du courage ! leur
dit Mlle de Bois-Morand en s'arrachant à leu
étreinte, nous nous retrouverons au ciel. Vous
êtes bien jeunes ; on vous laissera vivre peut-être :
si vous revoyez ceux que nous aimons, dites-
leur, ah ! dites-leur que leur souvenir m'a suivie
jusqu'au pied de l'échafaud. Adieu! adieu! je
vais vous attendre. Je vous aime et je vous bénis !

Elle serra une dernière fois dans ses bras les
deux pauvres enfants, plus mortes que vives, et
s'éloigna de son pas tranquille et majestueux,

afin de se mêler aux victimes désignées comme elle à la mort.

Alix et Lisette étaient tombées à genoux, et, le front presque sur le pavé, elles priaient en dévorant leurs larmes, en comprimant leurs sanglots.

— Citoyenne, tu l'as voulu! murmura une voix à l'oreille d'Alix: N'accuse que toi de la perte de tes parents!

A ces paroles, la jeune fille leva son visage baigné de larmes, et elle fixa sur l'individu qui parlait un regard où se confondaient une douleur infinie et une indomptable fierté.

— Nous saurons mourir! répondit-elle simplement.

— Même ta sœur! fit-il avec un sourire moqueur.

Et il désigna une femme qui s'avançait, plutôt brutalement poussée que conduite par deux sans-culottes, et dans laquelle Alix reconnut avec une douloureuse surprise sa chère Berthe.

— Même ma sœur, citoyen, répliqua-t-elle, sans laisser paraître son émotion autrement que par une fugitive pâleur et un léger tremblement dans la voix.

15

Les deux jumelles n'étaient qu'à quelques pas l'une de l'autre. Comme si Berthe eût pu entendre les paroles que venait de prononcer sa sœur, elle s'élança vers elle en s'écriant :

— Chère Alix, je viens mourir avec toi.

— Vous l'entendez, citoyen, dit Alix en rendant à Berthe ses caresses et en se retournant vers le patriote.

— C'est bon, vous serez satisfaites, dit-il.

Et il s'éloigna.

— Je connais cet homme, dit Berthe en le suivant du regard, tandis qu'il disparaissait entre les groupes des prisonnières ; je l'ai vu à la Forlière le jour.....

— Oui, dit Alix, cet homme, que les nôtres appellent l'Homme Rouge, est, dit-on, le mauvais génie, l'âme damnée de Carrier. Il a juré notre perte, peut-être est-ce par son ordre que nous sommes ici ; peut-être est-ce pour lui obéir qu'on t'y a amenée aujourd'hui et que notre pauvre tante...

Un douloureux soupir compléta la phrase d'Alix.

— Notre tante, où est-elle, en effet? dit Berthe. Dans ma joie de te revoir, je l'oubliais. On l'a séparée de toi ? Pourquoi cela ?

— Ne le devines-tu pas ? Berthe, ma pauvre Berthe, notre tante n'est plus ! Tandis que tu entrais ici par une issue, elle disparaissait par une autre. Notre tante est maintenant au ciel !

Les deux sœurs se jetèrent de nouveau dans les bras l'une de l'autre et confondirent leurs larmes. Les gardiens, postés à quelque distance, les observaient ; mais, habitués à ces scènes d'attendrissement, qui, bien des fois par jour, se renouvelaient sous leurs yeux, ils se contentèrent de hausser les épaules sans faire aucune réflexion.

Quand le premier excès de douleur fut apaisé, Berthe se tourna vers Lisette, lui prit les deux mains, et lui dit en les serrant avec une vive affection.

— Ma bonne petite Lisette, pardonne-moi de t'avoir à peine regardée, à peine parlé. Je suis si atterrée, si bouleversée !

— On le serait à moins, mademoiselle, dit la fille de Vincent en s'essuyant les yeux. Que de malheur ! que de malheur !... Ah ! beaucoup de ces malheurs ne seraient pas arrivés si notre bonne demoiselle Anne m'avait crue ! Car, ajou-

ta-t-elle en se penchant vers ses jeunes maîtresses de façon à n'être entendue que d'elles seules,
car, voyez-vous, ce mauvais homme qui veut
votre perte, l'Homme Rouge enfin, c'est... c'est
Remy !

— Remy ! répétèrent les deux sœurs croyant
avoir mal entendu ; Remy, dis-tu ? notre bon,
notre brave Remy. Oh ! non, va, ce n'est pas lui.

— Remy est prisonnier des Bleus, ou bien il
est mort, continua Berthe ; ce ne peut être lui.
Parce que tu ne l'as jamais aimé, Lisette, ce
n'est pas une raison pour le calomnier ainsi.

— Je ne le calomnie pas, mademoiselle Berthe, répliqua Lisette du ton le plus assuré. Si je
ne l'aimais pas, c'est parce qu'il y a bien longtemps que je doutais de lui. Oh ! quand je ne
cessais de vous dire : « Il y a un espion au milieu
de nous ! » si vous aviez voulu observer comme
moi ce qui se passait ! si, surtout, quand j'ai eu la
preuve irrécusable de sa trahison, Mlle Anne, au
lieu de me traiter de folle, de visionnaire, avait
voulu m'entendre ! si seulement elle avait consenti à prévenir mes maîtres ! Mais non, elle avait
dans Remy une confiance aveugle : elle ne voulait ni qu'on l'accusât ni qu'on le soupçonnât

même ; elle garda le silence quand il aurait fallu parler, et bientôt le traître put consommer son forfait ! Soyez-en certaines, mes chères demoiselles, l'Homme Rouge c'est Remy !

— Chut ! Lisette, ne parle pas si haut, on nous observe, dit Alix plaçant rapidement un doigt sur ses lèvres. Celui que tu t'obstines à prendre pour Remy s'est intitulé près de moi : *la Vengeance*. De quoi Remy aurait-il à se venger ?

— De tout le bien que lui ont fait vos parents, Mademoiselle ; de ce qu'il n'était qu'un domestique, quand il aurait voulu être le maître ; de ce qu'il ne possédait ni puissance ni fortune, de ce qu'il n'était pas un grand seigneur, quand vous, par exemple, mademoiselle Alix, vous étiez une grande dame.

— Pourquoi moi plutôt qu'une autre, Lisette ?

— Parce que..... parce que..... fit Lisette avec un peu d'embarras. Dame, enfin, c'était son idée à lui, une idée saugrenue, stupide ; il aurait voulu vous épouser.

— Allons donc ! il disait cela quand nous étions petits ; ce n'était pas sérieux.

— Ce qui n'empêche pas, Mademoiselle, qu'il passait tout son temps libre à étudier dans de grands livres et dans de vieux grimoires pour devenir savant, parce que vous aviez dit devant lui que vous aimiez la science, et que, quand les patriotes ont proclamé que tous les gens allaient être égaux, il s'est frotté les mains de joie.

— A Machecoul, le citoyen la Vengeance m'a proposé de devenir la femme d'un bon patriote, dit Alix avec un faible sourire. A ce prix, il me promettait la vie sauve, non-seulement pour moi, mais pour les miens. Plusieurs fois depuis mon entrée au Sanitat, cette étrange proposition m'a été renouvelée, et tu me trouveras bien lâche peut-être, ma Berthe chérie, mais j'ai refusé, énergiquement refusé.

— Et tu refuseras encore, Alix. Toi, la femme d'un de ces hommes qui versent tous les jours le sang des nôtres ! d'un de ces êtres dégradés dont la vue seule fait frémir! Ah ! plutôt mille fois la mort!

— Et plutôt mille fois la mort aussi, reprit Alix avec une douce mélancolie, que d'être parjure à ma promesse à Gaëtan. Pauvre Gaëtan !

si nous ne devons plus nous revoir sur la terre,
nous serons du moins réunis dans l'éternité !

— Oui, murmura Berthe.

Les deux sœurs allaient s'abandonner à l'une
de ces douces rêveries qui font paraître aux malheureux la réalité moins amère, quand Lisette,
se penchant vers elles, dit à demi-voix :

— Le voilà !

— Qui cela ? demandèrent-elles en tressail-
lant ; encore lui ? encore l'Homme Rouge ?

— Remy, répondit Lisette avec fermeté.

— Lisette, c'est impossible ; ce hideux personnage ce n'est pas lui. Il n'a ni ses traits, ni sa
chevelure, ni rien, rien de lui.

— Rien !..... Et ses yeux noirs qu'il n'a pu
changer, et sa voix qu'il essaye de déguiser sans
pouvoir y réussir ? Regardez-le bien, Mesdemoiselles ; justement il vient vers nous.

Il se dirigeait, en effet, vers le petit groupe
formé par les trois jeunes filles ; il s'arrêta à
quelques pas d'elles et parut hésiter ; puis, son
indécision cessant, il vint droit à Alix, et l'abor-
da ainsi :

— Citoyenne, la République, toujours grande
et magnanime, t'accorde huit jours de réflexion.

Ce délai passé, je viendrai connaître ta décision formelle. Seulement, laisse-moi te donner un conseil, dans ton intérêt, dans celui de tes parents : ne pousse pas loin l'obstination.

— Je la pousserai jusqu'au bout, répondit Alix, de son ton ferme et résolu. Il sera donc inutile que vous vous dérangiez ; et, dès cet instant, il est inutile que vous insistiez, Remy.

Elle appuya à dessein sur ce nom, en jetant au patriote un regard plus attristé qu'indigné.

S'il éprouva un choc étrange en s'entendant désigner par cette appellation, il ne le laissa pas paraître, et ce fut du ton le plus naturel qu'il répliqua :

— Vous me donnez là un nom qui sonne mal à des oreilles républicaines, citoyenne. Je ne sais pour qui vous me prenez, mais il y a sûrement méprise. Je vous l'ai dit, je suis la Vengeance, à moins que vous ne préfériez m'appeler, comme le font vos stupides paysans : l'Homme Rouge.

Il agita sa chevelure ardente avec un singulier sourire et reprit :

— Je suis fâché d'avoir à te le dire, citoyenne : mais si, dans huit jours, tu n'as pas obéi aux volontés de la République, ta sœur payera de sa tête ta résistance et ton entêtement.

— C'est bien, dit Berthe avec une assurance qu'elle ne se connaissait pas, d'ici huit jours, j'aurai suffisamment le temps de me préparer à mourir. Merci de m'avoir prévenue.

— Oui, merci, Remy, ajouta Alix avec un sourire railleur; vous êtes, je le vois, toujours dévoué et fidèle.

Le patriote se mordit les lèvres et réprima un geste de colère.

— Encore ce nom ? dit-il sourdement.

— Toujours, répliqua Alix avec sa fermeté tranquille ; je n'ai pas encore pu prendre l'habitude de vous en donner d'autre.

— Il faudra bien que tu la prennes, citoyenne ? fit-il durement.

Et, murmurant je ne sais quelle menace, il enveloppa le petit groupe d'un regard plein de fureur et de haine, et disparut.

— Eh bien, Mesdemoiselles, qu'en dites-vous ? demanda Lisette lorsqu'il se fut éloigné.

— Si j'ai douté, je ne doute plus, dit Alix avec un douloureux soupir. C'est bien lui !

— Lui ? vraiment tu le crois, Alix ?

— J'en suis sûre, Berthe.

15.

— Il m'a bien semblé reconnaître sa voix, dit
Berthe pensive. Mais cette figure ?...

— Très-habilement et très-horriblement gri-
mée !

— Et ces cheveux, cette barbe?...

— Postiches. Cet homme s'est odieusement
joué de nous! Oublions-le, Berthe, oublions
qu'il a été notre serviteur, notre ami, presque
notre frère !..... Aujourd'hui, songes-y, il est le
serviteur, l'ami de Carrier !

— Des bruits en l'air peut-être, Alix !

— Berthe, n'essaye pas de l'excuser, c'est inutile. Encore une fois oublions-le ! Qu'il soit mort
pour nous !..... Mon pauvre père! s'il savait.....
Ah! Remy, Remy! comment n'avez-vous pas
craint que votre maître ne mourût de douleur,
en apprenant ce que vous êtes devenu !

— Bah ! Mademoiselle, dit Lisette avec un
geste de mépris, ce garçon-là est un monstre ; il
nous conduira tous à la mort sans sourciller.

— Lisette, Lisette, dit vivement Berthe, prends
garde de le juger plus sévèrement encore qu'il
ne le mérite. Dans ce temps d'effervescence générale, il a pu subir de fatales influences et se
laisser monter contre nous par nos ennemis;

mais je ne puis pas croire — non, malgré moi,
— je ne le puis pas, qu'il nous haïsse au point
de se réjouir du mal qui pourrait nous arriver.

— Il a laissé périr notre pauvre tante, dit douloureusement Alix, elle qui l'avait élevé et comblé de tant de bienfaits.

— Chère Alix, savons-nous s'il a été au pouvoir de Remy d'empêcher la mort de notre tante?

— Ah! mademoiselle Berthe, vous êtes bien
comme Mlle Anne, ne voulant jamais croire au
mal! Mais c'est trop; oui vraiment, c'est trop
d'indulgence pour de pareils coquins.

— On se repent souvent d'avoir trop précipi-
tamment jugé, et jamais d'avoir attendu à le
faire, dit doucement Berthe. Maintenant parlons d'autre chose, de nos bien-aimés parents,
par exemple..... Puisque nous avons huit jours
à passer ensemble, employons-les consciencieu-
sement, ma bonne Alix.

Alix étreignit les mains de sa sœur avec une
vive tendresse, et les trois jeunes filles, se rapprochant plus près encore les unes des autres,
sur le banc où elles étaient assises, se contèrent
tous les événements accomplis de part et d'autre
depuis le jour, déjà lointain, de leur séparation.

XXI

CRUELLE ALTERNATIVE.

Le délai accordé à Alix par « la magnani-
mité » de la république était expiré, et nos trois
prisonnières attendaient, non sans une secrète
angoisse, la venue du citoyen La Vengeance,
qui n'avait pas reparu une seule fois devant elles
depuis le soir de l'arrivée de Berthe au Sanitat.
Dire quelle avait été la ferveur de cette dernière
pendant les jours qui venaient de s'écouler serait
chose superflue. Berthe, selon ses propres paroles, se préparait à la mort consciencieuse-
ment.

Vers trois heures de l'après-midi, les longues
mèches ardentes et incultes de l'Homme Rouge
se montrèrent dans la salle ; les jeunes filles
frissonnèrent de la tête aux pieds à son approche
et se regardèrent tristement.

— Citoyenne, tu as réfléchi? dit-il s'adressant
à Alix.

Malgré son empire sur elle-même, Alix ne put s'empêcher de laisser voir le déchirement de son âme. Une pâleur mortelle s'était répandue sur ses traits, un tremblement presque convulsif agitait ses membres ; elle enveloppa sa sœur de ses bras, en retenant à grand'peine ses sanglots.

— Ne faiblis pas, Alix ; oh ! ne va pas faiblir ! dit la douce et tremblante voix de Berthe.

— Non, sois tranquille, chérie, dit Alix, serrant avec plus de force sa sœur dans ses bras.

Et, parvenue à maîtriser ses impressions, elle demanda, non sans quelque ironie et avec beaucoup de fermeté :

— Votre généreuse république nous accorde-t-elle, citoyen, la faveur de mourir ensemble ?

— La citoyenne Berthe sera seule remise au bourreau, si...

— Cela suffit ! interrompit Berthe avec un accent résolu que le républicain ne lui connaissait pas. Quand il sera temps, je vous suivrai.

— Berthe ! s'écria Alix en cachant son front dans ses mains.

Puis, le relevant aussitôt, elle saisit le bras

du patriote, y imprima une forte pression, en
s'écriant :

— Remy, par pitié, si jamais vous avez eu
pour nous quelque affection : oh ! je vous en
prie, je vous en conjure, que l'on ne me sépare
pas de ma sœur. Nous séparer, mais c'est impossible ! ne soyez pas inflexible, Remy.

— Est-ce bien la fière Alix qui supplie un
patriote ? s'écria La Vengeance avec un ricanement qui, à des yeux plus clairvoyants que ceux
des jeunes filles, eût dévoilé un sentiment peut-
être tout autre que celui qu'il affectait.

— Oh ! répondit Alix avec un accent plein
d'une douceur infinie, et en fixant sur son interlocuteur son beau regard limpide où passait
toute son âme, si ce patriote n'était pas *vous*, je
ne le supplierais pas, Remy.

Celui auquel la jeune fille s'obstinait à donner ce nom détourna la tête. Etait-il fatigué de
son obsession, ou bien voulait-il échapper à une
émotion qui l'envahissait malgré lui ? c'est ce
que nous ne pourrions dire. En tout cas, cette
impression fut de courte durée, car, ramenant
sur Alix et ses compagnes son regard dur et
froid, il dit d'un ton bref, incisif, où la com-

passion n'avait certainement rien à voir :

— Je ne suis rien, je ne puis rien, citoyenne. Je vous ai dit à quelle condition vous pouviez vous sauver et sauver votre famille. Une dernière fois, vous refusez, n'est-il pas vrai, de l'accepter ?

— Mon Dieu ! murmura Alix croisant avec force ses mains sur sa poitrine pour comprimer les battements précipités de son cœur, mon Dieu ! répéta-t-elle levant vers le ciel son beau et pâle visage où se lisait une angoisse déchirante.

— Vous refusez, citoyenne ? insista La Vengeance.

Alix ne répondit pas ; elle priait sans doute, elle appelait l'aide de Dieu, tandis que, dans son âme, se livrait un rude combat, une lutte suprême.

Sa main se posa, pour la seconde fois, sur le bras du patriote, elle le serra nerveusement et dit d'une voix sourde, saccadée, impérative :

— Remy, écoutez !

Et, faisant signe à Berthe et à Lisette de ne pas la suivre, elle entraîna à quelques pas le farouche républicain, qui n'essaya pas de lui résister.

— Remy, dit-elle rapidement quand personne ne fut à portée de les entendre, c'est irrévocablement que ma sœur va être condamnée à mort ?

Et son œil anxieux semblait vouloir lire sur le front du patriote sa réponse avant même qu'il l'eût formulée.

— Irrévocablement, citoyenne, dit-il. Dans quelques instants se fera l'appel des condamnés, vous pourrez entendre retentir son nom, à moins que...

Il s'arrêta et jeta sur la jeune fille un long regard. Alix avait compris, elle frémit, et ses traits déjà si pâles devinrent livides.

— Mon Dieu ! ô mon Dieu ! répéta-t-elle.

Son corps, comme brisé, se ploya en deux ; elle s'appuya chancelante contre le mur, et, de ses lèvres serrées, s'échappèrent ces mots que le républicain devina plutôt qu'il ne les entendit :

— Gaëtan, pardon ! oh ! pardon !... Je veux que ma sœur vive !

— Citoyenne, vous consentez ? demanda l'Homme Rouge, dissimulant mal une immense joie.

— Je veux que ma sœur vive ! dit Alix pour toute réponse.

— Elle vivra, oh ! elle vivra, citoyenne ; vous et les vôtres, vous aurez droit à toutes les faveurs de la République.

Un sourire amer plissa les lèvres d'Alix.

— Épargnez-moi les éloges de votre république, dit-elle, c'est plus que je n'en puis supporter, en cet instant surtout. J'ose espérer d'ailleurs que vous avez suffisamment satisfait votre haine pour moi....

— Ma haine pour vous ! répéta Remy avec un étrange accent et en l'enveloppant d'un regard plus étrange encore. Qui vous a dit que je vous haïssais !

— Mais vous-même, Remy, répliqua Alix en le regardant avec surprise.

— Le citoyen La Vengeance pouvait vous haïr ; mais croyez-moi, Alix, mademoiselle Alix, celui que vous n'avez pas cessé d'appeler Remy vous aime de toute son âme. Il vous le prouvera.

Par un mouvement spontané, il s'empara des mains de la jeune fille, avant qu'elle eût pu s'op-

poser à son dessein, il y appuya ses lèvres, puis
s'éloigna.

— Il est fou ! pensa Alix. Où va-t-il maintenant ? Que va-t-il faire ? Sans doute annoncer à
ses fidèles amis que je consens à leur obéir...
Oh ! pourquoi donc n'a-t-il pas été en mon pouvoir de préférer la mort à cette odieuse union !...
Mon Dieu ! permettrez-vous qu'elle s'accom-
plisse quand mon cœur, mon esprit, tout mon
être enfin se révolte à cette idée !...

— Sœur, dit Berthe, en se rapprochant d'A-
lix qui demeurait écrasée sous le poids de ses
pensées, qu'as-tu obtenu ? Aurons-nous la satisfaction de mourir ensemble ?

— Je ne sais, Berthe, nous ne mourrons
pas, nous ne mourrons pas tout de suite du
moins. Dieu nous tient dans ses mains, ma
pauvre petite sœur, espérons, oh ! espérons en
lui !

— Alix, tu n'a pas consenti à ce qu'on voulait
de toi ? demanda Berthe en hésitant, et en in-
terrogeant d'un œil inquiet la physionomie bouleversée d'Alix.

— Berthe, mon entretien avec Remy m'a hor-
riblement fatiguée ; laisse-moi me remettre un

peu et ensuite nous causerons, nous causerons autant que tu le voudras.

En parlant ainsi, Mlle de Bois-Morand revint vers le banc où Lisette, frémissante d'inquiétude, était demeurée attendant les deux sœurs ; elle s'y laissa tomber plutôt qu'elle ne s'y assit, et ses yeux se fermèrent, soit qu'elle voulût essayer de dormir quelques instants, ou qu'elle feignît de le faire pour échapper aux questions que ses deux compagnes brûlaient de lui adresser.

— Lisette, dit Berthe à voix basse, en se penchant vers la petite servante, si tu savais comme j'ai peur que ce patriote aux cheveux rouges, ce citoyen La Vengeance...

— Remy, pour dire le fin mot, mademoiselle Berthe.

— Remy, si tu veux, mais il me répugne tant de lui donner ce nom ! — Si tu savais comme je crains qu'il n'ait abusé de la générosité de ma chère Alix !

— Je ne voudrais pas dire le contraire, mademoiselle ; je le crois capable de tout.

— Ma pauvre Alix ! gémit douloureusement Berthe.

— Chut ! il ne faut pas la réveiller ! Et il ne faut pas

non plus vous tourmenter, ma chère petite demoiselle ; entre le bord et le fond du fossé, il y a de la marge ; si nous sommes au bord, nous ne sommes pas encore au fond. Espérons donc. A Dieu vat ! comme disent les marins de Bretagne. Et d'ailleurs, serions-nous au fond, la main du bon Dieu pourrait encore nous en tirer.

— Tu as raison, dit Berthe qui joignit les mains en regardant sa sœur endormie.

Le silence le plus complet régna désormais dans le petit groupe, trop préoccupé pour se mêler à ce qui se passait autour de lui.

XXII

En quittant la prison du Sanitat, Remy se dirigea d'un pas rapide vers un quartier très-opposé, le quartier Richebourg, où le proconsul Carrier avait établi sa résidence ou plutôt son repaire.

Chemin faisant, il fut heurté par un passant; il allait l'invectiver, mais, le reconnaissant, il s'arrêta afin de lui parler.

— Ah ! ah ! je ne te voyais pas, Rouge-Poil, dit celui qu'il venait d'acoster, d'une voix légèrement avinée et avec un rire bruyant, et pourtant c'est à toi que j'ai affaire. Je m'en allais tout droit au Sanitat te chercher de la part du père Grégoire, qui est tout doucement en train de partir pour l'autre monde, s'il y en a un, et qui veut te parler auparavant. Au sujet de qui ou de quoi ? je n'en sais rien ; mais peu importe ! Il m'a dit de t'envoyer tout de suite à lui et je le

fais; ma commission est remplie. Bonsoir, camarade,

— Un instant, dit Remy. Grégoire est-il donc
si mal?

— Il passera peut-être la soirée, mais pas plus ;
si donc tu tiens à le voir, je t'engage à te presser.

— J'avais rendez-vous chez Carrier, mais il
peut se remettre. A bientôt, citoyen Scévola.

—A bientôt. Tiens ! tiens ! quitte-t-on les amis
sans leur donner la main ?

Remy tendit la main au sans-culotte, en dissimulant une grimace de dégoût. Ils se sépara-
rent; le citoyen Scévola pour poursuivre sa route
en chantant un refrain sanguinaire, Remy pour
pénétrer dans l'allée d'une maison située à peu
de distance de ce sinistre Bouffay, dont les portes,
tant de fois par jour, se refermaient sur de nouveaux prisonniers, ou s'ouvraient pour livrer passage aux victimes destinées à l'échafaud, qui dressait en face de la prison ses grands bras sanglants.

Il monta trois étages tout d'une haleine, et
s'arrêta devant une porte à laquelle il frappa
d'une certaine façon. Aussitôt elle s'ouvri¹ sans
que personne se montrât, et le visiteur se trouva
dans un étroit couloir, qu'une lampe suspendue

à la voûte éclairait faiblement. La porte s'étant refermée aussi mystérieusement qu'elle s'était ouverte, Remy traversa le couloir dans toute sa longueur, et se trouva sur le seuil d'une chambre également peu éclairée, mais qui l'était cependant suffisamment pour permettre de distinguer ce qui s'y trouvait. De prime abord, Remy vit que Grégoire n'était pas seul, et il ressentit une commotion violente en reconnaissant la femme vêtue de noir qui se tenait assise près du lit de l'ancien sabotier. Celui-ci, devenu un haut personnage, occupait un appartement qui, sans être luxueux, n'avait rien de commun avec la hutte de la forêt, et servait souvent de lieu de réunion aux patriotes.

A l'entrée de Remy, la femme vêtue de noir se leva, elle se pencha vers le vieux républicain, arrangea ses couvertures, mit à portée de sa main une tasse contenant un breuvage qu'elle avait préparé sans doute, et, d'une voix dont le timbre doux et distingué ne rappelait en rien celui d'une tricoteuse ou autre mégère de même sorte, elle dit :

— Allons, Grégoire, ne vous fatiguez pas : si vous avez besoin de moi, appelez-moi, mon ami.

Grégoire lui jeta un regard plein d'une indicible reconnaissance, et murmura quelques mots de remercîment d'un air profondément attendri.

Sa gardienne lui adressa de la main un petit geste d'adieu, et elle traversa la chambre d'un pas léger et rapide, se dirigeant vers une chambre voisine où elle disparut.

— Ah ! ah ! vieux père Grégoire, je vous y prends ! Quoi ! vous l'incorruptible républicain, vous avez des tête-à-tête avec des aristocrates !.. J'ai joliment bien fait, hein ? de retarder l'exécution de la citoyenne Bois-Morand, et de te constituer son gardien jusqu'à nouvel ordre ?

— Aujourd'hui, c'est elle, au contraire, qui me garde, répondit le sabotier avec un faible sourire, et sans elle je serais mort déjà. Car je suis malade, Remy, bien malade. Mais, dis-moi, est-ce que tu comptes faire rentrer la citoyenne Anne au Sanital ?

Et en faisant cette question, les traits de Grégoire accusèrent une forte inquiétude.

— Nous reparlerons de cela. En attendant, qu'elle reste ici et ne s'y montre à personne.

— Personne ne l'a vue, citoyen, mais je vais mourir, et ceux que ma maladie éloigne pourront

venir, puisqu'ils n'auront plus rien à craindre.
Tu devrais bien prendre une détermination au
sujet de la citoyenne, tant que je suis encore là.
Ah ! si tu voulais lui rendre la liberté, la laisser
retourner dans son pays !

— Ah ! ça, Grégoire, tu es fou, en vérité !
sais-tu que ton intérêt pour cette ci-devant pourrait te coûter cher ?

— Bah ! qu'ai-je à craindre désormais ? Demain, ce soir peut-être, je ne serai plus qu'un cadavre. Le mal, je le sens, fait de rapides progrès, et il n'est pas de ceux qui pardonnent... Ah !
tu me reproches mon intérêt pour cette aristocrate ! poursuivit Grégoire avec plus de force ;
sais-tu que, quand tous les autres ont fui, épouvantés, devant ma maladie, elle est venue, malgré les injures que la colère, la douleur me faisaient proférer contre elle, s'asseoir à mon
chevet ? Sais-tu qu'elle m'a veillé, qu'elle m'a
soigné comme une fille l'aurait fait pour son
père, moi dont tout aurait dû l'éloigner ! Ah !
elle n'a pas craint la contagion, elle ! et elle n'a
pas songé que toute ma vie avait été employée à
la haïr, elle et les siens, et à leur faire du mal.
Elle a vu que je souffrais, que j'étais isolé, aban-

16

donné, de tous, et elle n'a pensé qu'à me procurer du soulagement. Aussi, ne t'en déplaise, je
l'aime autant aujourd'hui qu'autrefois je l'ai
haïe.

— Ah ça ! tu tournes furieusement à l'ancien
régime, vieux père Grégoire, dit Remy avec plus
de dédain que de courroux. Allons, laissons tout
cela, et dis-moi pourquoi tu m'as fait venir.

— Assieds-toi d'abord, car ce sera un peu
long ; mais pas trop près de moi, car... car... ma
maladie te fait peut-être peur, à toi aussi ?

— Quelle maladie as-tu donc, mon pauvre
vieux ?

— Ne le sais-tu pas ? C'est le typhus.

— Le typhus ! répéta Remy en reculant involontairement.

— Là ! vois-tu, tu as peur ! Remy, Remy, ne
t'en va pas avant que je t'aie fait un aveu qui
coûte terriblement à mes lèvres, mais que je dois
te faire pour mon repos, pour ma tranquillité...
pour... pour... Oh ! tu ne crois pas à l'autre vie,
toi ! Je l'ai niée, moi aussi ; mais je n'étais pas
près de la mort !.. Oh ! que c'est effrayant de
mourir !

Et Grégoire, comme pour échapper à une terrible image, passa à plusieurs reprises la main sur son front, où perlait une sueur abondante et froide, la sueur et l'agonie.

— Au fait, donc, Grégoire ! dit durement Remy, la maladie te tourne l'esprit en vérité.

Grégoire n'obéit pas tout de suite, il paraissait réfléchir. Enfin, d'une voix brisée par une respiration embarrassée, sifflante, il s'écria :

— Remy, pardonne-moi, je t'ai fait beaucoup de mal. Je t'ai volé une fortune et j'ai assassiné ton père.

— Que dites-vous ? s'écria Remy, se levant transporté de fureur, et prêt à se jeter sur le vieillard pour lui arracher, dans le paroxysme de sa colère et de son indignation, son dernier souffle de vie. Il se contint, se contentant de lui ordonner, d'un ton impératif, de continuer ses aveux.

Grégoire reprit :

— Il y a vingt-trois ans environ, une femme, vêtue d'un costume de condition inférieure que je ne connaissais pas pour appartenir aux environs de T..., vint à passer dans la forêt de la Forlière, portant sur son dos un enfant en bas âge, et dans ses mains une valise, double poids qui semblait bien lourd pour sa faiblesse. Elle pa-

raissait exténuée de fatigue ; elle venait de loin,
sans doute. Elle s'arrêta à quelques pas de ma
hutte, posa à terre sa valise, et s'y assit en berçant
doucement l'enfant sur ses genoux, et en murmurant quelques paroles qui me semblèrent des
plaintes. Peu d'heures après, n'entendant plus
rien et croyant cette femme endormie, je m'ap-
prochai d'elle : le marmot dormait profondément;
mais quant à elle, elle était morte. Au comble
de la joie, je m'empressai de cacher la valise qui
rendait un son métallique bien connu, puis je
transportai la femme et l'enfant à une très-courte
distance du château. Tu as entendu raconter
mille fois ce qui arriva : le garde, en faisant sa
tournée, rencontra la morte, sur les genoux de
laquelle le bambin continuait tranquillement son
sommeil, il prit ce pauvre petit être et le porta
à la Forlière, où l'on accueillait de grand cœur
toutes les infortunes.

La femme fut inhumée dans le cimetière de
T... Le marquis fit les recherches les plus minutieuses pour découvrir qui étaient ces étrangers;
ce fut inutilement, et le petit garçon, trouvé
dans la forêt, resta au château, y fut élevé avec
soin, y grandit et...

— Et y devint domestique ! acheva Remy avec un amer sourire, tandis qu'il eût pu se créer une position indépendante avec les ressources que vous lui dérobiez.

— C'est vrai ! répondit Grégoire en courbant la tête. Mais tu les retrouveras, Remy, je te le jure, je n'en ai pas distrait une obole. Quand tu le pourras, va à la hutte, compte dix pas à partir de la porte en te dirigeant vers le milieu de la chambre ; creuse à une profondeur d'un pied et demi et tu retrouveras ton trésor, que j'ai augmenté de mes petites épargnes. Prends le tout, et fais-en l'usage que tu voudras. Ce qui me reste à te dire est plus pénible encore... Remy, je t'en conjure, sois généreux, ne me montre pas ce visage irrité quand il me faut tant de courage pour continuer ! Oh ! oh ! je souffre ! ! aurai-je la force d'aller jusqu'au bout...

Il avança la main pour prendre son breuvage. Remy le lui tendit ; il le remercia d'un signe, but quelques gorgées, et put reprendre son récit.

— Il y avait, dit-il, plusieurs années que tu étais à la Forlière, quand je rencontrai un étranger dans le chemin du Moulin-Blanc. Il m'adres-

16.

sa la parole d'un ton affable et poli, s'informa
si une femme et un enfant qui n'étaient pas du
pays ne s'étaient pas établis chez les maîtres de
la Forlière. Avant même d'avoir pris le temps
de la réflexion, je fis une réponse négative, et
l'inconnu manifesta le plus vif étonnement et le
plus profond chagrin. « Cet enfant est mon fils,
dit-il : partant pour un lointain voyage, qui devait
durer plusieurs années, je l'avais envoyé avec sa
nourrice chez le marquis de Bois-Morand, mon
meilleur ami, afin que ce pauvre petit, déjà privé
de sa mère, ne fût pas complétement dépourvu
d'affection. Que sont-ils devenus ? Qu'a-t-il pu
leur arriver ?

— Grégoire, interrompit vivement Remy qui
écoutait en proie à une émotion de plus en plus
accusée, vous dites que le marquis de Bois-Morand était le meilleur ami de cet inconnu, quel
genre d'homme était-ce donc ?

— C'était ce qu'on nomme aujourd'hui un aristocrate, un ci-devant, ce qu'on appelait dans ce
temps-là un personnage de distinction, un gentilhomme. C'en était un, un vrai, je t'en réponds.

— Mon père un gentilhomme !... répéta Remy
presque suffoqué.

— Mais, mon ami, çà te contrarie, vu que tu es un patriote pur sang. Que veux-tu ! nous ne choisissons pas nos parents !

— Un gentilhomme ! un gentilhomme ! dit encore Remy, sans prendre garde aux réflexions de Grégoire. Son nom ? dis-moi vite son nom ?

— Autant qu'il m'en souvient, c'était le comte de Belleroche. Du reste, tu pourras le lire tout au long sur la valise enfouie dans ma cabane, et dans une lettre qui s'y trouve, que la nourrice devait remettre au marquis de Bois-Morand de la part de son maître. Tu y verras ton nom à toi aussi ; tu t'appelles Roland de Belleroche. Dame ! c'est furieusement aristocrate ; mais ça sonne tout de même mieux que Remy tout court, ou que le citoyen La Vengeance, comme il t'a plu de te nommer.

— Trêve de réflexions ! dit brusquement Remy. Mon père, à ce que je vois, venait me chercher à la Forlière. Comment se fait-il donc qu'il ne m'ait pas emmené, que je ne l'aie pas vu, que je n'aie même pas entendu parler de lui ?

— Hélas ! c'est qu'il n'est pas allé jusqu'à la Forlière, répliqua Grégoire avec accablement. Je ne sais quelles craintes me traversèrent le cer

veau, craintes chimériques, puisque nul n'avait
eu connaissance de mon larcin ; je me vis, par
avance, obligé à une restitution, et, peut-être,
livré aux mains de la justice ; je perdis la tête et
je fis un mauvais coup. Sans laisser l'étranger
achever son récit, je me précipitai sur lui, essayant de le terrasser. Ah! lâche assassin! cria-
t-il, attends! Mais, avant qu'il eût eu le temps de
faire usage des pistolets qu'il portait sur lui, je
lui avais enfoncé dans la poitrine jusqu'au manche
le couteau à lame tranchante et aiguë dont je ne
me séparais jamais, et il tomba mort à mes
pieds. Je retirai promptement mon couteau de sa
blessure et je m'enfuis. Le lendemain, il n'était
bruit dans toute la contrée que du meurtre mystérieux accompli dans la nuit ; les assassins furent soigneusement recherchés, mais sans être
trouvés ; et personne ne soupçonna un honnête
ouvrier, qui passait pour avoir l'humeur taci-
turne et sauvage, mais ne faisait de mal à personne. Ce fut à partir de ce crime que les habitants de T... et des environs n'osèrent plus s'a-
venturer dans les parages du Moulin-Blanc, que
l'on s'imaginait peuplé de victimes et de meur-
triers.

—Ah ! misérable ! s'écria Remy, quand l'infortuné sabotier eut achevé son récit. Misérable ! je ne sais qui me retient d'agir envers
toi comme tu as agi envers mon père !

Le bras de Remy s'éleva au-dessus de la
tête du coupable, qui poussa un sourd gémissement ; mais il ne retomba pas : une main l'a-
vait saisi et le forçait à s'arrêter.

—Remy, dit une douce voix, laissez ce pauvre
homme mourir en paix.

XXIII

GENTILHOMME !

Remy se détourna vivement. Celle qui lui
parlait, c'était la gardienne du vieux patriote.
Rentrée dans la chambre pendant la dernière
partie de l'entretien, elle s'était avancée jusqu'au
jeune homme sans qu'il l'eût entendue, et l'avait
arrêté au moment où il allait donner suite à son
ressentiment.

— Vous me connaissez? dit-il en reculant
avec surprise, presque avec effroi.

— Oh ! Remy, fit Mlle Anne avec un angélique
sourire, tous les déguisements du monde pourraient-ils me faire méconnaître l'enfant que j'ai
élevé... et tant aimé ?

— Une émotion indéfinissable se laissa voir
sur les traits de Remy, en dépit de ses efforts
pour la dissimuler.

— Alors vous avez dû me mépriser et me détester ! dit-il d'une voix sourde.

— Jamais, Remy, je t'ai plaint, voilà tout !
Une mère ne peut jamais ni détester ni mépriser
son enfant, et, autant qu'il a été en mon pouvoir,
j'ai été une mère pour toi, Remy.

— Oh ! oui, murmura-t-il, subjugué malgré
lui ; oui, et la plus tendre, la plus indulgente
des mères !.. Mademoiselle Anne, pardon, oh !
pardon ! J'ai été bien coupable, oh ! bien coup a-
ble, mais j'étais si malheureux !... Cette livrée !
elle me pesait tant ! Il y avait je ne sais quoi en
moi qui se révoltait à chaque marque de ma
servitude, je ne sais quoi qui protestait que je
n'étais pas né pour obéir, mais pour commander.
Oh ! comme il me faisait souffrir le stigmate in-
fligé à mon front par le doigt enfantin d'Alix :
«Tu es domestique, tu n'es pas gentilhomme ! »
J'avais beau vouloir oublier ces paroles, elles vibraient sans cesse à mes oreilles, je les entendais
dans tous les bruits, je les voyais inscrites partout ! elles empruntaient toutes les formes pour
se reproduire à mon esprit et le torturer. Pas gentilhomme ! ajouta-t-il en se dressant avec un
geste de fierté. Oh ! j'ai senti plus d'une fois que,
si je ne l'étais pas de fait, je l'étais d'instinct. Je
l'ai senti quand j'avais, au château de la Forlière,

la première place parmi les serviteurs, et possé-
dais, entre tous, l'estime, l'affection et la confiance des maîtres ; je l'ai bien autrement éprouvé
quand, jeté au milieu de la cohue révolutionnaire, il m'a fallu subir le contact d'êtres stupides, grossiers, abjects, qui me traitaient comme
un de leurs pareils et dont tout m'éloignait. Ah !
mademoiselle Anne, ma seconde mère, croyez-
moi, ce n'a pas été sans lutte, sans combat, que
l'enfant que vous aviez pris tant de peine à élever,
et auquel vous aviez essayé d'inculquer tous
les admirables sentiments de votre âme, est
devenu un sicaire de la république, un agent de
Carrier !... Mais je pouvais être tout cela, il y a
une heure, maintenant je suis aristocrate, je suis
ci-devant, je suis gentilhomme, enfin ! Loin de
moi donc cette épouvantable, cette hideuse livrée.

Il allait jeter au loin perruque, bonnet phry-
gien et carmagnole ; mais, se ravisant :

— Non ! dit-il, il faut que, pour ce soir encore, je demeure l'agent de la république ; il faut
que l'Homme Rouge exerce une dernière fois sa
puissance, demain, il lui sera permis de disparaître, et Carrier pourra livrer la tête du comte de

Belleroche au bourreau ! Mademoiselle Anne, bientôt vous me reverrez, et, j'ose l'espérer, vous serez contente de moi. Adieu !

— Remy, tu pars ? dit Grégoire, que ce mot d'adieu arracha à l'engourdissement qui s'emparait de plus en plus de lui. Tu pars sans m'adresser un mot de pardon ?... Mademoiselle Anne, dites-lui de n'être pas sans pitié. Ah ! je me meurs, je le sens bien.... et... et... c'est horrible !

— Remy ! implora Mlle Anne.

— Moi, pardonner à cet homme, qui a tué mon père et fait le malheur de toute ma vie ! s'écria Remy les yeux remplis de terribles éclairs. Non, non ! jamais ! je voudrais plutôt le maud...

— Chut ! malheureux enfant, ne prononce pas une telle sentence, dit Mlle Anne en lui mettant sa main sur la bouche, car c'est sur toi qu'elle retomberait.

— Remy ! dit encore Grégoire, ah ! pardon ! pitié !... Son père ! ah ! son père ! Mademoiselle Anne, j'ai peur !... Il y a une autre vie ! il y a une autre vie !

Mlle Anne s'agenouilla près du lit et prit dans les siennes les mains du moribond, qui se crispaient aux couvertures.

— Non, non, Grégoire, n'ayez pas peur, dit-elle, car la vie que vous redoutez sera pour vous une vie d'éternel bonheur, si vous vous repentez vraiment de vos fautes, parce qu'elles ont offensé Dieu.

— Dieu ! que j'ai renié, outragé, blasphémé !...

— Il est prêt à vous pardonner, si vous êtes repentant. Demandez-lui d'oublier vos torts, comme vous le demandiez à Remy tout à l'heure.

— Et s'il est comme lui sans pitié ? répliqua le mourant avec un frémissement douloureux.

— Dieu vaut mieux que les hommes, répliqua Mlle Anne, en regardant Remy qui demeurait à l'écart, sombre, silencieux, mais violemment agité. Devant la muette sollicitation de la charitable femme, il n'y tint plus, il s'avança vers le moribond, et ses doigts effleurèrent sa main déjà glacée.

— Grégoire, que Dieu vous pardonne comme je le fais ! dit-il. Et tout bas, il ajouta : « Et qu'il me pardonne à moi-même. » Puis il tomba à genoux aux côtés de Mlle Anne, se cacha le front dans les mains, et... pleura.

— Ah ! celui-ci est sauvé, lui aussi ! pensa

M⠀ de Bois-Morand, tandis que son regard montait vers le ciel dans un élan de reconnaissance infinie.

Grégoire avait poussé un cri joyeux.

— Remy, merci! dit-il, oh ! si le curé Durand à qui j'ai tant fait de mal, était donc là... Allez le chercher, je vous en prie, que je lui dise tout, oui, tout. Quel poids j'ai là, il m'étouffe !... Mais le curé est prisonnier, peut-être mort !

— Remy, tu lui diras tout ce que je t'ai dit... tout ce que tu sais... tout ce que j'ai fait de mal, pour qu'il prie pour moi s'il vit encore. S'il n'est plus, tu le diras à un autre ; tu m'entends, Remy, n'est-ce pas ?... Dis aussi au pauvre petit Drio, qu'il n'ait pas de rancune contre moi... Ah ! c'est fini ! c'est fini !... Seigneur ! Seigneur ! si je pouvais vivre, je... je... vous servirais mieux !

Ce furent ses dernières paroles.

— Il n'est plus ! dit M⠀ Anne d'un ton solennellement ému. Dieu lui fasse paix !

Elle traça le signe de la croix sur le front du défunt, lui ferma pieusement les yeux et se remit à genoux devant le lit.

— Mademoiselle Anne, il ne faut pas que vous

restiez ici, dit Remy parlant à voix basse, dominé par le respect que commande la mort. Demain les amis de Grégoire mettront son cadavre en terre ; d'ici là, il faut que je vous conduise en lieu sûr.

— Tu n'y penses pas, Remy ! Quoi ! tu veux que j'abandonne la dépouille de ce malheureux pour lequel il faut tant prier ? Non ! non ! ce sera bien assez de le voir passer dans des mains impies quand il quittera cette chambre pour se rendre à sa dernière demeure. Laisse-moi passer la nuit près de lui.

— Mademoiselle, cela ne se peut pas, c'est de la dernière imprudence. Songez qu'à tout instant les patriotes peuvent venir ici et enfoncer la porte, voyant qu'on ne leur ouvre pas. Qui désormais vous protégerait contre eux ? Mademoiselle, je vous en prie, ne compromettez pas votre sûreté, vous avez fait plus que vous ne deviez. Venez, suivez-moi.

— Non, Remy, non, mon enfant, faisons toujours à autrui ce que nous voudrions que l'on fît pour nous-mêmes. Tes patriotes ne sont guère à craindre, je t'assure : car, Grégoire te l'a dit, ils fuient la contagion. Néanmoins, s'ils venaient, je te promets de tout tenter pour me sauver. Tan-

dis qu'ils entreraient dans cette chambre, je ga-
gnerais le couloir par une autre issue, et...

— Et, en vous cachant soigneusement le visage, rendez-vous à quelque pas d'ici, carrefour
de la Casserie, n° 2 ; montez au troisième étage, et
à la serrure de la porte qui sera devant vous in-
troduisez cette clef ; vous vous trouverez dans un
petit appartement, calme et tranquille, où vous
n'aurez rien à craindre. N'en ouvrez la porte à
personne au cas où vous entendriez frapper ;
quand j'irai vous y rejoindre, si toutefois je ne vous
retrouve pas ici, j'ai une seconde clef, j'ouvrirai.

— Bien, mon enfant, je suivrai toutes tes indications. Va, ne tarde pas, il est déjà bien tard.
Ne cours-tu pas quelque danger ?

— Non, non, chère demoiselle, ne vous tour-
mentez pas à mon sujet. Je vous l'ai dit, pour ce
soir je suis encore l'Homme Rouge. Demain, ah !
demain ! je serai le comte Roland de Belleroche
et pour ne plus changer de nom !

Et tandis que Remy prononçait avec une expression de joie infinie et un éclair d'orgueil ce
nom qui était le sien, il adressa à Mlle Anne un
nouveau signe d'adieu et s'éloigna.

Si quelqu'un eût marché à sa suite, il n'eût pas

été peu surpris d'entendre le fougueux républicain, la terreur des brigands vendéens, l'ami de
Carrier, répéter presque à chaque pas :

— C'en est fait! oui, c'en est fait! cette vie
qui me pesait tant va cesser d'être la mienne !...
Gentilhomme! oh! gentilhomme! Alix! Alix!
que direz-vous?...

XXIV

Tout en causant avec ses pensées, Remy, qui avait renoncé à sa visite chez Carrier, reprenait le chemin de la prison du Sanitat, où l'appelait sans doute quelque affaire importante. Un peu avant d'y arriver, son attention fut attirée sur trois personnages qui luttaient avec acharnement à l'entrée d'une rue étroite et sombre. Au bonnet rouge, à la carmagnole que portaient deux d'entre eux, il était facile de reconnaître des sans-culottes ; le troisième avait le costume des marchands forains du pays de Retz.

La lueur blafarde d'une petite lampe, accrochée près de l'enseigne d'une auberge de piètre apparence, tombait d'aplomb sur le visage du marchand et éclairait des traits jeunes, beaux et beaucoup plus distingués que ne le comportait son habillement. En l'apercevant, Remy tressaillit.

— Gaëtan ! murmura-t-il.

Celui qu'il désignait ainsi paraissait doué
d'une vigueur peu commune, il avait pu jusqu'à
ce moment tenir tête à ses adversaires ; mais il
était plus que probable que ces derniers, se
trouvant deux contre un, finiraient par l'emporter.

Remy s'arrêta, tout frémissant, à quelques
pas des combattants. Que ferait-il ?... Irait-il
augmenter les chances du plus faible en lui prêtant son appui ?... Mais ce plus faible était Gaëtan, Gaëtan le fiancé d'Alix. Alix avait pu, pour
sauver sa sœur, consentir à épouser le citoyen la
Vengeance, elle refuserait le comte de Belleroche... Oui, mais si Gaëtan n'était plus ?... Après
l'avoir raisonnablement pleuré, nul doute qu'elle
ne se décidât à accepter la main d'un autre...
Et cet autre ne pourrait-il pas être son ami d'enfance, devenu son égal ?

Tandis que ce travail d'imagination s'opérait
dans le cerveau de Remy, la lutte continuait ardente, passionnée, terrible.

Gaëtan pliait visiblement.

— Encore un coup, brigand, et tu n'y es plus !
hurla un des sans-culottes.

Et les deux camarades réunirent leurs forces pour se ruer sur leur adversaire et lui porter ce coup dont ils le menaçaient. Ils n'en eurent pas le temps, un nouveau personnage arrêta leur élan en se jetant soudain au milieu d'eux.

— Allons donc, camarades! laissez cet homme, dit-il avec autorité.

— Citoyen, tu ne le connais pas, c'est un brigand déguisé. Sous prétexte de vendre de la volaille, il se glisse partout pour nous espionner. C'est un misérable suppôt de Charette.

— Vous êtes fous ! reprit Remy en haussant les épaules. Au surplus, si vous ne laissez pas tout de suite cet homme en paix, je me mets avec lui contre vous et nous verrons un peu si vous serez les plus forts.

Les patriotes hésitèrent un instant. Devant l'air déterminé de Remy, ils comprirent qu'ils ne l'emporteraient pas désormais, et, proférant contre le Vendéen et contre son défenseur de sourdes menaces, ils battirent en retraite.

— Citoyen, dit Remy quand il fut seul avec Gaëtan, pour votre sûreté, je ne vous engage pas à demeurer trop longtemps dans cette ville, où l'on pourrait vous faire un mauvais parti.

17.

— Citoyen, répondit Gaëtan, demain je ne
serai probablement plus ici. Merci mille fois
de votre obligeante intervention. Sans vous,
ajouta-t-il en souriant, je pourrais bien être un
homme mort à l'heure qu'il est; ces gaillards-là
n'y vont pas de main morte, mais je ne les ai
pas ménagés non plus. Je ne sais qui vous êtes;
il me semble pourtant vous avoir déjà rencontré
quelque part, ou du moins avoir entendu le son
de votre voix. Adieu et merci !

Il tendit avec une cordialité charmante et
une grâce parfaite sa main à Remy. A coup sûr
cette main, main fine et aristocratique s'il en
fût, n'avait jamais manié que l'épée. Remy hésita un instant, puis il la prit.

— Adieu, citoyen, dit-il.

— Il vaut peut-être mieux nous dire au revoir.
Au revoir, hélas ! ce sera peut-être sur le champ
de bataille que nous nous reverrons... Ah !
puissé-je ne jamais vous trouver à portée de
mon fusil, vous qui m'avez sauvé !

— La guerre a des nécessités rigoureuses auxquelles nous ne pouvons échapper, dit Remy
avec une certaine agitation; espérons cependant
que ce que vous redoutez n'arrivera pas.

— Espérons ! répéta le Vendéen. Et, saluant
d'un geste amical sa nouvelle connaissance, il
allait s'éloigner. Remy le retint par le bord de
sa veste de bure.

— Citoyen, un mot encore, dit-il. Il est ac-
tuellement dix heures. Vers minuit j'aurai peut-
être une communication importante à vous
faire. Ne pourriez-vous m'indiquer un endroit
où je vous trouverais sûrement? Je pense vous
avoir suffisamment prouvé que vous pouvez
vous fier à moi.

— Oh! assurément! répliqua Gaëtan, dont
un sourire éclaira la physionomie ouverte et
loyale, je doute si peu de vous que je ne vous
demande même pas de quelle communication il
s'agit. Voyons, vers minuit? ajouta-t-il en réflé-
chissant, je ne sais trop s'il me sera possible
d'être libre, je ferai du moins tout ce que je
pourrai pour cela, d'autant mieux que je désire
quitter Nantes cette nuit. Attendez-moi donc
jusqu'à minuit et demi à l'entrée de la rue de
la Juiverie. Cet endroit vous convient-il ?

— Parfaitement.

— A bientôt donc. Citoyen, je ne sais qui
vous êtes, mais il y a, au fond de mon cœur,

je ne sais quoi qui m'assure que vous n'êtes pas
un ennemi.

— Non, non, je ne suis pas... votre ennemi,
répondit Remy de plus en plus troublé et avec
effort. A bientôt, citoyen !

Ils se séparèrent. Remy demeura quelque
temps immobile à la même place, suivant des
yeux le jeune Vendéen, qui, promptement remis
de sa violente secousse, s'éloignait d'un pas rapide, rasant les maisons et ne s'occupant pas de
regarder autour de lui.

— Brave et loyal ! murmura-t-il, je comprends combien il doit être cher à Alix !...
Combien elle a souffert ! combien elle doit souffrir !... Pourra-t-elle me pardonner jamais ?...
Oh! oui ! mais me rendra-t-elle son estime ?...

Il soupira profondément, et quelques minutes
après il rentrait au Sanitat. Les trois jeunes
filles avaient fini par s'endormir sur leur banc ;
subitement réveillées, elles crurent rêver encore en apercevant devant elles celui qu'elles
nommaient leur mauvais génie.

— Que voulez-vous ? dix Alix, qui comprit la
première qu'elle était parfaitement réveillée et
que Remy leur faisait signe de le suivre. Allez-

vous donc enfin nous conduire à la mort ?

— Non, dit-il plutôt du geste que de la voix.

— Vous venez déjà réclamer l'exécution de la promesse que vous m'avez arrachée ? demanda-t-elle, non sans un peu d'ironie.

— Non, répondit encore Remy, tandis qu'une vague expression de tristesse se répandait sur ses traits.

Et se penchant vers elles de manière qu'elles seules pussent l'entendre :

— Je viens vous sauver, dit-il ; suivez-moi sans crainte et oubliez tout ce que ma vue pourrait vous rappeler de pénible. Pour tous je suis encore le citoyen la Vengeance ; pour vous je ne suis plus que votre serviteur Remy. Venez, hâtons-nous, une personne que vous chérissez peut courir un grand danger si vous ne vous pressez.

Alix laissa échapper un geste de doute.

— Et peut-on savoir quelle est cette personne ? dit-elle sans se dépouiller de ce sourire d'amère ironie qui entrait comme la pointe aiguë d'un poignard dans le cœur de Remy.

— Vous le saurez, Mademoiselle. Mais en cet instant les minutes sont si précieuses que nous ne saurions les dépenser en discours. Le moindre retard peut vous être funeste. Oh! venez, je vous en conjure.

Alix et Lisette se regardèrent, secouèrent la tête, et demeurèrent assises. Berthe se leva.

— Moi, je suis prête à vous suivre, Remy, dit-elle ; je n'ai jamais douté de vous.

— Oh! merci, Mademoiselle, dit-il en serrant avec effusion la petite main qui se posait confiante sur son bras. J'ai pu jouer près de vous un triste rôle, je ne chercherai pas à m'en excuser ; mais, encore une fois, oubliez-le, du moins pour le moment, et venez, venez.

— Alix, Lisette, obéissez à Remy, dit Berthe en leur prenant les mains pour les obliger à se lever.

— Soit! dit Alix ; viens, Lisette ; si cet homme nous tend quelque piége, que Dieu nous délivre et le punisse!

— Ah ! vous êtes impitoyable ! murmura Remy, dont les traits se contractèrent. Mais j'ai mérité votre défiance ; je ne puis ni ne veux m'en plaindre.

— Remy, si tu as eu des torts envers nous, n'y pense plus, dit Berthe avec une charmante vivacité ; nous te les pardonnons bien, va, mon pauvre garçon.

Chose étrange ! Remy, bien loin de s'offusquer de la familiarité, un peu protectrice de Berthe, y répondit par un sourire.

Les trois prisonnières s'enveloppèrent soigneusement dans des manteaux que le jeune homme leur avait apportés, et elles traversèrent, sur ses pas, les rangs pressés des prisonnières, dont le plus grand nombre, endormies dans les demi-ténèbres, ne s'aperçurent pas de leur passage, et dont les autres hochèrent tristement la tête en les voyant s'éloigner.

Remy tenait un papier à la main ; à différentes reprises, il le présenta aux gardiens de la prison, qui, y jetant les yeux, se contentaient de murmurer avec un sourire étrange :

— Bon ! bon ! ordre de Carrier ! ça suffit ! Allez, mes colombes !

Bientôt elles furent dans la rue, et, en dépit de leurs sombres appréhensions, elles aspirèrent avec bonheur la brise âpre et glacée d'une nuit du mois de janvier, remplaçant subitement l'air lourd et épais de la prison.

— Si c'était vraiment la liberté ! s'écria Alix

en élevant vers le ciel radieux d'étoiles son front
où plusieurs mois de captivité avaient gravé une
triste empreinte.

— C'est elle , Mademoiselle , c'est elle ,
croyez-le.

La jeune fille, peu convaincue, ne répondit
pas, et elle suivit avec ses compagnes le patriote qui les conduisit, sans leur adresser pour
ainsi dire la parole, jusqu'à cette maison du
carrefour de la Casserie qu'il avait désignée à
Mlle Anne. Pâles, tremblantes, émues, sans en
excepter Berthe qui ne croyait pourtant pas à
son bonheur, nos jeunes filles montèrent l'escalier derrière leur conducteur, et derrière lui
aussi elles entrèrent, en se serrant les unes contre
les autres, comme des colombes effarouchées,
dans un petit appartement tout coquet et tout
élégant dans son ordre et sa propreté. C'était
celui de Remy. Elles ne distinguèrent tout d'a-
bord les objets qu'à la clarté de la lune s'infil-
trant à travers les fenêtres dont les volets étaient
ouverts. Remy alluma une bougie, ferma soigneusement les volets, indiqua des siéges aux
jeunes filles et leur dit :

— Vous êtes ici chez vous. Je vais être forcé

de vous laisser seules, mais vous n'avez rien à craindre ; d'ailleurs je ne serai pas longtemps. Je vais... je vais chercher cette personne que vous aimez tant !

Il les salua rapidement et sortit, avant qu'aucune des trois pauvres enfants, étourdies, abasourdies, eût pu trouver une parole à lui adresser.

A peine avait-il disparu que la parole leur revint et qu'elles se communiquèrent leurs réflexions.

— Où sommes-nous ici, mon Dieu ? dit Alix en joignant les mains.

— Pas chez Carrier toujours, répliqua Lisette, qui, plus rassurée depuis qu'elles étaient seules, se hasarda à lancer dans la chambre où elles se trouvaient son rire frais et argentin.

— Quel homme étrange que ce Remy ! dit Alix pensive ; il est pétri de contradictions. Et tu as confiance en lui, toi, Berthe ?

— Mais oui, Alix. On lui avait sans doute dit beaucoup de mal de nous et il s'était laissé persuader. Mais il a reconnu son erreur, et il revient à nous. Il ne faut pas lui en vouloir, ni lui faire de peine.

— Tu es bien heureuse, toi, d'être si indulgente, si généreuse... Il est vrai que...

— Il est vrai que, quoi, sœur?

— Bah ! rien! ne nous occupons plus de lui,
puisqu'il n'est pas là. Oh! s'il pouvait ne plus
revenir !

— Dame! moi, je suis comme Mlle Alix, dit
Lisette avec son hochement de tête mutin : il
faudra qu'il en fasse bien pour que j'oublie ses
tours de Judas.

Malgré la résolution d'Alix de ne plus parler
de Remy, il ne fut guère question que de lui
dans leur entretien ; elles se livraient à son sujet aux plus singulières suppositions ; suppositions qui, empressons-nous de le dire, n'avaient
rien de commun avec la réalité, lorsqu'un tour
de clef donné dans la serrure vint leur causer un
choc violent.

— Qui vient là, mon bon Sauveur ? s'écria
Lisette. Si c'est Remy, il n'a toujours pas eu le
temps d'aller bien loin.

— Que le Seigneur nous protége ! dirent ensemble les deux jumelles fermant à demi les
yeux et se tenant les bras enlacés.

Des pas se faisaient entendre dans le corridor

précédant la pièce où elles se trouvaient ; ils se rapprochèrent insensiblement ; une main fit tourner le bouton de la porte qui s'ouvrit, et elles virent, comme à travers un voile soudainement étendu sur leur vue, deux personnes paraître au seuil de l'appartement. Ce voile se déchira soudain, elles se levèrent en poussant un cri, et elles coururent se jeter dans les bras que leur tendait une femme vêtue de noir qui venait d'entrer avec Remy.

— Ma tante ! s'écrièrent Alix et Berthe.

— Mlle Anne ! dit Lisette.

— Mes pauvres enfants ! répondit la nouvelle venue.

Et pendant un instant, instant délicieux, elles confondirent leurs exclamations, leurs larmes et leurs baisers.

— Mes enfants, mes chères petites filles, nous nous revoyons pour ne plus nous quitter, s'il plaît à Dieu.

Et, s'arrachant aux bras qui l'environnaient comme une triple enceinte, elle fit un pas vers Remy, lui prit les mains et l'amena vers les jeunes filles.

— Remerciez l'auteur de notre félicité présente, notre libérateur à toutes, notre bon Remy !

— Remy, que je suis contente ! oh ! merci ! cria Berthe en lui tendant ses deux mains avec transport.

— Remy, merci... et pardon ! dit Alix.

— Oh ! ne dites pas pardon, Mademoiselle, car c'est moi, moi seul qui dois prononcer ce mot. C'est à genoux que je devrais vous prier de me pardonner, ajouta-t-il à demi-voix, de façon que, seule, Alix l'entendît.

— Ah ! Remy, s'écria Lisette, je vois bien que, présentement, vous êtes un bon garçon ; mais je crois pourtant que j'aurai bien de la peine à oublier tout... ce que...

— Ma chère Lisette, il faudra pourtant bien que tu oublies tout ce à quoi tu fais allusion, dit Mlle Anne avec un sourire empreint d'un peu de malice, car il n'y a plus d'Homme Rouge, plus même de Remy ; il ne reste plus que notre ami, le comte Roland de Belleroche.

— Ma tante, que dites-vous donc là ? demandèrent les jumelles au comble de la surprise. Sommes-nous éveillées, ou bien rêvons-nous ?

— Parfaitement éveillées, Mesdemoiselles, mon

changement de nom est dû à une histoire que nous vous raconterons. Qu'il vous suffise de savoir, pour le moment, que j'ai parfaitement le droit de m'appeler Roland de Belleroche et que même ce nom est seul le mien. Il faut maintenant que vous songiez à restaurer vos forces, Mlle Anne surtout qui a usé les siennes près d'un malheureux moribond auquel elle a prodigué les soins du corps et ouvert les portes de l'éternité.

— Qui est donc cet homme, Remy?

— Grégoire le sabotier.

— Ah! le pauvre homme! il est mort? Il n'était pas trop bon, si nous nous en souvenons bien.

— Il est mort en chrétien, dit Mlle Anne de sa voix gravement triste; il faudra, chères enfants, bien prier pour lui, car en ce moment même il est livré à des mains qui ne songeront qu'à donner la sépulture à son cadavre sans s'occuper de son salut éternel.

— Pauvre homme! dirent les jumelles, il était peut-être plus ignorant que coupable!

— Maintenant, mademoiselle Anne, il faut songer à vous-même, reprit Remy; je vais vous apporter quelques provisions, faites-y honneur,

ainsi que vous, Mesdemoiselles, car il s'agit de
prendre une bonne provision de forces pour
voyager.

— Nous partons?... demanda Alix.

— Pour la Vendée le plus tôt possible. Je vais
tout disposer pour que nous n'éprouvions aucun
retard, et que, dès demain soir, vous puissiez
embrasser vos parents.

— Oh! que de bonheur! s'écrièrent les jeunes
filles. On accepterait bien de souffrir pour avoir
ensuite de telles joies.

Remy leur servit les provisions qu'il avait en
réserve et, tout en conversant avec elles, il les
servit. Tout à coup, entendant sonner l'heure à
une horloge peu éloignée, il tressaillit.

— Je suis forcé de vous quitter, dit-il ajustant
sur son épaisse chevelure d'emprunt son bonnet
qu'il avait jeté loin de lui en entrant. Ne soyez
pas inquiètes, avant une demi-heure je serai ici
pour m'occuper avec vous de nos préparatifs
de départ.

— Mon pauvre enfant, ne cours-tu point quelque danger? demanda Mlle Anne avec un peu
d'effroi.

—Non, non, Mademoiselle; d'ailleurs j'ai une

égide, l'égide des Vendéens : elle me préservera.

En parlant ainsi, il appuya la main sur sa poitrine.

— Je n'ai jamais quitté le Sacré-Cœur que Mlle Alix m'attacha là, bien malgré moi, peut-être. Jusqu'à présent je l'ai porté d'une manière invisible, bientôt je le porterai, comme tous les miens, au grand jour; c'est un talisman, c'est un bouclier, n'ayez donc nulle crainte à mon sujet; et croyez que je vais faire tout mon possible pour être promptement de retour.

— Allez bien vite, dit Berthe, car nous vous voudrions déjà revenu.

Remy sourit, salua et disparut.

Quand il se fut éloigné, Mlle Anne dit à ses jeunes compagnes :

—Mettons-nous à genoux, mes chères enfants, et remercions Dieu de tout ce qu'il a fait pour nous.

Alix, Berthe, Lisette obéirent, et, tandis que, dans le silence de la nuit, tant de voix s'élevaient, dans la grande ville, pour outrager, blasphémer celui qui règne là-haut et ici-bas, leurs accents montèrent, purs et reconnaissants, vers le ciel.

XXV

A peu près vers l'heure où Remy arrachait
Alix et ses compagnes à la prison du Sanitat,
Carrier était seul dans un petit salon, meublé
avec une grande richesse, qui lui servait tout à
la fois de cabinet de travail et de lieu de repos.
Assis devant une table encombrée de papiers, et
tenant son menton appuyé sur sa main, le proconsul songeait, et ses pensées étaient fort réjouis-
santes sans doute, car, à chaque instant, un sourire, que l'on pourrait appeler diabolique, épa-
nouissait son visage d'une laideur repoussante
et d'une parfaite vulgarité.

Est-ce un rêve? Deux hommes qui lui sont
inconnus se dressent devant lui et fixent sur lui
des regards qui le troublent au point de faire
courir dans ses veines un frisson mortel. Nous
l'avons dit, Carrier, comme tous les êtres per-
vers et cruels, n'était pas brave en face d'un pé-

ril, qu'il fût vrai ou imaginaire. Il se leva en proie à une agitation extrême, et d'une voix retentissante, mais peu assurée, il demanda aux étranges visiteurs ce qu'ils voulaient et comment ils avaient pénétré jusqu'à lui.

— Comment nous sommes entrés chez toi; c'est notre secret, citoyen, répondit l'un d'eux d'un air légèrement moqueur. Ce que nous voulons, nous allons te le dire.

—Ah ! brigands, je ne vous en donnerai pas le temps ! rugit Carrier.

Et il appuya sa main sur un timbre placé devant lui.

— Bien ! dit froidement celui qui avait déjà parlé en retenant le bras du proconsul ; appelle quelqu'un si tu veux ; mais sache bien que tu es en notre pouvoir, et qu'avant l'arrivée de tes défenseurs, tu auras cessé de vivre.

En même temps les inconnus lui montrèrent béante la bouche de deux pistolets.

Une pâleur livide couvrit le front de Carrier, un léger tremblement agita tous ses membres ; il tomba plutôt qu'il ne s'assit sur un fauteuil, en articulant sourdement ces mots :

— Qui êtes-vous ?... Que voulez-vous ?

18

— Qui nous sommes ? Deux officiers blancs,
Olivier de Bois-Morand et Bénédict de Martigny ;
ce que nous voulons, c'est que tu nous signes un
laisser passer pour quatre prisonnières écrouées
au Sanitat, les citoyennes Bois-Morand et leur
servante, et un autre pour deux prisonniers enfermés à l'Entrepôt, les citoyens Germain Pinel
et Durand.

— Durand ! un calotin ! le ci-devant curé de
T***, un des plus acharnés ennemis de la nation !
non, non, pas de grâce pour lui. Au surplus, tout
ce que vous demandez est impossible ; les brigands ne quittent leur prison que pour recevoir
la juste récompense qui leur est due.

Un rire sinistre plissa les lèvres minces du
proconsul, qui reprit :

— Six prisonniers ! c'est de six prisonniers que
vous osez me demander la délivrance ! ou vous
êtes fous, citoyens, ou il faudrait que je le fusse,
pour que, tenant en mes mains six ennemis de
la glorieuse république, parmi lesquels se trouve
un de ces odieux calotins, j'aie la stupidité de
les rendre à la liberté !

— Quatre femmes et deux vieillards sont en
effet pour la république des ennemis bien redou-

tables ! dit ironiquement Olivier. Au reste, citoyen, si tu ne nous accordes pas ce que nous te
demandons de bonne grâce, nous sommes décidés à l'obtenir par force.

Et, pour appuyer ses paroles, le jeune homme
montra de nouveau son pistolet; son compagnon
l'imita. Carrier voulut résister; il cria, jura,
menaça; peine inutile ! les deux Vendéens, calmes, froids, inexorables, ne lui répondaient
qu'en approchant leurs armes presque au niveau
de son visage. Le républicain, hors de lui, appliqua pour la seconde fois la main sur son timbre, mais sans lui imprimer aucune pression ; car
en même temps Olivier et Bénédict appuyaient
la leur sur la détente de leurs pistolets, prêts à
faire feu. Carrier, dont une sueur froide mouil-
lait les tempes, prit sans mot dire une feuille de
papier et une plume; il fit grincer la plume sur
le papier pendant quelques minutes, se leva en
proférant un horrible jurement, et tendit son
ordonnance aux officiers blancs, en leur com-
mandant impérativement de s'éloigner.

— Un instant ! dirent les jeunes gens.

Et ils prirent le temps de lire l'ordre du tyran,
en pesant chaque syllabe et même chaque mot.

— Allez, répéta Carrier, pourpre de rage, les yeux hors de leur orbite et l'écume aux lèvres; allez et rappelez-vous qu'il vous en aura coûté cher d'oser venir me braver jusqu'ici. Si je savais quel est le misérable qui s'est fait votre complice et vous a introduits chez moi, il m'en rendrait un fameux compte, lui aussi!

— N'accuse personne de ton entourage; nos seules complices, ce sont nos armes, que tes gens n'aiment pas plus que toi voir de près.

Ils sourirent et ajoutèrent:

— Rappelle-toi que, jusqu'à demain matin, notre présence est nécessaire dans les rues de Nantes; si tu nous tends quelque piége, si tu lances tes séides ou tes espions sur nos traces, toutes nos précautions sont prises, demain soir tu n'existeras plus.

Sur ces paroles, les deux Vendéens se retirèrent aussi mystérieusement qu'ils étaient entrés, laissant le proconsul abasourdi, furieux, épancher sa bile et vouer aux gémonies les brigands de Charette, contre l'audace desquels il se promit bien de prendre des mesures encore plus sévères que celles qui existaient, puisqu'ils trouvaient moyen de les déjouer.

A peine Olivier et Bénédict eurent-ils abandonné la demeure de Carrier, qu'ils se dépouil-
lèrent du masque d'impassibilité dont ils avaient
couvert leur visage tout le temps de leur visite,
leurs traits revêtirent l'expression de la joie la
plus pure. Osant à peine, dans la crainte de
quelque témoin indiscret, se communiquer leur
impression, ils se serrèrent furtivement la main,
et se hâtèrent de quitter les abords d'une maison
que les Nantais regardent encore aujourd'hui
comme une maison maudite.

A peine eurent-ils fait une cinquantaine de
pas qu'ils furent rejoints par deux hommes, qui
les attendaient sans doute, car ils se tenaient depuis quelque temps déjà dans une sorte de ren-
foncement obscur, où l'œil le plus perçant eût
eu de la peine à les deviner.

— Eh bien ? demandèrent-ils.

— Eh bien ! s'il plaît à Dieu, avant une heure
ils seront tous au milieu de nous, tous, entendez-vous ?

— Hélas ! non, pas tous, dit Gaëtan avec un
douloureux soupir ; le brave Germain et notre
bon curé sont au ciel.

18.

Il y eut un instant de pénible silence. Enfin
Olivier s'écria :

— Morts ? quoi ! morts ! et au moment où
nous allions les délivrer !... Ah ! Seigneur, vous
êtes le maître, mais que vos coups sont parfois
rigoureux !... Et tu es sûr, bien sûr, Gaëtan,
qu'ils n'existent plus ?

— Sûr comme de mourir moi-même. Un
jour, je rôdais aux environs de l'Entrepôt ; les
portes de cette prison, la plus odieuse de toutes,
se sont ouvertes ; les condamnés ont défilé sous
mes yeux. J'ai vu d'abord paraître Germain,
puis l'abbé Durand. Cher bon abbé ! comme sa
tête vénérable portait bien le double cachet de
la résignation et de la sainteté ! comme il avait
bien l'air d'un martyr ! Il me distingua dans la
foule, et un sourire d'indicible contentement
anima ses traits. Il fit un geste de la main ; je
m'inclinai à demi, comprenant qu'il m'envoyait,
pour moi et pour tous les nôtres, sa dernière
bénédiction, son suprême adieu ! Bientôt les victimes disparurent, les abords du fleuve s'empli-
rent de curieux quelques instants encore ; puis
les cris, les vociférations, les chants sanguinai-
res et impies de la multitude m'apprirent que

tout était fini !... Retenant les sanglots que la
douleur et la colère m'arrachaient, je me hâtai
de fuir, car je me sentais la tentation la plus violente de sauter à la gorge de quelques-uns de
ces misérables et de les immoler, afin de venger
nos deux excellents amis.

— Pauvres amis ! ils jouissent maintenant de
la glorieuse récompense ; mais pour nous tous,
pour nos chères jumelles qui les aimaient tant,
quelle pénible séparation !... Ah ça ! ne nous arrêtons pas ici davantage ; quelque solitaire que
soit cet endroit, nous pourrions y être remarqués.
Éloignons-nous en mettant entre nous une distance raisonnable, afin de ne pas attirer l'attention.

— Un mot avant de nous séparer, dit Gaëtan.
Comment avez-vous pu amener Carrier à vous
accorder ce que vous lui demandiez ?

— Rien de plus facile, répliqua Olivier, et je
ne comprends pas, en vérité, que l'on puisse accuser Carrier d'être peu maniable. Au reste,
nous vous raconterons notre visite tout au long,
le plus pressé pour l'instant c'est de courir délivrer nos prisonnières : car.....

Olivier n'acheva pas ; mais ses compagnons

avaient compris, tous frissonnèrent. L'entretien
en demeura là ; les jeunes gens abandonnèrent
le coin obscur qui avait protégé leur rencontre,
et ils se mirent en marche vers le Sanitat, non
plus triomphalement comme au sortir de chez
Carrier, mais inquiets et attristés.

— Gaëtan, on dirait que tu boites !

— Mais oui, j'ai eu maille à partir avec des
sans-culottes qui m'ont gratifié de plusieurs
mauvais coups et m'auraient assommé sans l'arrivée d'un des leurs qui m'a tiré de leurs mains.
Un brave garçon, ma foi !

— Si tu t'arrêtais en passant devant notre gîte
et te reposais ?

— Non, mille fois non, je marcherai peut-être
un peu plus lentement que vous, mais je finirai
par arriver. Dieu me garde de laisser, pour une
égratignure, Alix m'accuser de peu d'empressement.

Ainsi qu'ils en étaient convenus, les jeunes
gens se rendirent, deux par deux, à la prison du
Sanitat, où, seul, Olivier pénétra, muni du lais-
ser-passer de Carrier. Hélas ! une amère décep-
tion l'y attendait, et, pâle, hors de lui, il revint
la communiquer à ses amis, qui ne pouvaient

se résigner à croire à l'étendue de leur malheur.

Étaient-elles mortes? avaient-elles été trans-
férées ailleurs? Telle était la question que se
posaient nos infortunés jeunes gens, sans qu'il
fût possible aux uns et aux autres de la résoudre.

— Ce qu'elles sont devenues? Dieu seul le
sait, dit Olivier. Que ce soit donc lui seul qui les
sauve, s'il est encore possible qu'elles le soient!
Quant à nous, nous sommes soldats, nous ne
pouvons, sans nous rendre coupables, dépenser
une minute de plus que le temps qui nous a été
accordé. Demain nous devrons avoir rejoint notre camp. Ah! mon bien-aimé père, qu'allez-
vous dire?...

Olivier cacha avec accablement son front dans
ses mains et s'éloigna; Bénédict et Gaëtan le
suivirent, mornes et désespérés. Michel pleurait
franchement.

Ils arrivèrent jusqu'au lugubre beffroi, non
loin duquel ils avaient réussi à se trouver, rue
de la Juiverie, une petite chambre fort laide et
assez malpropre, mais parfaitement tranquille.

En passant devant la prison, ils lui jetèrent
un long et triste regard, comme si ses lourdes
et épaisses murailles leur eussent dérobé la vue

de celles qu'ils avaient cru délivrer, et dont, maintenant, ils étaient peut-être à jamais séparés.

En cet instant, l'horloge du beffroi sonna minuit; Gaëtan tressaillit.

— Rentrez, si vous voulez, dit-il à ses compagnons; quant à moi, j'ai rendez-vous avec ce patriote qui, il y a une couple d'heures, m'a sauvé la vie.

— Un piége probablement. Gaëtan, nous ne t'abandonnerons pas. Olivier, restons avec lui.

— Oui, restons, dit Olivier.

— Non, insista Gaëtan. Cet homme m'a rendu service, je n'ai aucune raison de douter de lui, je ne veux pas lui faire l'injure de me présenter avec des gardes-du-corps à une entrevue où il vient seul.

— Seul! Et qui t'assure qu'il vient seul?

— Mes yeux, car le voici.

En parlant ainsi, Gaëtan indiqua un homme qui accourait plutôt qu'il ne marchait vers l'endroit désigné pour leur rencontre. Il eut promptement rejoint les Vendéens.

— Tu n'es pas seul, citoyen? dit-il en jetant un coup d'œil sur le petit groupe qui n'avait pas eu le temps de s'éloigner.

— Ce sont des amis, des frères ; cependant, si tu le désires, ils vont s'éloigner.

— Non, non, ils ne sont pas de trop.

Le nouveau venu garda un instant le silence ; on eût dit qu'un muet combat se livrait dans son âme ; peut-être se demandait-il s'il devait parler ou se taire. Il se décida à parler.

— Pourquoi, demanda-t-il, avez-vous quitté la Vendée ? Qu'êtes-vous venus faire ici ?

— Si c'est pour m'adresser de semblables questions que tu m'as fait venir ici, tu perds ton temps, citoyen, car je ne te répondrai pas.

— Je ne vous questionne point par curiosité, mais par intérêt, un intérêt que vous ne tarderez pas à comprendre.

Et, se penchant vers les jeunes gens, il leur parla de manière qu'ils pussent deviner plutôt qu'entendre ses paroles.

— Vous êtes venus chercher des personnes qui vous sont bien chères, j'en suis sûr, dit-il. Eh bien ! suivez-moi, vous allez les voir ; suivez-moi tous.

— Vous suivre ! où cela ? demanda Olivier. Je t'avoue, citoyen, que je n'ai pas la même sécurité que mon frère, malgré ma reconnaissance envers toi du service que tu lui as rendu.

— C'est-à-dire que vous vous défiez de moi!
Oh! comment donc Olivier de Bois-Morand
peut-il douter de celui auquel il donna autrefois si souvent le nom de frère, de son compagnon de jeux, de son premier ami?

En parlant ainsi, le patriote enleva son bonnet rouge et sa perruque, dont les longues et
rudes mèches couvraient le collet de sa carmagnole, et, à la lueur d'une lampe placée non
loin, on vit un front uni et fier, entouré des
masses ondoyantes d'une magnifique chevelure
noire.

— Remy! dirent-ils tous et à voix basse, bon
et brave Remy! toujours dévoué! toujours fidèle!

Remy ne répondit pas; seulement il serra
avec effusion toutes les mains qui se tendaient
vers lui.

— Venez! répéta-t-il.

— Oh! oui, oui, va, nous te suivrons sans la
moindre hésitation.

Un instant après, les proscrits étaient réunis
dans le petit appartement de la rue de la Casserie, et il s'y passait une de ces scènes délicieu-
ses, que le cœur comprend, mais que la plume

ne saurait décrire. Remy seul se tenait à l'écart, contemplant de loin son bonheur qui lui était dû, mais dont chacun, avec la naïf égoïsme des gens heureux, semblait oublier qu'il en était l'auteur. Peut-être le jeune homme savourait-il au fond de son âme la joie intime que procure l'accomplissement d'un devoir; peut-être s'abandonnait-il à tout autre sentiment. Je ne sais, car si le sourire était sur ses lèvres, parfois une larme brillait dans ses yeux.

Mlle Anne vint à lui.

— Merci, cher, bien cher enfant, dit-elle de ce ton à la fois doux et affectueux qui lui gagnait tous les cœurs. Oui, merci doublement, car tu nous as rendus heureux au prix d'une grande victoire.

Elle lui prit les deux mains, se pencha vers lui et ajouta de façon que lui seul pût l'entendre :

— Pauvre enfant ! je sais tout, j'ai tout compris ! Puisses-tu... l'oublier et trouver autre part le bonheur.

Un sourire amer plissa les lèvres de Remy.

— L'oublier ? jamais !... Chercher autre part le bonheur, ce serait inutile, je ne le trouverais pas... Non, je serai malheureux, mais je me suis volontairement condamné à l'être. Ce sera... mon expiation.

— Cher enfant, reprit Mlle Anne avec un sou-rire d'adorable bonté, du moins tu ne vivras pas sans quelque consolation.

— Une consolation? fit Remy d'un air de doute. A moi qui suis seul, à moi à qui il ne reste rien!

— Rien, ingrat! N'as-tu pas ta mère adoptive et Dieu?

Elle lui tendit les bras. Remy s'y précipita en étouffant un sanglot.

— Vous avez raison, dit-il. Oh! je vivrai pour ma mère et Dieu!

XXVI

RÉUNION.

Un soir, le marquis de Bois-Morand et son fidèle Vincent, tristement assis devant un foyer dont ni l'un ni l'autre ne songeaient à alimenter le feu, s'abandonnaient à l'une de ces causeries tout intimes qui étaient désormais leur seule jouissance et leur seule consolation. Ils parlaient beaucoup du passé et du présent, peu de l'avenir ; mais, surtout, comme ils aimaient à s'entretenir de leurs chers absents ! Ces chers absents ! Dieu seul savait ce qu'ils étaient devenus, Dieu seul savait si l'on pouvait espérer les revoir encore et s'ils n'avaient pas déjà payé de la vie leur témérité.

— Comme les heures me paraissent donc longues aujourd'hui ! dit Vincent avec un soupir ; la journée s'avance cependant, et nos jeunes maîtres et Michel ne sauraient tarder désormais, puisque c'est ce soir même qu'expire leur congé.

— Oui, ce soir, ils doivent être ici, ils doivent
être de retour, à moins que...

— Ah ! Monsieur le marquis, ne nous arrêtons pas à l'idée d'un pareil malheur, s'écria Vincent avec vivacité. Quoi ! c'en serait fait ! nous
ne les verrions plus !... Oh ! non, non, une telle
douleur ne nous sera pas réservée !

— Si je ne dois plus les revoir, reprit M. de
Bois-Morand en élevant son front tristement résigné vers la voûte enfumée de la chaumière ;
si je ne dois plus les revoir, que Dieu me fasse
donc la grâce de mourir pour sa cause dans l'un
de nos premiers combats.

— Et à moi tout de même, Monsieur le marquis, ajouta Vincent, sur le rude visage duquel
se glissa furtivement une larme.

En ce moment la porte fut ouverte, et André,
à peu près guéri, mais la tête encore envelop-
pée de bandelettes, se montra sur le seuil de
la cabane. Il paraissait joyeux, animé, rayon-
nant, et son sourire épanoui donnait un grand
charme à sa petite physionomie franche et naïve.

— Que viens-tu nous annoncer, Drio ? demanda M. de Bois-Morand qui s'était retourné
au bruit fait par la porte en s'ouvrant.

— Dame ! une bonne nouvelle pour sûr, Monsieur le marquis.

— Une bonne nouvelle ! Et laquelle, mon enfant? Parle vite, elles sont si rares les bonnes nouvelles par le temps où nous vivons !

— Celle dont je veux parler en est une fameuse, je vous en réponds. Les jeunes messieurs et Michel Vannier sont de retour.

— Serait-il possible ? s'écrièrent à la fois les deux vieillards, dont le pâle visage exprima la plus profonde émotion. Ils se levèrent. Mais M. de Bois-Morand, si fort dans la douleur, se sentait devenir faible dans la joie, et il s'appuya, demi-chancelant, au bras de Vincent Moreau, qui, riant et pleurant tout à la fois, né cessait de répéter : « Mes chers jeunes maîtres ! mon pauvre gars ! »

—Où sont-ils? où sont-ils? demanda le marquis.

— Devant vous, mon père, répondirent plusieurs voix joyeuses.

Et les jeunes gens, qui s'étaient tenus à la porte pendant que, sur leur ordre, André allait préparer les deux vieux Vendéens à leur retour, pénétrèrent dans la cabane et leur prodiguèrent toutes les marques de la plus vive tendresse.

— Vous! c'est vous! s'écria le marquis, auquel l'attendrissement avait pendant quelques minutes enlevé l'usage de la parole. Et.... vous revenez seuls?

En faisant cette question, le regard du vieillard se portait, plein d'une fiévreuse angoisse, sur les différents visages qui l'entouraient.

— Mon père, dit Olivier d'une voix émue, regardez-nous bien : aurions-nous cet air heureux et triomphant si nous étions revenus seuls?

— Ma sœur! mes filles!... Ainsi elles sont avec vous?... Vous les avez retrouvées? Vous avez pu les arracher à la mort?... Ah! soyez bénis, mille fois bénis, bien chers enfants!... Mais ne me trompez-vous point? Sont-elles vraiment ici?... Allons-nous les revoir?... Je n'ose pas, en vérité, me bercer d'un tel espoir!... Croire à un tel bonheur!...

— Mon père, mon bon père, répliqua Olivier avec force, croyez-y au contraire, car ce bonheur est vrai, très-vrai. Ma tante, mes sœurs et Lisette elle-même, tu entends, mon brave Vincent? Lisette, notre joyeux lutin, elles sont sauvées toutes quatre! Oui, toutes quatre sont

hors des griffes de Carrier, et pour n'y plus re-
tomber, il faut l'espérer. Elles ont voulu que
leur premier acte de liberté fût un acte de prière
et de reconnaissance et elles se sont agenouillées devant les restes du Calvaire qui est à quelques pas d'ici. Dans un instant vous allez les
voir, dans un instant elles seront ici avec leur
libérateur.

— Leur libérateur ! répéta M. de Bois-Morand
avec un geste d'étonnement.

— Oui, mon père. Ce n'est point à nous que
nos chères prisonnières doivent leur salut, bien
que nous ayons tout tenté pour découvrir le lieu
de leur réclusion et pour les en arracher. Leur
libérateur, le voici qui entre avec elles, regardez-
le bien, le reconnaissez-vous?

En cet instant, un homme et plusieurs femmes
pénétraient dans la chaumière : le premier portait le costume vendéen, la cocarde blanche au
chapeau et sur la poitrine le Sacré-Cœur.

— Remy ! s'écria le marquis. Anne !... mes
enfants !...

Cette dernière émotion avait triomphé de
l'énergique organisation du marquis; il s'affaissa, à demi privé de sentiment, entre les bras

de ses enfants ; mais, sous les douces caresses
qui lui furent prodiguées, il ne tarda pas à se
ranimer ; son beau et vénérable visage reprit
promptement de la couleur sous les chaleureux
baisers dont le couvraient tant de bouches crues
à jamais fermées, et qui laissaient échapper
ces tendres protestations, ces suaves paroles
qui sont pour l'oreille humaine la plus ineffable
harmonie.

— Ah ! parlez ! parlez ! que je vous entende
encore, dit M. de Bois-Morand tout à fait revenu
à lui ; parlez, que je sois bien sûr que c'est
vous, vous tous, mes enfants, ma chère Anne,
mon bon et dévoué Remy ! Ah ! je suis heureux !
bien heureux !

Son regard, en s'élevant avec un élan de joie
et de reconnaissance infinies vers le ciel dont on
apercevait une petite partie à travers l'étroite
fenêtre, rencontra, côte à côte, la figure brunie
de Vincent et le visage toujours mutin, bien
qu'un peu pâli, de Lisette. Ces deux physionomies expressives affirmaient si bien, elles aussi,
leur bonheur, que le marquis, un doux sourire aux lèvres, tendit la main à son fidèle serviteur, en lui disant d'un accent attendri :

« Ah ! Vinçent, mon ami, comme ce moment nous paie bien de toutes nos angoisses ! »

Il y eut un instant de silence, pendant lequel chacun savoura, dans le plus intime de son âme, la joie de la réunion. Tout à coup le front radieux du marquis se voila d'un nuage, ses traits exprimèrent la plus poignante incertitude, son œil devint humide, il demanda avec effort :

— Et notre bon curé ? et Germain ?

Les jeunes gens baissèrent douloureusement la tête.

— Mon père, dit Olivier, ceux dont vous parlez ne sont plus.

— Morts ! s'écria le marquis en s'inclinant avec une religieuse émotion ; ces chers amis ! Nous avions vieilli ensemble, j'espérais qu'à peu près en même temps nous aurions terminé notre carrière ; mais Dieu les a jugés mûrs pour l'éternité avant moi : que sa sainte volonté soit bénie ! Dites-moi, avez-vous pu les voir, leur parler ?

— Monsieur le marquis, moi seul ai pu les apercevoir dans le trajet de l'Entrepôt à la Loire, dit Gaëtan. J'ai reçu la bénédiction suprême de notre vénérable pasteur, et j'ai cru comprendre

19.

que, dans ma personne, il vous bénissait tous.

— Pauvre bon ami ! combien il nous manquera à tous, à moi particulièrement qui ai puisé tant de consolations dans son amitié si forte et si fidèle ! Dieu est le maître ! Dieu est le maître ! Voici dans nos rangs deux nouveaux martyrs, nous prierons pour eux avant de nous séparer, mais surtout nous leur demanderons de prier pour nous, pour notre pauvre patrie si désolée, si misérable. Ah ! puisse donc le sang de toutes ces généreuses victimes, en payant pour les coupables, nous obtenir pardon et miséricorde. Demain nous nous remettrons en campagne ; puisse la victoire accompagner nos pas ! Si, pourtant, il n'est pas dans les desseins de la Providence de nous l'accorder, ne nous décourageons pas, implorons-la, implorons-la toujours, et, vaincus, répétons ce cri que nous aurions proféré vainqueurs : Dieu protége la France et le Roi !

XXVII

A DIEU !

Bien des jours ont passé depuis les scènes que nous avons racontées, bien des pages sinistres ont été ajoutées à ce sombre volume écrit avec du sang et des larmes, qui a pour titre la Terreur. Et cependant tout n'est pas dit encore, l'échafaud et la Loire reçoivent toujours des victimes, le sang n'a pas cessé de couler et les larmes ne sont pas taries. Et la Vendée? La Vendée n'a pas été infidèle à sa mission, la Vendée a été héroïque, mais, seule contre une nation déchaînée, elle devait infailliblement périr; elle a péri. Du moins son gigantesque effort a été une sublime protestation ; et, grâce à elle, grâce à sa sœur la Bretagne, la France, même dans ces jours de détestable démence, n'a pas perdu toute sa gloire; non, elle ne l'a pas perdue, puisque le petit groupe de ses enfants demeurés fidèles a pu obtenir d'un homme qui se connaissait en valeur le surnom de *géants* (1).

Géants ! c'est bien là le nom qui leur convient. Regardez-les ! ils ne sont plus que trente-deux hommes, et pourtant ils épouvantent encore les nombreuses légions de la république. Oui, ils ne sont plus que trente-deux de ces braves qui venaient se ranger autour de Charette, de ces populations qui s'ébranlaient fermes, intrépides, ardentes à la voix du tocsin, de ces fiers héros qui ont tenu en échec les meilleurs soldats de la France, déconcerté les plus habiles généraux et découragé Haxo lui-même, lequel, suivant sa promesse, immola sa vie à sa cause, ne pouvant venir à bout d'immoler celle de Charette. Par milliers, par centaines, puis un par un, ils se sont couchés, pour ne plus se relever, sur la terre que leur valeur a immortalisée et qu'ils ont si chèrement défendue. Ils ont dû céder au nombre et à la force, ils n'ont pas reculé, ils n'ont pas faibli, ils sont tombés glorieusement, forçant leurs adversaires à les admirer. Ah ! il faut que le nom de la Vendée soit bien grand pour que le petit nombre des combattants demeuré debout puisse encore ef-

(1) Napoléon Ier.

frayer la république ! il est vrai que Charette est toujours à leur tête, Charette, le brave des braves, qui, privé de tout secours, livré à ses propres forces, peut s'écrier avec juste raison : « Moi, moi seul, et je vaincrai ; oui, je vaincrai encore ! »

Le jour est enfin venu où la Convention peut crier : Victoire ! où elle peut proclamer la Vendée vaincue, écrasée, anéantie. Charette, harcelé jour et nuit, traqué comme une bête fauve, poursuivi sans trêve ni repos, vient de tomber entre ses mains. Il est blessé, malade, accablé de lassitude, peu importe ! il faut que chacun puisse se convaincre par soi-même que la république a véritablement fait cette importante capture, et, avant d'être conduit à la mort, le héros vendéen est promené dans toutes les rues de Nantes, exposé aux regards d'une vile et stupide populace qui ne lui ménage ni les railleries ni les outrages. Ce supplice, qui se prolonge plusieurs heures, n'arrache ni une plainte ni un murmure à Charette ; une seule fois, il dit en se tournant vers les officiers qui l'accompagnent : « Ah ! Monsieur, si je vous avais pris, je vous aurais fait fusiller sur-le-champ ! » La délicatesse de ce reproche n'est pas comprise, on sourit ironiquement, on lève les épaules, et la douloureuse promenade se continue. Elle se continue jusqu'à ce que les vainqueurs, fatigués eux-mêmes, se décident à y mettre fin.

Après plusieurs jours d'emprisonnement, pendant lesquels Charette, toujours grand et magnanime, trouve le moyen de défendre un ennemi (1), il est conduit à la place Viarmes, afin d'y être fusillé. On veut lui bander les yeux : il s'y refuse disant qu'il n'a pas peur de la mort à laquelle il a toujours marché « sans la braver, sans la craindre. » Montrant ensuite sa poitrine, il s'écrie : « Frappez au cœur, c'est là que doit être atteint un brave ! »

On commande le feu, les détonations se font entendre ; Charette tombe à genoux.

— Il n'est pas mort ! s'écrie-t-on.

On se presse, on accourt, on le relève ; il était mort. Seulement Dieu avait permis que celui qui mourait pour lui reçût le coup fatal dans la position qui convient à ses serviteurs. Charette avait trente-trois ans.

.   .   .   .

(1) Le général Jacob, accusé par son parti d'avoir fui devant les Vendéens.

Plusieurs jours après cet événement, qui avait plongé la Vendée dans le deuil et la consternation et anéanti ses dernières espérances, trois mariages se célébraient avec le plus grand mystère dans cette métairie où nous avons vu mourir Julien, et où, par miracle, sa veuve Marianne avait pu demeurer. Un jeune ecclésiastique, neveu du regretté M. Durand, qui, pas plus que son oncle, n'avait voulu émigrer, donnait la bénédiction nuptiale aux trois couples. Vous l'avez deviné, ces couples étaient MM. de Martigny et les Jumelles, Michel Vannier et Lisette.

Dans les circonstances présentes, les jeunes filles eussent préféré que leur union fût encore retardée, mais tel n'était pas l'avis et du marquis et de Vincent, qui ne cessaient de leur représenter combien serait triste leur position s'ils venaient à leur être enlevés et quelle douleur ce serait pour eux, si, arrachés subitement à leur tendresse, ils se voyaient forcés de les abandonner dans la vie, seules, sans parents, sans protecteurs. Elles versèrent quelques larmes, prièrent beaucoup, et consentirent à tout ce qu'on voulut.

La cérémonie était terminée; nos jeunes gens recevaient les embrassements de leurs parents,

qui n'osant leur souhaiter le bonheur, deman-
daient du moins pour eux un avenir moins sombre et des jours meilleurs ; chacun paraissait
satisfait, presque joyeux. Une seule personne ne
venait pas mêler ses félicitations à celles du reste
de la famille et n'avait pas non plus assisté à la
cérémonie : c'était Remy. On l'appelait maintenant le comte de Belleroche, et cependant, ses
anciens maîtres, devenus ses égaux, continuaient
à le désigner par ce nom de Remy, sous lequel
ils l'avaient toujours connu et aimé. Depuis son
retour de Nantes, le jeune homme avait donné
à ses amis tant de preuves de véritable affection
que son absence, dans ce moment solennel,
était vraiment inexplicable.

— Où donc est Remy ? se demande-t-on.

On le cherche, on l'appelle, il ne répond pas,
il ne se montre nulle part, et l'inquiétude commence à gagner tous les cœurs.

La porte de la métairie s'ouvre. Est-ce lui ?
Non, c'est un domestique du marquis, qui,
chargé de faire le guet aux abords de la maisonnette, vient apporter à Mlle Anne un billet de
son ancien camarade, auquel il a bien de la
peine à donner son vrai titre et son vrai nom.

— Remy m'écrit au lieu de venir se joindre à nous? C'est bien étrange! dit Mlle de Bois-Morand. Jean, ne pourrais-tu courir après lui et le ramener?

— Mademoiselle, il est bien loin maintenant, répondit Jean tranquillement. Il m'avait bien recommandé d'attendre au moins une heure après son départ, avant de vous remettre ce papier.

— Toujours singulier, ce pauvre Remy! murmura Mlle Anne qui avait parcouru dans le plus grand trouble la missive apportée par le domestique. Retournez à votre poste, Jean; vous avez raison, courir après lui serait inutile. Tenez, mes amis, lisez, poursuivit-elle quand le jeune serviteur se fut éloigné, lisez ce que m'écrit Remy.

La lettre passa de main en main. Elle était ainsi conçue:

« Ma chère mère adoptive,

« Quand ces lignes vous parviendront, je serai loin de vous; je me disposerai à quitter la France, non par peur, vous savez que la peur m'est inconnue; mais par dégoût de ce qui s'y passe et par découragement de ne pouvoir désormais m'y rendre utile. Charette n'est plus, la Vendée est vaincue, les serviteurs de la monar-

chie n'ont plus qu'à assister, la mort dans l'âme,
au grand drame joué par la révolution ; leur tâche est finie, et forcément ils sont condamnés à
une douloureuse inaction. C'est à cette inaction,
aussi bien qu'au désolant spectacle que présente
notre patrie, que je veux échapper.

« Pardonnez-moi, ma bonne mère adoptive,
si je n'ai pas eu le courage de tenir la promesse
que je vous avais faite de vivre pour vous ; oui,
pardonnez-moi, car je vous en ai fait une autre, et, celle-là, je la tiendrai. Je la tiendrai
parce que, si le comte Roland de Belleroche a
rempli son devoir devant Dieu et les hommes,
le patriote la Vengeance a plus d'un tort à expier.

« Adieu, ma bonne mère adoptive, ou plutôt
A Dieu !

« C'est vous qui m'avez ramené à lui ; c'est à
lui que je vous laisse, en lui que j'espère vous
retrouver. Adieu à tous et à toutes ! adieu à Olivier, Berthe, Alix !... Adieu à celui qui m'a servi
de père. Si nous ne nous revoyons pas sur la
terre, du moins nous serons réunis au ciel. Je
lègue ma fortune, demeurée cachée dans la cabane de Grégoire, à Berthe et à Alix, en les
priant d'en réserver une petite part à Lisette et

aux pauvres de T. Pour moi, je n'ai besoin de rien. Encore adieu, pardon, merci ! Je vous aime tous et vous bénis tous. « Remy. »

Un long silence suivit la lecture de cette lettre, tout le monde était profondément ému, les jeunes filles pleuraient.

— Ah ! c'est fini ! s'écrièrent-elles, nous ne le verrons plus; pourquoi est-il parti? Quelle idée bizarre, étrange, lui a passé par le cerveau?

— Ne l'accusez pas, dit M. de Bois-Morand avec une douce gravité, sachez-lui gré plutôt d'avoir voulu effacer jusqu'au dernier souvenir de l'Homme-Rouge et d'avoir voulu donner un but à sa vie.

— Mais enfin où va-t-il?

Mlle Anne leva vers le ciel son doigt diaphane et ses yeux humides et répondit :

— A Dieu !

.   .   .   .

Plusieurs années après, les jours mauvais avaient disparu, le calme et la tranquillité ayant succédé à l'agitation et au désordre, et la religion ayant repris dans le pays de Clovis et de saint Louis son antique puissance, on annonça que le prochain carême allait être prêché dans

la cathédrale de Nantes par un religieux appartenant à l'une de ces nombreuses communautés
qui, chassées de la France, par la révolution,
avaient obtenu d'y revenir avec la monarchie.
C'était un homme aussi distingué par son mérite
et ses vertus que par sa science et ses talents
oratoires : son renom l'avait précédé dans le dio-
cèse, où il était appelé à porter la parole de
Dieu ; aussi dès le premier jour qu'il se montra
dans la chaire de vérité, vit-il une affluence con-
sidérable se presser dans l'enceinte de l'antique
cathédrale et se tenir, pour ainsi dire, suspendue
à ses lèvres.

C'était un homme jeune encore, d'une taille
au-dessus de la moyenne, portant avec une remarquable dignité le costume religieux. Quel
charme dans cette physionomie où l'intelligence,
la foi, la réflexion avaient largement gravé leur
empreinte sur ce front méditatif qui, habitué à
se courber devant la Divinité, en avait comme
conservé le reflet ! Quel feu dans ce regard, tantôt s'élevant vers les voûtes du temple comme
pour y chercher la sainte inspiration, tantôt s'a-
baissant vers la multitude comme pour lui communiquer les étincelles de son immense charité

et de son génie ! Quelle puissance dans cette parole vibrant tantôt vive, ardente, fougueuse, incisive, pénétrant au plus profond des consciences et les forçant à tressaillir, et tantôt douce, persuasive, pleine d'onction et d'harmonie, passant comme une fraîche brise au-dessus de la tête des pauvres affligés de la terre, et les obligeant à reprendre courage et à espérer.

L'assemblée se dispersa dans un religieux silence, et, à la porte du saint lieu, les mains se serrèrent éloquemment ou essuyèrent des larmes : un grand nombre d'auditeurs avaient senti leur foi raffermie ; beaucoup, entrés incrédules, sortaient ébranlés, sinon convaincus ; tous étaient attendris.

Au sortir de la cathédrale, deux couples, qui paraissaient encore plus émus que le reste de l'assistance, s'arrêtèrent pour se parler avec une grande vivacité.

— Alix, dit une dame d'une quarantaine d'années à une autre qui était sa vivante image et donnait comme elle le bras à un homme à l'air agréable et à la tournure parfaitement distinguée, Alix, as-tu remarqué le prédicateur ? Et vous, Gaëtan, Bénédict ?

— Demande-nous si nous l'avons reconnu,
Berthe, dit Alix. Il est toujours le même avec
un air de sainteté en plus; il n'a pas vieilli; à
peine quelques fils argentés se mêlent-ils à sa
chevelure noire; oh! c'est bien lui, c'est bien
Remy!... Que les voies de Dieu sont singulières
et admirables!

— Oui, ajouta pensivement Berthe. Oh! nous
irons le voir, lui parler; il ne pourra refuser de
nous recevoir; car, enfin, en se donnant à Dieu,
il n'a pu nous oublier. Chère tante Anne! quelle
joie pour elle, elle qui n'espérait plus le revoir
qu'au ciel!

. . . .

Le lendemain un groupe de personnes, dont
l'une était fort âgée, était réuni dans un parloir,
attendant un religieux qu'on avait fait demander.

Nous aurions pu reconnaître nos deux couples
de la veille, c'est-à-dire Gaëtan et Alix, Bénédict et Berthe. A eux s'était jointe Mlle Anne de
Bois-Morand, à laquelle l'âge avait ôté quelque
peu la faculté de se mouvoir, mais qui ne s'en
apercevait pas trop, grâce au solide soutien qui
la suivait partout. Ce soutien n'était autre que
ce grand et robuste garçon qui se présente à

vous, le sourire aux lèvres, un éclair joyeux dans le regard et que vous saluez du nom d'André. André est devenu le plus fidèle serviteur des maîtres de la Forlière, et le bâton de vieillesse de la respectable Mlle Anne, qui ne l'appelle jamais autrement.

La porte du parloir s'ouvre ; celui que les visiteurs attendent se montre sur le seuil; un instant il s'y arrête, promène son regard à la fois doux et profond sur les physionomies qui sont devant lui, puis s'avance avec vivacité les mains tendues.

— Vous? dit-il, c'est vous?

Et sa voix accuse une violente émotion.

— Oui, nous qui venons vers vous, qui ne seriez pas venu vers nous, peut-être ; nous, Remy, qui ne vous avons pas oublié.

— Et croyez-vous donc que, moi, je vous aie oubliés? demanda le religieux avec l'accent d'un doux reproche. Le croyez-vous, mademoiselle Anne, ma respectable mère adoptive?

— Oh! non, Remy. Ah! je suis heureuse, bien heureuse de vous voir, et j'avais toujours eu, au fond de mon cœur, l'espoir que cette consolation me serait accordée avant de mourir. Et pourtant si vous saviez combien j'ai eu de

peine à quitter la Forlière pour céder au désir
de ces enfants, qui avaient entrepris de m'amener
passer l'hiver à Nantes ! A mon âge, voyez-vous,
on ne veut plus entendre parler d'autre voyage
que de celui de l'éternité.

— Chère tante, espérons que vous en ferez encore bien d'autres avec nous avant celui-là, répliquèrent vivement Alix et Berthe. N'est-ce pas,
Remy? Ah ! mais pardonnez-nous de vous donner ce nom des anciens jours. N'est-ce pas que
ma tante a l'air jeune encore !

— Intérieurement j'en faisais la remarque,
dit le Père Remy, car tel était son nom. Mais,
ajouta-t-il en hésitant, je ne vous vois pas tous?

— Mon père n'est plus depuis plusieurs années déjà, répondirent les jumelles dont les
yeux se remplirent de larmes. Il est mort en
juste comme il avait vécu, en nous bénissant et
en intercédant pour la France. Olivier, marié à
une compagne digne de lui, n'a pu nous accompagner à cause des travaux qu'il fait faire à notre
chère Forlière, qu'il a rachetée et que l'on rebâ-
tit. Mais nous lui écrirons et il viendra vous voir.

— Et Vincent? Et Michel? Et Lisette ? Vous
voyez que je n'oublie personne.

—Vincent nous a quittés peu après mon père, dont la mort avait été pour lui un rude coup. Michel et Lisette sont établis à la Mellinière, remise à neuf depuis la mort de Marianne Rousseau. Lisette porte vaillamment les soucis et les préoccupations du ménage; elle a de nombreux enfants, qui sont liés presque fraternellement avec les nôtres; elle les élève, selon ses expressions, en « rudes travailleurs, en braves gars, en francs royalistes et en bons chrétiens ». Ces temps derniers elle a fait, de moitié avec tante Anne, un acte qui va réjouir votre cœur d'apôtre; elle a fait une conversion ni plus ni moins, et une conversion qui n'était pas facile, car c'était celle de ce malheureux forgeron, Honoré Rivet, autrement dit le citoyen Manlius. Sa mort a été chrétienne, et, toujours suivant le style de Lisette, il est allé réjouir le paradis, au lieu d'aller rôtir avec Satan.

— Bienfaits de la Providence! murmura Remy les cieux au ciel.

Le religieux et les visiteurs s'entretinrent quelques instants encore; puis ces derniers, pensant combien était précieux le temps de leur ami, se levèrent pour prendre congé.

20

— Nous vous reverrons quelquefois? dirent-ils.

— Oui, quelquefois, puisqu'il a plu au Seigneur de nous réunir. Je ne lui avais pas demandé cette consolation, mais puisqu'il me l'a accordée, je l'en bénis.

Ils se séparèrent, les uns pour retourner aux devoirs de leur vie mondaine, l'autre pour reprendre les graves et saints devoirs de sa vie de religieux.

— Ah ! dit Mlle Anne en quittant la maison où le P. Remy recevait l'hospitalité, Dieu peut maintenant me retirer de la terre, j'irai à lui sans inquiétude et sans crainte, car, quand il me demandera ce que j'ai fait pour son service, je pourrai lui répondre : « Seigneur, j'ai jeté les premières semences de la foi dans l'un de vos plus fervents apôtres. Un moment, il a hésité, mais il faut bien que, tôt ou tard, ceux que vous vous choisissez viennent à vous, et il est venu et il vous appartient tout entier. Pour les services qu'il rend à votre cause, pardonnez donc à sa mère adoptive et recevez-la ! »

Nous ne voudrions pas attrister nos lecteur, en finissant cette histoire par des scènes de deuils mais ils savent, comme nous, qu'aucune vie n'est éternelle, et il nous faut bien ajouter que le souhait de Mlle Anne ne tarda pas à s'accomplir.

Vers la fin de la sainte Quarantaine, dont elle elle avait suivi tous les exercices avec une ardeur presque juvénile, elle se trouva subitement indisposée.

— Dieu veut que j'aille chanter l'*alleluia* au ciel, dit-elle en souriant à ceux qui l'entouraient.

Un soir de la semaine sainte, elle s'endormit de l'éternel sommeil entre les bras de tous ceux qu'elle avait tant aimés et auxquels elle léguait, avec le souvenir de ses qualités charmantes, l'héritage de toutes ses vertus ; elle s'endormit remplie de jours et d'actions méritoires, dont beaucoup n'avaient eu pour témoin que son bon ange ; elle s'endormit les lèvres appuyées sur le crucifix que lui présentait son fils adoptif, accouru à son appel ; elle s'éteignit sans agonie, sans souffrances, en répétant les paroles que lui avait autrefois adressées Remy :

« A Dieu à tous ! à Dieu

FIN.

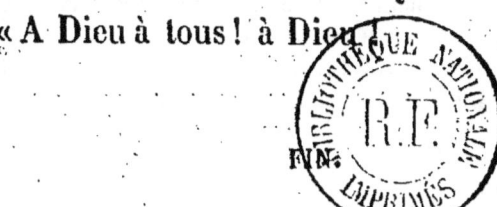

TABLE DES MATIÈRES

Chapitre I. Projets de départ........................ 1
— II. Les colombes de la Forlière................ 11
— III. Le prélude.......................... 24
— IV. En avant!........................... 39
— V. Lisette............................... 52
— VI. Remy................................ 62
— VII. A la Mellinière....................... 77
— VIII. La lutte............................ 90
— IX. Le retour........................... 101
— X. Une visite nocturne.................... 111
— XI. Le lutin du château................... 124
— XII. Nouveau départ...................... 135
— XIII. Encore Lisette....................... 154
— XIV. Séparation et fuite................... 169
— XV. Angoisses............................ 182
— XVI. La vie des proscrits 196
— XVII. Au calvaire. — André l'innocent......... 207
— XVIII. La tentation. — Le ruban............. 221
— XIX. Le règne de Carrier.................. 237
— XX. L'homme rouge 247
— XXI. Cruelle alternative................... 262
— XXII. Le citoyen Grégoire. — Étrange révélation. 273
— XXIII. Gentilhomme!........................ 286
— XXIV. Les derniers actes de l'homme rouge...... 295
— XXV. Après la tristesse, la joie............. 312
— XXVI. Réunion............................ 327
— XXVII. A Dieu!............................ 335

CORBEIL. — Typ. de CRÉTÉ FILS.

www.ingramcontent.com/pod-product-compliance
Lightning Source LLC
Chambersburg PA
CBHW050323030726
47505CB00003B/839